ブライト・プリズン

学園の禁じられた蜜事《みつごと》

犬飼のの

white heart

講談社X文庫

目次

登場人物紹介

薔《しょう》

高等部三年、翡翠組。贔屓生一組所属。文武両道で正義感が強い。

常盤《ときわ》

竜虎隊隊長。極道の血を引く教団御三家、西王子家の嫡男。

ブライト・プリズン

学園の禁じられた蜜事

茜《あかね》

高等部三年、翡翠組。贔屓生二組所属。快活なムードメーカー。

柏木《かしわぎ》

竜虎隊第二班班長。誠実で穏やかな性格。面倒見がよい。

剣蘭《けんらん》

高等部三年、蒼燕組。贔屓生一組所属。要領がよくマイペース。

楓雅《ふうが》

大学部三年の監督生。兄貴肌で、学園のキングと呼ばれている。

椿《つばき》

竜虎隊第三班班長。常盤の腹心。陰神子として生きている。

イラストレーション／彩《あや》

ブライト・プリズン

学園の禁じられた蜜事《みつごと》

プロローグ

四月二十七日。大学図書館に於《お》ける暴行事件から十日が経ち、異例の延期となっていた降龍《こうりゅう》の儀が実施された。対象者は贔屓生《ひいき》二組に所属する三名——茜《あかね》、青梅《おうめ》、桔梗《ききょう》だ。

此処《ここ》、私立王鱗《おうりん》学園で純粋培養された彼らが、学園の母体である八十一鱗《くくり》教団の真実を知らされている頃、椿《つばき》は竜虎《りゅうこ》隊詰所をあとにして森を進んでいた。今でなければできないことをするために、闇《やみ》に紛れ、独《ひと》り密かに約束の場所に向かう。

学園の東側に位置する東方エリアは、一部の施設を除いた全面積が背の高い木々で埋め尽くされていた。銀杏《いちょう》や桜もあるが、御神木《ごしんぼく》の常盤松《ときわまつ》を始めとする松の木が最も多く、天高く伸びたそれらが夜風に揺られている。

——十一時十九分……予定より随分《ずいぶん》遅れてしまった。

二本の白いラインが入った袖《そで》をまくった椿は、時刻を確認しながら先を急ぐ。

目的地は森の中にある小さなログハウスだ。近くに行くと案内板も出ている。

在学中は制服姿で同じ道を歩いたものだが、今の椿は学園を管理する竜虎隊の第三班班長という立場にある。

この学園の生徒の多くが憧《あこが》れている黒い隊服と隊帽を身に着け、黒革のロングブーツと手袋という出で立ちだ。

髪は長く、これまた漆黒《しっこく》ときているので、白い肌や赤い唇が一層際立っている。

聳《そび》える松の中にぽつんと建つ小屋の入り口には、『緊急時のみ利用可能。レバーを引くと竜虎隊詰所に連絡が入ります』と書いてあった。

学生が道に迷った場合に備えて、エリア内に点在している避難小屋の一つだ。

通称ログハウスと呼ばれ、簡易ベッドや暖房器具、非常食などが用意されている。

この建物が本来の用途で使われるのは、雪や大雨の時など、悪天候で退《の》っ引《ぴ》きならない時ばかりだが、椿は個人的によく使っていた。

窓はあるが地面から三メートル以上も高い位置にあるため、外から中を覗《のぞ》くことはできない。それでいて月が出ている時には光が射し、照明を点《つ》ける必要がなかった。

秘匿性が高いうえに風情があるので、逢瀬《おうせ》の場所として好都合というわけだ。

椿は隊服のポケットから鍵《かぎ》を取りだし、レバーには触れずに錠を外した。

この方法なら詰所に連絡が行くことはない。

見回りの一環として、堂々と中に入ることができた。

「姫……っ」

灯りを点けてはいけないという指示を守っていた剣蘭《けんらん》が、闇の中で立ち上がる。

水泳で鍛え上げられた体は青年と呼んだ方が似つかわしいばかりだが、高等部三年、蒼《そう》燕《えん》組に所属する十八歳の少年だ。

「お待たせしてすみません。寒くありませんでしたか?」

椿は表情を抑えながらも、剣蘭に微笑《ほほえ》みかける。

不安そうだった彼は、ほっとした様子で「大丈夫です」と笑顔を返してきた。

こんなふうに笑うと子供染みていてあまり似ていないのだが、剣蘭の顔立ちは竜虎隊の隊長を務める常盤《ときわ》によく似ている。

彼と血縁関係にあることは誰の目にも明らかだ。

学園の教育方針により、生徒の出自は大学卒業まで隠されているが、常盤の従弟《いとこ》である椿と同様、教団創設に関わった御三家の一つ、西王子《さいおうじ》一族の人間に間違いない。

「とりあえず合い鍵を返してもらえますか?」

椿は後ろ手で扉を閉めると、ますます暗くなった小屋の中で手を伸ばす。

渡された鍵を隊服のポケットに仕舞い、十畳ほどの空間で剣蘭と顔を見合わせた。

これまでつれなかった椿に突然呼びだされた剣蘭は、戸惑いつつも喜びで胸を躍らせている。寄せていた恋心が実ったのかもしれないと、期待している顔だった。

「椿姫……どうして今夜、ここに俺を？」

贔屓生の白い制服を着ている剣蘭は、緊張を声に出しつつ距離を詰めてくる。

いくら体格がよくても、外界と隔絶された学園で育てられた世間知らずの少年だ。

外の世界で育った常盤を知っている椿の目には、姿形が立派なだけの子供に見えた。

「今夜の儀式では憑坐役《よりまし》に選ばれませんでしたから、祈禱《きとう》を終えた常盤様と一緒に詰所に戻って終業だったんです。明日は公休なので、学園を出て家に帰ろうかと」

椿は剣蘭の問いに真っ向から答えず、黒革の手袋を外した。

かつて自分も着ていた白いブレザーに触れ、袖を撫《な》で上げる。

鍛えられた上腕は太く、とても頼もしいものだった。

脳裏《のうり》には、一度だけ目にした裸体が浮かぶ。

「姫……？」

四月十日に行われた贔屓生一組の儀式の際も、こうして見つめ合った。

椿は贔屓生を抱く憑坐役でありながら、常盤の命に従って剣蘭に抱かれたのだ。

あの時は薔《しょう》に龍神を奪われて御神託を得られなかったが、今夜こそ降ろしてみせる。

学園内で降龍の儀が行われる日は教団本部での儀式は行われないため、龍神を降ろしたことを本部に知られる心配はない。裏切りの神子《みこ》でありながら安心して御神託を得られる今日という日を、椿は待っていたのだ。

「剣蘭……私は、本当はとても弱い人間です。寒々しい家に人肌の温もりを持ち帰りたい時もある。一夜の逢瀬に心を求めない程度に、貴方《あなた》は大人ですか？」

しばしの静寂を、剣蘭の喉《のど》が絶ち切る。

ごくりと、やけに大きく響いた。

「俺を呼びだしたのは、俺が、常盤様に少し似てるからですか？」

剣蘭は常盤とは違って感情の隠し方が甘く、暗がりでもわかるほど揺らぎが見える。

その幼さや純粋さを可愛《かわい》いと思う気持ちはあった。彼が嫌いなわけではない。けれども今の椿の心に、剣蘭が入り込む余地など微塵《みじん》もなかった。

「そんなことを訊《き》く辺り、まだ子供ですね。貴方に甘えようとしたのが間違いでした」

「姫……っ」

「忘れてください」

椿は剣蘭の腕から手を引き、沈んだ声音に合わせた悲しげな笑みを浮かべる。

実際には想定の範囲内で、悲しいことなど何もない。諦《あきら》めてもいない。

思い通りにならないことが、そう頻繁に起きるはずがないのだ。

「待ってください！」

踵《きびす》を返して扉に向かうと、叫び声と共に抱き寄せられた。

何もかも思った通りに動いていく。新鮮味も驚きもない。

少しばかり予想外だったのは、剣蘭の手つきが荒々しかったことくらいだ。強い力で体を返された椿は、隊帽が落ちるほどの勢いで唇を奪われる。いきなり深く貪《むさぼ》られ、唇を崩されて舌をねじ込まれた。

「……っ、ん」

よく似た顔で、よく似た唇で、こんなキスをされた日々があったことを思いだす。しかし今は感傷的になっている場合ではない。空の彼方におられる神に祈る時だ。今頃、神は見ているだろう。

男と交わる神子を抱いて愉しむために、八十一枚の黒い鱗《うろこ》に覆われた体軀《たいく》をうねらせ、紫眼を光らせているに違いない。

――私が過去に得た御神託からして、薔の実兄は常盤様ではない。そうなれば、本物の弟はどう考えても剣蘭だ。この子の望む御神託を得て過去を覗けば、確定するはず……。

椿は剣蘭の唇を味わいながら、ベッドの上に横たわる。

そして天に向かって祈った。

神よ、ここに降りてください。降龍殿で竜虎隊員に抱かれている美童達になど、決して負けない。隠された真実を知る力を、この私に――。

1

白く高い塀に囲まれた牢獄《ろうごく》――私立王鱗《おうりん》学園は、龍神《りゅうじん》を祀《まつ》る八十一鱗《くくり》教団の全寮制一貫教育校で、教団信者の許に生まれた男児を育成している。

ほぼ例外なく三歳の時点で連れてこられた子供達は、高校を卒業するまでは竜生童子《りゅうせいどうじ》と呼ばれて特殊な環境下で育てられ、原則としては神子《みこ》の座を目指すことになっていた。

実際に神子になれるのは年間一人か二人で、まずは教団側が選出する神子候補、贔屓生《ひいきせい》九名の中に入ることが大前提だ。

竜生童子の出自を把握している教祖が選出するため、贔屓生になるには優れた容姿に加えて、家柄も重要だと言われている。

龍神を降ろせるかどうかを試す降龍《こうりゅう》の儀に毎月挑み、見事龍神に見初《みそ》められれば神子となって教祖に次ぐ地位に就くことができるが、神子がどのような方法で御神託を得るかを知ってもなお神子の座を目指す者は、決して多くはない。

「昨夜まで経過良好だったはずが、儀式当日になって発熱か。随分と都合のいい体だな」

六月十日、午後四時。

無駄なほど広い執務室で、椿《つばき》は常盤《ときわ》の斜め後ろに控えていた。

隊長室とも言えるこの部屋の主である常盤は、デスクに広げた診断書に爪《つめ》の先を当て、メトロノームのような正確さで叩《たた》く。

彼は、凡《およ》そ八ヵ月前に竜虎《りゅうこ》隊の隊長に就任した男だ。

馬上にいようと椅子《いす》に腰かけていようと、常盤が他者に与える威圧感は凄《すさ》まじいものがあった。物理的な頭の位置などものともせず、相手を萎縮《いしゅく》させる。

「残念ですが、やはり白菊《しらぎく》が今夜の儀式に挑むのは無理があるかと存じます」

「それを決めるのは俺だ。お前が判断することではない」

「……っ、申し訳ございません」

デスクの前にいるのは、竜虎隊第二班班長の柏木《かしわぎ》――贔屓生一組の白菊の最初の相手を務めた男だ。

白菊が儀式のショックから高熱に倒れたために責任を追及された彼は、この二ヵ月間、病院に足繁く通って療養補助を続けていた。

年は常盤より一つ下の二十九歳。

暗褐色《あんかっしょく》の髪と瞳《ひとみ》を持ち、在学中から目立った存在だった。

品行方正で面倒見のよい人物として名高く、現在でも童子からの信頼が厚い。

そのうえ教団上層部の覚えも目出度《めでた》いエリート隊員だ。

今も見映えのよい姿で立っているが、しかし顔色は優れない。

柏木は教団御三家の一つ、北蔵《きたくら》家本家の血を多少なりとも引いていて、それ故に第二班班長という立場にあるが、教祖候補の常盤に逆らえるわけがないのだ。

「解熱剤を使ってどうにかならないのか？　たかが一晩だぞ。病院から引きずりだす手はありそうなものだが」

「来月こそは必ず、このようなことがないように致します。ですから……どうか、今夜は見逃していただけないでしょうか？」

「俺の記憶に間違いがなければ、先月と一言一句違わないな」

一定のリズムを刻んでいた常盤の指が止まり、柏木は全身をびくりと震わせる。

椿の位置から常盤の表情は見えなかったが、柏木の様子から想像がついた。

常盤が育った西王子《さいおうじ》家は、広域暴力団組織である虎咆《こほう》会を支配下に置き、教団にとって有害な人間を抹殺する守護家という位置づけだ。

守護と言えば聞こえはいいが、実際には強硬手段も辞さない暗部組織であり、教団の中でも特に恐れられている。行く行くはその頂点に立つ常盤の眼力に、柏木は蛇に睨《にら》まれた蛙《かえる》のようになっていた。

「お前は連日、白菊を見舞っているそうだな。公休日まで病院で過ごしたと報告を受けているぞ。くだらん情に流されて、竜虎隊員としての本分を忘れていないか？」

「いいえ、そのようなことは断じてございません。私は白菊が贔屓生として復帰し、神の

寵を受けることを願っております。元はと言えば、私が憑坐役《よりまし》として不甲斐《ふがい》ないばかりにこのような事態になってしまい、責任を感じております。他意は一切ございません」

柏木の言葉など耳に入らぬように、常盤は「教祖様から御達しがあった」と告げる。

「っ、教祖様から?」

「四月末日の降龍の儀で杏樹《あんじゅ》様が神子となられたが、過去の例からすると一巡目で神子が出た場合、年度内にもう一人選出される確率が高い。教祖様は二人目を御所望だ」

診断書に記載された患者名を指でなぞった常盤は、「白菊」と口にした。

ただそれだけで、柏木の体に悪寒が走ったのが見て取れる。

「教団側の都合により、龍神に好まれそうにない剣蘭《けんらん》が贔屓生の枠を一つ無駄にしている反面、白菊は理想的な贔屓生と言えるだろう。龍神が求める美童そのものであり、異国の血が混じった杏樹様とは対照的な美しさを持っている。あれをいつまでも病院で寝かせておくのは惜しい」

「承知して、おります」

柏木が殊勝に答えているにもかかわらず、常盤は「本当にわかっているのか?」と彼を責め立てる。低く静かでありながらも威圧的に追い詰め、診断書の二枚目に貼《は》られていた白菊の写真を柏木に向けた。

「この黒髪、白い肌。日本人形の如く愛らしい顔立ち、華奢《きゃしゃ》な体。この素晴らしい素材が龍神の御目に留まるよう、来月を含め残る九回の儀式すべてに参加させろ。白菊が見初められれば二人目の神子が誕生し、我が教団はさらなる繁栄を約束される」

「はい……」

「贔屓生を病院送りにした汚名を雪《そそ》げるか否か、ここが正念場だな、柏木」

脅し文句を言うだけ言った常盤は、おもむろに腰を上げた。

何かされるとでも思ったのか、柏木は伸ばした腕や指に一層力を籠《こ》めて、まるで丸太を立てたような直立姿勢で硬直する。

しかし常盤は柏木に一瞥《いちべつ》もくれず、自らの上着に袖《そで》を通しただけだった。

隊帽を被りつつ鏡に向かって歩き、壁にかけられた金細工の鏡の前で教団の紋章が顔の中心に来るよう調整する。

四本の袖章と二本の飾緒《しょくしょ》がついた隊長服姿で、唐突に「厩舎《きゅうしゃ》に行く」と言い残して扉に足を向けた。

常盤の行動に柏木は敬礼しつつも驚いていたが、椿は冷静に見送る。

常盤はおそらく柏木とのやり取りにストレスを感じたのだろう。外から持ち込んでいる愛馬カメリアノワールに触れて、憂さ晴らしをするために出ていっただけのことだ。

「また隊長を怒らせてしまった。あの方はこの学園で育ったわけではないのに、どうしてああも信仰心が強いのか……外の世界で育って、あのようになれるものか？」

執務室の扉が完全に閉まってから、柏木は重々しい息をつく。

顔色が悪く、目の下には隈《くま》ができていた。

「常盤様は教祖候補のお一人ですから、当然かと思いますが」

部屋から出ていく気配がない彼の前で、椿は白菊の診断書をファイリングする。

常盤が愛用している万年筆をケースに収め、机の上を整えた。

「そうだな……確かに、そうではあるが……」

横に来た柏木は、他に誰もいないにもかかわらず声を潜める。

「ところで椿姫、君に頼みたいことがある」

「はい、どのようなことでしょうか？」

「君にしか頼めないんだ」

そう言って念を押してくる柏木の顔は、生きるか死ぬかといった深刻さだ。

「白菊のことですか？」

「ああ……知っての通り、降龍の儀の初回は贔屓生の心身を傷つけないよう細心の注意を払うべきで、私はこれまで何度も任されてきた。白菊は体が小さかったので、特に大切に抱いたつもりだ。それでもあの子は傷ついて……未だに発熱を繰り返している」

柏木はそこまで言うと言葉を切り、一旦瞼《いったんまぶた》を落とした。

「ただ、本人は戻る気でいるんだ」

思い詰めた様子の彼に、椿はこくりと頷《うなず》いてみせる。

昨夜、常盤に命じられて病院に行ったので、大方のことはわかっていた。

かつて常盤の非公認親衛隊である黒椿《くろつばき》会の主要メンバーだった白菊は、常盤への憧《あこが》れは別物として、柏木に対し本物の恋心を抱いているらしい。そのせいか、以前とは顔つきが変わっていた。

「健気《けなげ》な子ですよね。柏木様にこれ以上迷惑をかけたくないと言っていました」

「白菊が、そんなことを？」

「はい。柏木様は誠実で魅力的な方ですから、白菊が心動かされるのもわかります」

「いつも隊長と一緒にいる君に、そんな世辞を言われると恐縮しきりだな」

言葉通り恐縮した様子の柏木は、あえて首を竦《すく》めてみせる。

常盤がいなくなったことで、ようやく緊張が解《ほぐ》れてきたようだった。

「お世辞のつもりはありません。二ヵ月間、毎日のようにお見舞いにいくなんてなかなかできることではないですし、柏木様にそこまでしてもらえる白菊は幸せだと思います」

常盤のデスクの上を片づけ終えた椿は、長い黒髪を揺らしながら柏木に微笑《ほほえ》みかける。

在学中から椿姫と呼ばれ、優艶《ゆうえん》な美男として名高い椿を前に、柏木は一瞬たじろいだ。

他に好きな相手がいようと、同性に興味がない男であろうと、椿の美貌《びぼう》の前では誰しもこんなものだ。薔《しょう》に心を移した常盤でさえ、未だに見惚《みと》れる様子を見せることがある。

「ありがとう……とても光栄だ」

「本当のことですから。それで、私は何をすればよろしいのですか？」

「あ、ああ……すまない。つまり、来月の話だ。七月十日に行われる四回目の降龍の儀に白菊が参加できた場合なんだが、復帰後最初の憑坐役を君にやってもらえないかと思っている。贔屓生出身の君なら私よりも遥《はる》かに白菊の苦しみがわかるだろうし」

「私が白菊を抱くのですか？」

「君を措《お》いて他に適任者がいるとは思えない。あの子を少しでも憐《あわ》れに思うなら、隊長にお執り成し願えないだろうか？」

柏木は常盤に言いたくても言えなかったことを口にすると、「頼む」と頭を下げる。

椿が常盤の従弟《いとこ》であることは、隊内では周知の事実だ。そのうえ恋人だと噂《うわさ》されているため、常盤に直接言えない頼み事をされるのは間々《まま》あることだった。

「柏木様、頭を上げてください。聞き入れてもらえるかどうかわかりませんが、折《おり》を見てそれとなくお話ししてみます。あの方も鬼ではないので、ご心配なさらないでください」

椿は腰を低くしていた柏木の袖に触れ、顔を上げさせた。

美形揃《ぞろ》いの隊内でも特に目立った花形隊員の彼は、心労のせいかやつれて見える。

ほんの少し前まで、常盤も彼のように苦しげな顔をしていた。

禁断の愛に懊悩《おうのう》して食が細り、酒で体を痛めつけるような慰め方をしていたのだ。

しかし五月十日の儀式を境に気持ちを切り替えたらしく、痩《や》せた体もすっかり元通りになって、彼らしさを完全に取り戻していた。

「椿姫、本当にありがとう。白菊は君のことをとても尊敬していて、贔屓生と竜虎隊員の役割を知ってから特にその想いが強くなったようだ。贔屓生の気持ちを酌むことができる君なら、安心してあの子を任せられる」

両手で手を握ってくる柏木の言葉に、椿は心隈《こころぐま》を隠して微笑む。

そして聞こえのよい言葉を作りだし、執務室の外まで柏木を見送った。

中央に絨毯《じゅうたん》が敷かれた大理石の床の上を歩いていった彼は、途中で振り返って軽く手を上げ、「よろしく頼む」と言ってくる。

白菊のことが可愛くてたまらないのだろう。二ヵ月に亘《わた》る献身は責務の範疇《はんちゅう》を超えており、二人の間に特別な感情があるのは明らかだった。

――好きな相手を他の男に抱かせようなんて……。

どうしてそんな残酷《ざんこく》なことができるのか、椿には柏木の気持ちがわからない。

姫などと呼ばれる自分が女性的な美貌の持ち主なのは自覚しているが、それでも男だ。

七月は自分が担当するとしても、それ以降の八回は他の隊員になり、白菊は正真正銘の男らしい男に抱かれることになるだろう。口で八回と言うのは簡単だが、実際に贔屓生が体で味わう八回は多大な苦痛――体の中に好きでもない男の性器を無理やりねじ込まれ、青臭い精液を注がれる屈辱がどれほどのものか、想像できているのだろうか。

柏木が本気で白菊を愛しているなら、彼もどんなにかつらい思いをするはずだ。もしもそのつらさがわからず、嫉妬《しっと》に狂うこともないとしたら、そんな愛は偽りに過ぎない。

――私なら、攫《さら》うか心中するかしてほしい。

廊下の先に消えていく柏木の背中を眺めながら、椿は溜《た》め息《いき》をつく。

願ったところで、思うようにいかなかった自分の立場はわかっていた。

常盤に抱かれ、「俺だけの物になれ」と望まれたこともあったけれど、常盤の心はいつも弟に囚われていた。たとえ彼の物になったとしても、最愛の存在にはなり得ない。

別れてからの常盤は未練など微塵《みじん》も見せないうえに、自身に似ている剣蘭の相手を椿に命じた。神子に選ばれそうにない体格を持つ剣蘭が無駄に傷つくことのないよう、「お前が抱かれてやってくれ」と、確かにそう言ったのだ。

一度は抱いて心を寄せた相手を他の男に任せる――なんとも無情な常盤と柏木の行為を重ねながら、椿は竜虎隊詰所をあとにした。

アイアンの門を抜けて紫陽花《あじさい》の咲く通路を北側に進むと、馬場が見える。

竜虎隊が所有している馬を遥かに凌駕《りょうが》する駿馬《しゅんめ》が、主を乗せて走っていた。

常盤が隊長就任時に外から持ち込んだ漆黒の馬で、名はカメリアノワールという。

常盤が想い人の名を馬につけたのだろうと噂され、常盤と椿の特別な関係を決定づける存在になっているが、半分当たっていながらも不正解。とんだ椿違いだ。

カメリアノワールの名は、自分ではなく常盤の弟の本名から取ったもの。

竜生名、薔の本名——西王子椿。

常盤にとってその名は特別なもので、彼は椿のことを竜生名では呼ばなかった。

薔の前で呼んでみせたことはあったが、その場限りの話だ。

——私は偽物の椿。それでも貴方《あなた》は、私を欲しいと言ったのに。

愛馬との時間を愉しむ常盤を見つめながら、椿は隅角《ぐうかく》の埒《らち》に手をかける。

学園の東方エリアにある馬場は、馬術競技用の長方形の物と、水濠《すいごう》障害やアップダウン障害を始めとする多数の障害を配したクロスカントリーコースの二種に分かれていた。

聳《そび》える塀に囲まれた広大な学園内を素早く移動できるよう、他のエリアと繋《つな》がる車道に出やすい構造になっている。

しばらく見ていると常盤が気づき、手綱を開いてこちらに向かってきた。

椿はより大きく感じられるようになった人馬を見上げて、用事があることを示すために隊帽を脱いで軽く一礼する。

「柏木が何か言っていたか？」

高い位置から降り注ぐ声に椿は顔を上げ、「はい」と答えた。

「白菊が復帰した際は、私に憑坐を任せたいそうです」

「お前に？　おかしな男だな。自分を憑坐にしろと強請《ねだ》るならわかるが」

「それは無理が過ぎると思ったのでしょう。通常、同じ相手には当たりませんから」

「何度か当たることも間々あるぞ。実際にはそれ以上もあり得る。公式に記録されている事例が真実だという証拠はないが、嘘《うそ》だという証拠は挙がっているからな」

薔の相手を十二回務める気でいる常盤は、苦笑いを浮かべながら馬の首を撫《な》でる。

不正は常盤と薔に限ったことではなく、椿も過去に似たようなことをしていた。

それも含めた苦笑いなのだろうと思いながらも、椿は相槌《あいづち》を打つ気になれない。

贔屓生を抱く憑坐役を決めるのは竜虎隊隊長の役目で、そして隊には元々西王子一族の人間が多い。常盤の息のかかった隊員が薔の憑坐として割り振られ、途中で密かに常盤と交代する流れになっていた。常盤はそうして弟の身を守るために隊長になったのだ。

当然ながら、最初の予定では薔を抱く気はなかった。

カメリアノワールが自分の意思で顔を寄せてきたので、椿も手を伸ばして首に触れる。

黒光りする被毛は手入れが行き届いていて美しく、手触りもいい。

生き別れた弟の名を与えただけあって、常盤はこの馬をとても可愛がっていた。

時には厩舎から汗だくの泥塗れで引き上げてくることもあり、そのたびに迎えた隊員が慌てふためいている。

竜虎隊に入る前は、馬を所有していても滅多に会いにいけなかったそうだが、入隊後の常盤は毎日のように馬の世話をして、折に触れて弟の顔を見ることもできるのだ。予定が狂って沈んだのも過去の話になっている今、彼はとても幸せなのかもしれない。

「常盤様に守られている薔様は幸せですね。もちろん貴方自身も」

「そう思うか？　俺はまだいいが、薔はつらそうな顔ばかりしている」

「それは……貴方が笑わないからでしょう。普通にしていると威圧感があるんですから、意識して和ませてあげないと可哀相《かわいそう》ですよ」

温かい馬の体は西日を受けてさらに温まっており、触れた掌がじわりと熱くなった。

椿の想いを余所《よそ》に、常盤は「その通りだが、正確には逆だ」と言ってくる。

「俺は普通にしていると、薔の前で相好を崩してしまう。自分が犯した罪も、兄弟であることも何もかも忘れて、ただ同じ空間にいられることを喜んでしまうんだ」

「それでよいのでは？　貴方が罪を背負った顔をしていれば、薔様もまた苦しみます」

微笑みを湛《たた》えながら言った椿を前に、常盤は俄《にわか》に表情を変えた。

目を少し大きめに開き、驚いたような、或《あ》いは呆《あき》れているような顔をする。

「お前は相変わらずだな。いったいどうやったらそんな顔をして、善言をすらすらと口に出せるんだ？」

「そんな顔とは、どんな顔でしょう？」

「寛容で格別に優しく、嫉妬や執着とは縁のない菩薩《ぼさつ》の顔だ」

「普通にしているだけですが、そんなふうに見えますか？」

「可愛げがないと思うくらいには、そう見えるな」

それは、少しくらい蕾に嫉妬してくれてもいいだろう？　という意味なのかと、常盤に問いたくても問えず、椿は柔和な笑みを返す。

――そんなわけ、ないじゃないですか……。

外面似菩薩《げめんじぼさつ》、内心如夜叉《ないしんにょやしゃ》という言葉が頭を過《よぎ》った。

嫉妬心も執着心も人一倍強いものを持っている。ただ、それを表に出すことを許せない程度にプライドが高く、本心を隠すことに長《た》けているだけだ。

しかしそれも鉄壁ではないはずで……常盤が本気で自分だけを見て、心の底から愛してくれていたら、彼はこの胸に眠る夜叉に気づいただろう。

大して興味がないから気づいてもらえないのだと、椿はよくわかっていた。

愛がない、執着もない。彼にとって弟以外はすべて雑草のような物だ。

自分も例外ではなく、だからこうして踏み躙《にじ》られている。

「白菊の件だが、来月は復帰できそうなのか？」

「難しいところです。本人の意思とは無関係に、来月も同じ結果になるかもしれません」

「七月もまた、一時的に高熱が出ればいい。柏木の立場は悪くなるが、あのように小さな子供が無駄に傷つくよりはましだ」

西日を背負う常盤を見上げたまま、椿は「はい」とだけ答える。

子供とは言っても高等部の三年生ではあるが、白菊は贔屓生の中で最も小柄で、幼少期からあまり丈夫ではなかった。降龍の儀に挑むことは心身共に負担が大きいうえに、今年度の神子はすでに二人決まっている。

表向きは杏樹だけだが、実際には薔も選ばれているため、三人目の神子が出る可能性は極めて低いのだ。

「来月もしも体調がよかった場合は、白菊の主治医を買収してはいかがですか？」

「そうしてやりたいところだが、危険過ぎるな。病院には南条《なんじょう》一族が多いうえに、院長は教祖の弟だ。万一こちらの不正が発覚すれば、薔と剣蘭が凌辱《りょうじょく》の憂き目に遭う」

「はい……」

常盤はこうして時々、薔と剣蘭の名を当たり前のように並立助詞で繋ぐ。

それが椿には不自然に感じられてならなかった。

常盤は剣蘭の出自を知らず、外見から血縁者に違いないと判断して、いくらか優遇しているに過ぎないはずだ。しかしそれにしては妙だった。

「その……剣蘭のことですが、今夜はどうなさるおつもりですか？」

「先月と同じだ。うちの人間を宛《あて》がって、添い寝だけさせる」

「そう、ですか。随分と可愛がっていらっしゃるのですね」

「そうだな、それなりに可愛い。自分と似た少年が男に組み敷かれる様を想像するのは、あまり気分のいいものじゃない。そもそも龍神に選ばれるタイプではないしな」

「はい、差し出がましいことを口にして申し訳ありません」

常盤の返事を聞いたところで違和感を拭《ぬぐ》えず、椿は半信半疑のまま謝罪する。

まだ愛馬を走らせたい様子の常盤に一礼すると、彼は「夕食までには戻る」と言って、東方エリアを囲む車道に向かった。

——まさか……剣蘭が実弟であることを、知っている？

椿は瞬く間に消えていく人馬を見送りながら、隊帽を深めに被る。

生後数日の薔を三歳まで手塩にかけて育てた常盤は、その赤子が血の繋がった異母弟だと思っているはずだ。だからこそ誤って薔を抱いたことや神子にしてしまったことを悔いていたのに、何故《なぜ》やたらと剣蘭を特別扱いするのだろうか。

薔と剣蘭が、どちらも御三家の子供として同じ日に同じ病院で生まれ、何者かによってすり替えられたことを常盤が知っていたなら、血が繋がっていない薔を抱くことにあんなにも苦悩する必要はなかったはずだ。

それとも、特殊な学園で育った自分には理解できない感性によるものなのだろうか。

いくら順応教育を受けて外の世界の有り様を知ったところで、学園育ちの人間が外で育った常盤と同じ感覚を持つのは困難な話ではある。

——血が繋がっているから背徳感を覚えたのではなく、自分の手で育てた子供と性的な関係を結んでしまったから苦しんでいたのだとしたら……常盤様が早々に吹っ切れたのも合点が行く。剣蘭が実の弟だと知っているなら、薔と同様に守ろうとするのも当然。

しかし常盤の言葉通り、姿形が自分に似ているから目をかけているだけという可能性も捨て切れない。

薔と血が繋がっていると信じながらも、相思相愛になったので吹っ切れたということも考えられる話で、真実がどこにあるのかわからなかった。

背徳に苦しむ彼らを黙って眺めていようと思っていたが、わざわざ剣蘭をログハウスに呼びだし、身を任せてまで知り得た情報に価値があったのか否か……。もしも後者なら、ぞっとしない話だ。

椿は見えない答えを模索しながら、コバルトブルーの空を見上げる。

日中は降りてこない黒龍の姿を、天空の先に求めた。

——神子は神に愛されるほど運気が上がるもの……私の運気が下がっているとしたら、薔の方が私よりも愛されているということになる。

あの子は何故、自分から何もかも奪うのか。

常盤の愛を得られず、神の寵まで薄れたらいったいどうなってしまうのか。

二人の愛の裏側で、椿は身の内の毒が広がっていくのを感じていた。

2

六月十日、午後六時二十五分。贔屓《ひいき》生宿舎。

薔《しょう》は三階の自室でスポーツドリンクを飲み、歯を磨いて空腹を紛らわせる。

今夜は贔屓生一組の降龍《こうりゅう》の儀、三回目の夜だ。

この日を待ち焦がれていた薔にとって苦痛など何もなかったが、儀式の前日から義務づけられている断食だけは応《こた》えるものがあった。

贔屓生は部活動こそ禁止されているが、授業は普通にある。

昨日は家庭科の調理実習、今日は体育の授業があったので、なおさらきつかった。

断食が無意味だと知っている今となっては、隠れて何か食べたくなる。

生憎《あいにく》この学園では菓子一つ自由にならないので無理だったが、このままでは常盤《ときわ》の前で腹の虫が目を覚ましそうだ。

「薔、いる？　一緒に食堂行こうぜー」

部屋の扉を外から叩《たた》かれ、口を漱《すす》いでいた薔は洗面室から顔を出す。

杏樹《あんじゅ》が神子《みこ》になって教団本部に移った今、部屋を訪ねてくるのは同じ階の剣蘭《けんらん》か、薔の真下の部屋の茜《あかね》くらいのものだった。この声は茜だ。

「食堂には行かない。断食中だ」

薔は扉を開けて答えた。規則により自室に他人を入れることはできない。

それを心得ている茜も廊下に立ったまま踏み込まず、「あ、うっかりしてた」と笑う。

茜は降格になった竹蜜《たけみつ》に代わって贔屓生二組に入った新顔で、降龍の儀を経験しても、まったく思うところがなさそうなあっけらかんとした性格の持ち主だ。

身長は剣蘭と薔の中間くらいで、贔屓生としては高めだった。名前通りの茜色の髪を、編み込んだりピンで留めたり、校則の範囲内で華やかに装っている。

髪色も顔も目立つうえに同じ翡翠《ひすい》組なので知ってはいたが、特に仲がよかったわけではなかった。彼いわく、杏樹が邪魔して自分には近づきにくかったらしい。

「断食つらいよなぁ、俺の夕食少し分けてやろうか？」

「いや、大丈夫だ」

「遠慮しなくていいぜ、ポケットに入れられる物なら持ちだせるし。今夜は洋食だから、サラダのミニトマトとかロールパンとか？　俺、薔のためなら運び屋になるぜ」

ブレザーのポケットを裏返して準備を始める茜を前に、薔は思わず笑ってしまう。

茜は杏樹がいなくなるなり急接近してきたので、初めのうちは何か目的があるのではと疑ったが、勘繰《かんぐ》るまでもなく自分で白状した。「剣道やってるお前に惚《ほ》れてたっ！」と、顔を真っ赤にして告白してきたのだ。

その挙げ句に、「同学年だけど義兄弟の契りを結んでくれ！　どっちが兄でも弟でもいい。お前が好きな方を選んでくれ！」と申し込んできた。

「六時半になったぞ。早く行った方がいいんじゃないか？」

薔は苦笑しつつ、夕食の時間を知らせる鐘に耳を澄ませる。

入院中の白菊《しらぎく》と、神子になった杏樹を除く七名の贔屓生が暮らす宿舎に、扉を開閉する音や足音が響いた。断食中の剣蘭は出てこないため、三階だけは静かだ。

薔に義兄弟の契りを申し込み、断られたにもかかわらず態度の変わらない茜は、微妙な表情で首を斜めに向ける。何か言いたげな顔をして、薔の部屋の扉を摑《つか》んだ。

「――茜？」

「俺としては、二十日より十日のがすげぇ嫌」

中に踏み込む気かと思うくらい顔を近づけてきた彼は、含みのある言い方をする。

真剣な顔をしたかと思うと舌を出し、「さっきの、うっかりは嘘な」と笑った。

茜は贔屓生二組なので、儀式が行われるのは毎月二十日だ。

何も言えなかった薔の前で軽快に踵《きびす》を返した彼は、階段に向かって歩きだした。

基本的には明るく元気なクラスメイトだが、後ろ姿には独特のムードがある。

八十一鱗《くくり》教団は国粋主義ではないので、彼のように異国の血を持つ童子《どうじ》も多い。

神子に選ばれた杏樹も薔も同じだ。

茜もまた、どこの国かはわからないが、異国の血が混ざっているのだろう。目立つ容貌《ようぼう》のうえに、学園の空気に染まりきらない異端児めいたところがあった。それでも人の輪の中心にいることが多く、他にいくらでも相手がいそうな茜が、自分に構う理由が薔にはわからない。もしも彼の言葉通り惚《ほ》れた腫《は》れたの話なら、理屈など通用しないことは身を以て知っているが、やはり不思議に思う。

なんで俺なんだろう、どこがいいんだろう？

とても訊《き》けないが、心の中で問いかけることはよくあった。

自分に何か魅力があるなら、それを磨いてもっと惹《ひ》きつけたい人がいる。

――茜のことは嫌いじゃないけど、俺は不特定多数に好かれたいわけじゃない。一生のうちに得ることのできるすべての想いが、常盤の心に移ればいいのに。

常盤の気持ちが足りない。行動も足りない。だからいつも不安になる。

俺が常盤のことを考える以上に、常盤は俺のことを考えているか――おそらく否だ。

薔は感情に任せて何度か、常盤に対する好意を示すような言動を取ってしまった。しかも秘密を守るために、以前ほど授業をサボらず真面目《まじめ》にやっている。そうして自分がおとなしくすればするほど、常盤は安心するだろう。

童子を管理する側の常盤は、こちらの行動も居場所も容易に把握できて、「薔は今頃授業中か……」と思うことはあっても、おそらくそれで終わってしまう。

俺は違うのに——常盤が何をしているか、どこにいるか把握できない。誰と一緒にいるかもわからない。公休日には塀の外に出ていって、どんな場所で誰と何をしているのか、想像もつかずにもやもやと考えてばかりだ。

大人と子供、管理する側とされる側、その関係が忌々《いまいま》しい。

何も知らなかった頃のように勝手に動き回ったら、常盤はどうするだろう。

また追いかけたり捕まえたりするんだろうか。きっとそうだ。

時計塔の上で待っていたら、階段をカツカツ上がってくるだろう。

常盤松の木に傷をつけたら、手首を引《ひ》っ摑《つか》んで止めるだろう。

プールに勝手に飛び込んで泳いだら、常盤も飛び込んでくるんだろうか。

あの髪は濡《ぬ》れたらどんなふうになって、澄ました表情はどれくらい崩れるだろう。

セックスの時のように呼吸を乱したりするんだろうか。水の中で必死に俺を捕まえて、びしょびしょになって怒ればいいのに——。

子供っぽいことはもうできない。迷惑や心配をかけたいわけじゃない。

それでいて、一日中ずっと、どこにいても自分のことだけを考えさせたい。

会いたくて会いたくてたまらなくさせるには、何をどうしたらいいんだろう。

——あと、三時間半。

森に潜む五重塔。降龍殿を頭に思い描き、薔は気持ちをそこに飛ばす。

望まなくても会える時間がようやく来る。一ヵ月、待ちに待った時だ。

降龍殿の最上階で常盤に抱かれ、教団に隠れて生きる陰神子としての務めを果たす。

すべての神子は龍神の愛妾《あいしょう》であり、月に一度は龍神を降ろさなければ神の逆鱗《げきりん》に触れることになるのだ。天罰により殺されることを避けるための行為、神子に選ばれた者の避けられない宿命。

しかし薔にとっては、理由などもうどうでもよかった。

降龍の儀は、常盤と会って肌を重ね、常盤を独占できる時間だ。

体も心も全部、常盤のすべてを自分だけのものにできる、最高の時間――。

「薔、そんな所で何やってんだ？」

ドアノブを握ったまま半歩廊下に出ていた薔は、剣蘭の声で我に返る。

隣の部屋から出てきた彼は、薔の部屋にあるのと同じ水筒を手にしていた。

「剣蘭……食堂に行くのか？」

「行くけど、食事じゃなくてこれな。スポーツドリンクもらってくる。お前は？」

薔は「俺のはまだある」と答えたが、剣蘭が目の前を通った瞬間、ふわりと流れてきた匂《にお》いに釣られてさらに半歩出てしまった。なんだかとても甘い匂いがしたのだ。

飢えた体が強烈に求める匂いに惹かれ、ほぼ無意識に足が動いていた。

それがなんの匂いか気づいたのは、剣蘭が通り過ぎたあとだった。

「キャラメル？」

具体的になんの匂いか思い至るなり薔は呟《つぶや》き、剣蘭はバッと口を押さえる。

振り返った彼は勢いよく戻ってきて、薔の前に立ちはだかった。

口から手を下ろすと、その手を白いブレザーのポケットに突っ込む。

「お前にも一つやるから黙ってろ。いいか、誰にも言うなよ」

高圧的な口調とは裏腹に、剣蘭の顔には焦りが出ていた。

薔の記憶では、週に二度の甘味日にキャラメルが支給されたのはだいぶ前だ。

三年生になってからは一度も見ていない。支給された菓子類はその場で食べきる規則があるうえに、調理実習で作った憶えもなかった。

「誰かに、もらったのか？　椿さん？」

「いや、違うから。余計なこと考えなくていいから、とにかく食え」

薔は常盤に似た剣蘭の顔を見上げながら、椿さんだな、と確信する。

贔屓生出身の椿は断食のつらさを知っているはずで、初回の憑坐《よりまし》を務めた剣蘭を不憫《ふびん》に思ったのかもしれない。

何しろ剣蘭は椿のことが好きで連日詰所に通っているし、剣蘭が知っているかどうかはわからないが、椿は常盤の従弟《いとこ》だ。明らかに西王子《さいおうじ》一族の血を引く剣蘭のことを、密かに可愛がっている可能性がある。

「押しつけられても困る。あと数時間だし、狡《ずる》いことはしたくない」

俺はただでさえ狡いことをしてるんだし——内心そう思って言った薔だったが、剣蘭は責められたと感じたようだった。潔いラインを描く眉《まゆ》を歪《ゆが》め、眉間《みけん》に皺《しわ》を刻む。

「そんな大袈裟《おおげさ》なことじゃないだろ。断食なんかしてもしなくても変わらないだろうし。そもそも神子になりたくない奴が真面目に守ってどうすんだよ」

「別に責めてるわけじゃない。それをくれた人は、お前にあげたかったんだろ？　誰かに分けたりせずに全部食べろよ。口止めされなくても言わないから」

もしも自分が常盤に菓子をもらったら、キャラメル一つだって分けたくない。

剣蘭も同じ気持ちだと思った。椿の小さな愛情は、おそらく彼の宝物だ。

「お前、なんか雰囲気変わったよな。可愛げが出てきたっていうか」

「……っ、可愛げとか言うな」

「元々顔は可愛いんだけどな」

「可愛くない。可愛いっていうのは、白菊とか杏樹みたいなのを言うんだ」

キャラメルの匂いを嗅《か》ぎ当てられて焦っていたはずの剣蘭は、「いやいや」と言いつつ、急にしたり顔をして顎《あご》をしゃくる。

日に日に成長して男ぶりが上がっていることもあり、そんな顔をするとますます常盤に似て見えた。

「まあ、男に二度も抱かれたら色々変わって当然か。まったく変わらない奴もいるけど、お前は案外繊細なとこありそうだしな」

「勝手に決めつけるな。俺は何も変わってないし、降龍の儀に関わることは贔屓生同士であっても話題にするべきじゃない」

「まだそんな固いこと言ってんのか？　今はもう贔屓生全員が儀式を経験してるんだぜ。今夜から三巡目に入るんだし、いまさらだろ？　まあいいや、食堂に行ってくる」

お前は龍神を見たことがないから、事の重さも知らずに呑気《のんき》でいられるんだ。

そう言えるものなら言ってしまいたかった。

教団の作った規則や学園の校則は、破ったところで見つからなければ罰《ばち》は当たらない。しかし龍神を裏切れば罰は当たる。

神の妾《めかけ》である神子に選出された者が、一ヵ月禁欲するだけで……つまり降龍を一月以上怠ると、神の逆鱗に触れて殺されると言われているのだ。

他にも、神子の誕生を阻止しようとした人間が雷に打たれたり、火事に見舞われたり、科学では説明のつかない天罰は枚挙《まいきょ》に遑《いとま》がない。

常盤もまた、幼い蕾の学園行きを阻《はば》もうとして全身火傷《やけど》を負わされた一人だった。

その戒めのように、左手の掌に生々しい火傷の痕《あと》が残っている。

「お前も……あまり変わらないな」

薔は階段に向かって歩きだした剣蘭の背中に、小声で話しかけた。

別段何か意図があったわけではない。ただ、不意に気になったのだ。

四月に行われた初回の相手が憧《あこが》れの椿だったことで、剣蘭は甚《いた》く喜んでいた。けれども五月は別の隊員に抱かれたはずだ。

そして六月十日の今日もまた、別の隊員に抱かれる。

そのわりにこれといって緊張している様子もなく、傷ついているようにも見えないのが不思議だった。椿に気持ちを寄せているわりには、奇妙とも思える落ち着き様だ。感情を押し殺すタイプではないので、悩んでいれば顔に出そうなものだが——。

「儀式の話はタブーなんだろ？　自分から振ってくるなよ」

剣蘭は顔だけを薔に向け、意味深な笑みを浮かべる。

そのうえ、「さっさと卒業して竜虎《りゅうこ》隊員になって、ガンガンやりまくりたいよなぁ」と、らしくないほど下品な言い方をしながら階段を下りていった。

その広い背中を見ていると、現時点ですでに、男に抱かれるよりは抱く方が合っているように感じられ、薔の胸にはもやもやとした違和感が広がっていく。

剣蘭は元々背が高く体格もよかったが、近頃さらに成長したようだった。

いくら美形でも、いわゆる美童とは毛色が違うのだ。常盤に似ているか似ていないかは関係なく、贔屓生が儀式のときに着る緋襦袢よりも、憑坐が着る羽二重《はぶたえ》の方がしっくりくる気がする。

——アイツ……ほんとに抱かれてるのか？

薔は二ヵ月前に行われた贔屓生一組の初回の儀式を思い返しながら、剣蘭は本当に椿に抱かれたのだろうかと疑問を抱く。

逆の方が自然に思えるが、しかし逆だったとしたら辻褄《つじつま》が合わないことがあった。

椿は薔と同じ陰神子であり、容姿も能力も大層優れている。

もしもあの夜、椿が剣蘭に抱かれていたとしたら、龍神は自分になど目を向けなかっただろう。そして龍神が順当に椿の所に降りていれば、常盤が背負う罪悪感は今より遥《はる》かに軽くなっていたはずだ。

誤って実の弟を抱いてしまったことは罪だとしても、龍神が降りてこなければ、自分は神子にはならなかった。常盤の過ちは一度きりで済んだのだ。

——つまり、剣蘭は椿さんに抱かれたってことで、間違いないんだよな？

この件について常盤に訊いてみたい気持ちが薔にはあったが、常盤と椿の間には過去に何かあったかもしれない……と思うと、性的な話を持ちかけるわけにはいかなかった。

そもそも閨《ねや》での出来事を探るのは品のない行為だ。

こうしてあれこれと考えることすら、いけない気がした。

3

午後十時。贔屓《ひいき》生宿舎一階の和室で、薔《しょう》は剣蘭《けんらん》と共に黒い和服に着替える。洒落《しゃれ》たアイアンの柵《さく》で囲われた赤煉瓦《れんが》の洋館をあとにして、迎えの竜虎《りゅうこ》隊員と連なって森を歩いた。手にしているのは和洋折衷のカンテラ、向かう先は降龍殿《こうりゅうでん》だ。

王鱗《おうりん》学園東方エリアの東奥に建つ降龍殿は五重塔になっていて、八十一《くくり》鱗教団の始祖である竜花《たつはな》の骨が祀《まつ》られている。

この場所で竜花の血を引く美童が男に抱かれると、龍神の目に留まって神子に選ばれる可能性が高いと言われていた。

一階には祈禱《きとう》を行うための祭壇と、祈禱を務める竜虎隊隊長の控え室。二階には憑坐役《よりまし》や案内役の控え室と、贔屓生が暴れた場合に拘束して儀式を行うための部屋がある。その上の三階から五階は、始祖の竜花が江戸中期に働いていた陰間茶屋《かげまぢゃや》を模していた。

通常は贔屓生と憑坐役の隊員が二人一組に分かれ、同時に三部屋を使うことになるが、贔屓生一組の白菊《しらぎく》は入院中のため、今夜使われるのは五階と四階だけだ。

「縄を潜って祭壇に進み、祈禱《きとう》後に御神酒《おみき》を賜りなさい」

降龍殿の中に入ると、黒い羽二重《はぶたえ》姿の隊員が二人を迎える。

今のところ毎回違う隊員が案内役を務めていて、今夜は第二班班長の柏木《かしわぎ》だった。いつの間にやら贔屓生の中で噂《うわさ》が広まり、白菊を病院送りにした隊員として名が知れ渡ってしまったが、誰も彼が悪いとは思っていない。容姿も中身も優れた人物として人気が高く、常盤以外に興味がなかった薔でさえ、漠然と好印象を抱いていたほどだ。

白菊を弟のように可愛がっていた剣蘭は、この人を見て何を思うのか……そんなことを考えながら紙垂《かみしで》を垂らした注連縄《しめなわ》を潜った薔は、畳が敷かれた聖域に足を向ける。

祭壇の前には祈禱役の常盤が立っていた。

今夜も儀式用の黒い羽二重姿で、首には紫の勾玉《まがたま》の首飾りをかけている。

このあと常盤が自分を抱けば、龍神は常盤の体に降りてくるだろう。

そして彼の黒い瞳《ひとみ》は、勾玉よりも鮮やかな紫に変わる。

御神託を受けるのは神子《みこ》だが、龍神は神子を抱く男に降りるのだ。

それ故に、神子を抱く男は憑坐と呼ばれている。

「選ばれし竜生童子《りゅうせいどうじ》よ。そこに座し、我らの神に祈るがいい」

頗《すこぶ》るよい声が響く。権威的な低音は、彼が放つ空気にこのうえなく合っていた。常盤の周りだけ、流れる空気が違うように感じられるのだ。空気が重たくなって、足が硬い床に埋め込まれる感覚だった。

これは単なる茶番だとわかっているのに、薔は儀式の際の常盤を怖いと思う。

教祖候補の一人として、そして竜虎隊の隊長として、龍神を心の底から崇め奉っているように見えるからかもしれない。

祈禱役を完璧《かんぺき》に熟《こな》す姿を見るたびに、薔は常盤の覚悟を思い知る。

この人は自分を救うために、十五年もの間こうして演じ続けてくれたのだ。強い信仰がある振りをして望んだ地位を手に入れ、龍神の天罰を恐れずに助けにきてくれた。

「選ばれし竜生童子が、至上の法悦を賜らんことを――」

薔と剣蘭が御神酒を飲んだあと、常盤は祭壇の方を向く。

勾玉を引き寄せながら祈りを捧《ささ》げ、「来たれませ、来たれませ」と龍神を呼んだ。

――来たれませ……俺と常盤の許へ。そしてどうか、俺達を守ってください。

常盤の後ろ姿を見上げながら、薔は空きっ腹を痛めつける酒に眩暈《めまい》を覚える。

三度目の飲酒だったが、一向に慣れる気配はない。胃の中を火で炙《あぶ》られるような痛みに耐え、常盤の背に向かって伸びてしまいそうな右手を制した。


竜虎隊員によって五階に通された薔は、檜《ひのき》の香る風呂《ふろ》に浸《つ》かって禊《みそぎ》を済ませる。

よく温まってから綿布で水分を拭《ぬぐ》い、姿見に背を向けて右肩を映してみた。

異国の血が混じっているせいか肌が白く、御神酒と入浴により桃色に染まっている。

しかし今夜も、常盤が彫った朧彫《おぼろぼ》りは出ていなかった。

強く抓《つね》ったり叩《たた》いたりすれば薄《うっす》らと浮かび上がってくることがあるが、常盤に見せたくないのでこのままにしておく。情事の最中に朧彫りを目にしたら、常盤は弟を抱いていることを意識してしまい、行為に集中できなくなるだろう。

常盤の異母弟の本名は、椿《つばき》。彼が自分の本名の篁《たかむら》に合わせて、竹と相性のよい花の名を弟につけたのだ。そのイニシアルが、この肩に刻み込まれている。

常盤の弟である証し——彼と自分を繋《つな》ぐとても大切なものだけれど、常盤を苦しめるなら出てこなくていい。ただここに、存在してくれればそれでいい。

薔は白い肩を緋襦袢《ひじゅばん》で覆い、少しきつめに帯を締めた。

浴室の前には居間があって、艶《つや》やかな蒔絵《まきえ》の座卓が置いてある。

座布団も二枚用意されているが、茶や茶菓子といった物はなかった。

襖《ふすま》で仕切られた寝室には赤い布団が敷かれていて、銀の香炉からは香木の香りが漂っている。しっとりとした手で心の襞《ひだ》を撫《な》でられるような、落ち着く香りだ。わずかな記憶の中にある、優しい母の手を思いだす。実際には母親ではなく常盤の手だったが、そこから受けるイメージだけは変わらない。

——襖は閉じておこう。

一枚分開けておくのが決まりらしい襖を、薔はあえて閉じた。

早々に布団に入りたいとは思わなかったからだ。それでは夜が早く終わってしまう。

——したくないわけじゃないけど、すぐそうなりたくない。もっと時間をかけて、色々話したりして……そのあとで……。

赤い布団の上で乱れる常盤と自分の姿を想像すると、頬《ほお》がカッと熱くなる。

儀式だから仕方なく受け入れているのではなく、そういうことがしたい気持ちを確かに持っている自分は、たぶんおかしいいんだろうなと思った。

同じ男でありながら、育ての親に等しい兄に抱かれる日を待ち侘《わ》びて、夜な夜な火照《ほて》る体を持て余したり、実際の行為以上にいやらしい淫夢《いんむ》を見たり。塀の外の世界の人間から見たら、社会的なモラルに欠けるのだろう。

——男同士で、兄弟で……それは凄《すご》く、いけないことなのに……。

八十一鱗教団は始祖の血を色濃く継ぐため、近親婚を繰り返してきた血族の秘密結社であり、この学園で育った人間には近親相姦《そうかん》に対する背徳感が薄い。

そのため、御三家の跡取り息子の特権により外界で育てられた常盤の苦しみを、自分が感覚的に捉《とら》えるのは難しかった。せめて頭では理解したいのに、それを嘲笑《あざわら》うかのように淫《みだ》らな欲求が芽生えてしまう。

神子に選ばれ、間接的に龍神に抱かれたせいでこんなふうになったのか、それとも己の性分なのか、いつか見極められる日が来るんだろうか。

できることなら神のせいにして、涼しい顔をしていたい気持ちもある。けれども自分の情思《じょうし》はすべて自分自身のものであってほしい気持ちの方が優勢だった。とても恥ずかしいけれど、常盤に向けるものは本物でなければならない。

——とにかく今夜は……弟だってことを意識させないようにしないと。

薔は下座に座って裾《すそ》を整え、背筋を正して深呼吸する。

右肩に存在していても容易に浮きでてはこない朧彫りのように、彼の弟だということを包み隠さなければならない。先月の儀式の際に、そういうことになったのだ。

——誰か来た……。

臍《へそ》に力を入れながら待っていると、錠を解く音が聞こえ、鉄扉が開かれる。

居間と扉の間には玄関代わりの控えの間があり、入ってきた人物の姿は見えなかった。常盤が来たのか、それとも別の誰かが来てから交代するのか、板の間の軋《きし》む音だけでは判断できない。しかし数秒後には常盤が直接来たのだとわかる。

施錠の音がしたからだ。そしてすぐに襖が開かれ、「薔」と呼ばれた。

相変わらず低い声だが、祈禱の時とは比べものにならないほど優しく響く。

「常盤……」

紫色の勾玉を外した黒い羽二重姿の彼を、薔は座ったまま見上げた。

他の誰にも気づかれないよう押し込めていた感情が、熱気となって解き放たれる。

常盤を前にしている時の自分は、まるでエネルギーの塊だ。心臓の動きが活発になり、体中に血が巡って熱を帯び、ただ座っているだけなのに全身が騒ぐ。

「なんだ、走って飛びついてこないのか？」

後ろ手に襖を閉じた常盤は、その場に立って待ちの姿勢を取った。座って待つ薔の許に歩み寄ることはなく、少しだけ手を広げてみせる。口元には笑みを浮かべていた。

「——っ、そんなこと……するわけないだろ」

「昔はよくしてたぞ。俺の顔を見ると弾けるように笑って、それはそれは凄い勢いで飛びついてきたものだ。今のお前にやられたら腰を痛めそうだけどな」

ふっと笑う常盤を見上げたまま、薔は座卓に両手を当てる。

そこにほんの少し力を籠《こ》めれば立ち上がれるが、迷った挙げ句に座り続けた。いきなり子供の頃のことを話しだす常盤の意図がわからず、望まれた通りの行動に移れない。

「お前が来ないなら、俺から行くぞ」

「やめろよ。アンタに飛びつかれたら潰《つぶ》れるし……骨、折れるだろ」

潰されようと壊されようと構わない想いがあったが、薔はぷいっと外方《そっぽ》を向く。

常盤はまた笑って、「俺は猪《いのしし》じゃないぞ」と言いながら近づいてきた。

足袋《たび》を穿《は》いた足で畳を踏みしめ、薔の真横まで来て膝《ひざ》を折る。

和服を着馴《きな》れているのがわかる所作は、いつもながら美しかった。

「月に一度では足りないな。一月が長過ぎて、お前の夢ばかり見ていた」

畳の上に直接正座した常盤は、それでも薔より目線が高い。

身を引いて高さを合わせ、顔をまじまじと覗き込んできた。

肩に触れ首に触れ、最後は頬に触れながら身を伸ばしてくる。

唇の位置が上がったかと思うと、額に口づけられた。

「常盤……」

「あまり接触してはいけないとわかっていながら、偶然会えることを願っていると、よく鉢合わせする。あれは神子の力もあるんだろうな」

「別に、俺が望んでるわけじゃない」

常盤の腕におとなしく抱き寄せられながらも、薔は本当のことを言えなかった。

たった一言、「神子の俺が強く望んでるから会えるんだ」と、事実を言ったら常盤は喜ぶだろう。せめて何か、短い言葉でもいいから肯定すればよかった。

好きだと思う気持ちも喜ばせたい気持ちもあるのに、何故《なぜ》か素直に認められない自分がもどかしい。いつも意地や照れのせいで、せっかくのチャンスを逃している気がする。

「お前のそういうところ、本当に可愛いな」

いや違うだろ、俺はちっとも可愛くない。それとも皮肉を言われてるのか？

本当は、昔と違って可愛くないと言いたいのかもしれない。

本音を言えば嫌われるのが怖くて、誰よりも好かれたいと思っているのに、そのための言動を取るのは難しい。

何を言ったら年上の人間に可愛いと思われるか、どうすれば好かれるか、少し考えれば答えはわかる。しかし実行に移せるかどうかは別の話だ。

——急に態度を変えるとか、無理だし……そんなのって、なんか気持ち悪いだろ？

正座している常盤に抱き寄せられた薔は、両手を下ろしたままじっとしていた。

聡《さと》い大人である彼が、熱量の塊のような反応に気づいてくれればいい。

こんなにも激しく心臓が脈打ち、こんなにも胸が熱くなっているのだから、気づかないはずはないだろう。本当は物凄く好かれていることを体で察して、喜ぶなり安堵《あんど》するなりしてほしい。好かれてるんだから何をしてもいいんだ。アンタは何も悪いことなんてしてないんだ。だからもう二度と、罪の意識なんて感じないでくれ——。

「こうやって、お前に触れたかった」

低くも甘い美声で囁《ささや》かれ、耳殻や耳朶《みみたぶ》を唇で挟まれる。

果ては歯列で甘嚙《あまが》みされた。触れたいというよりは、食べたいと言わんばかりだ。

「——っ、ぅ」

耳から首筋にかけて舐《な》められると、くすぐったさと一体化した快楽が背中に走る。

薔は肩をひくつかせ、声を漏らしてしまった唇を引き結んだ。

このまま寝室に転がり込んで続きをしたい気持ちと、今はまだしたくない気持ちの間で揺れる。栗《くり》色の髪に指を忍ばせてきた常盤は、頭の形をなぞったり毛先を摘まんだりと、性的なのか違うのか、よくわからない愛撫《あいぶ》を繰り返していた。

「常盤……まだ、嫌だ。したくない」

膝ごと身を引きつつ口にして、すぐさま言い方が悪かったことに気づく。「今夜はもっと色々話してからしたい」とでも言えばよかった。

それが可愛げというものだろう。何かを否定するのではなく、自然に別の方向に持っていけたらよかったのに。俺はつくづく馬鹿《ばか》だ。

「そうだな……つい気が急《せ》いていけない。今夜はお前の好物を持ってきたのに、すっかり忘れていた」

「俺の、好物？」

常盤は気を悪くした様子もなく、着物の袂《たもと》に手を入れる。

おもむろに取りだされたのは、直方体の紙パックだった。黄色を基調に、白と焦げ茶のデザインで『蜂蜜《はちみつ》ミルク』と書いてあり、手に取るとひんやりする。

「蜂蜜ミルク？　これって、塀の外の商店で売ってるやつか？」

「商店、か……。昨今の十八歳はあまり使わない呼び方だが、間違ってはいない。これは取り寄せた品だが、店でも普通に売っている。コンビニやスーパーでな」

「コンビニ？　あ、聞いたことがある。二十四時間営業で、なんでも売ってる店だろ？」

薔は懇意にしている先輩の楓雅《ふうが》から、秘密裏に聞いた話を思いだす。

大学に入る前の生徒は竜生童子と呼ばれ、外界の穢《けが》れとは切り離されて育てられるが、楓雅のおかげで薔は他の生徒より少しばかり知識があった。

「コンビニって、アンタみたいな立場の人間でも行ったりするのか？」

「いや、日本ではあまり行ったことがないな。留学中は独りで出歩く機会が多くて自由に行けたが、コンビニというよりはドラッグストアが多かった」

「ドラッグストア？　薬局のことか？」

薔は常盤の口から外の世界の話が聞けることに歓喜して、もう一つの座布団を取ろうと座卓の下に手を伸ばす。肩が沈むほど身を屈めるとようやく手が届き、上座から下座まで畳の上を滑らせることができた。

なんとも行儀が悪く雑なことをしてしまったが、座卓の下から引っ張りだした座布団を常盤に勧める。

彼は苦笑しつつも腰を上げ、やはり綺麗《きれい》な所作で正面に正座した。

お互い座布団の上に落ち着いたので、これでしばらくは布団に入らずに済みそうだ。

「ドラッグストアは薬局に違いないが、生活用品や飲み物、軽食程度の食品も置いている店だ。コンビニより大きくて、日本にもたくさんある」

この学園の中央エリアにある購買部や、西方エリアにある病院の薬局、あとは文化祭の模擬店程度しか知らない蕾は、映画で観た商店を思いだしつつ想像を膨らませる。

「ドラッグストアも二十四時間営業なのか？」

「そういう店もあるが、多くはないな」

知ったからといって今すぐ役立つわけではないものの、本来は知ることのできない外の世界の情報を知るのは楽しく、つい顔が綻《ほころ》んでしまった。

それがどうにも恥ずかしくて、蕾は意識して表情を固める。

片手に持っていた蜂蜜ミルクのパックに視線を落とし、掌の温度に馴染《なじ》み始めたそれをじっと見つめた。

学園内でも市販の食品を目にする機会はあるが、大抵は業務用の品だ。

こんなに小さくデザインの凝った物は見かけない。

背面にストローを背負っている姿が、なんとも斬新《ざんしん》に見えた。

「これ、調理実習で使うのと全然違うな。一人用のパックなんて初めて見た」

蕾は糊《のり》づけされたストローの袋に触れ、ペリッと剝《は》がしてみる。

しかしパックその物を素手で開封するのは難しそうだった。

顔を上げ、常盤に向かって「鋏《はさみ》は？」と訊《き》いてみる。

「鋏は必要ない。上部に小さな孔《あな》があるだろう？　ストローの先を刺して飲むんだ」

常盤はパックの表面を指差し、実際に軽く触れた。

よく見れば確かに、膜を張られたような孔がある。

飲み方を理解した薔は、ストローを透明の袋から取りだした。

早速刺して飲もうとするものの、その前にもう一度常盤の顔を見上げる。

先程耳にした好物という言葉を、不意に思いだしたからだ。

実のところ薔は牛乳が苦手で、飲めと言われれば飲めなくもないが、好んで飲むことはない。常盤が事前に送り込んでいた密偵の誰かが、誤った情報を伝えたのかと思った。

「牛乳……飲めなくはないから、飲むけど、正直あまり好きじゃない」

「もちろんわかってる。だが蜂蜜入りなら別だろう？」

常盤が得意げに言うので、薔はパックを改めて見る。

確かに蜂蜜ミルクと書いてあるが、学園内で蜂蜜を口にする機会はほとんどないため、牛乳と混ぜた味が想像できなかった。

「お前は幼い頃から牛乳が苦手だったが、蜂蜜を混ぜると喜んで飲んだものだ」

「そう、だったんだ？　全然憶えてないけど」

「飲んだらきっと思いだす」

つい今し方まで得意げだった常盤の顔に、薄らと影が差す。

実際には照明に変化はなく、居間は天井からの灯りに照らされていた。

しかし何かが違うのだ。薄く引き伸ばした何か……悲しみのような、淋《さび》しさのような、そういった負の感情の膜を被ったように、表情が曇っている。

「常盤？」

「あの当時……俺は牛乳で身長が伸びるものだと思い込んでいたにもかかわらず、お前に無理に飲ませたりはしなかった。何故だと思う？」

「……小さいままでいいと思ったから、とか？」

「その通りだ。普通程度で、俺よりも小さくて可愛いままでいてほしいと思っていた」

常盤は懐かしそうに語ると、ストローを摘まんでいる薔の右手に触れた。

大きな手に導かれ、薔はストローの尖端《せんたん》を白い孔に突き刺す。

すると膜が破れる音がして、細い筒を通して蜂蜜の香りが立ち上った。

蜂蜜とミルクの甘い香り。懐かしいような気もするが、記憶の扉は開かない。

「十五の時に学園のことを教えられ、神子候補である贔屓生の選定基準を知った。体格が著しくよければ美童のカテゴリから外れ、いくら家柄がよくても顔が整っていても選外になると聞いたんだ」

「――っ、選定基準……」

「極秘だが、選定直前の身体検査で一七八センチに達すると弾かれる」

「一七八……じゃあ俺は……どう頑張っても無理だったってことか？」

「結果的にはそうなるが、まだ幼く未知数だったお前の将来を考えて、俺は慌てて牛乳やサプリメントを摂らせようとした。今考えれば中学生の子供の発想だが、逃亡以外にできることはそれくらいしか思いつかなかったんだ。なけなしの抵抗だった」

「それで、蜂蜜を混ぜて飲ませたのか？」

「ああ……色々試した結果、蜂蜜入りの冷たい牛乳は、お前の一番の好物になったんだ。学園に入ってからも嫌がらないよう、蜂蜜の量を減らしながら慣らしている最中に、引き渡しの時が来て……俺はずっと後悔していた。いつまでも罪の意識が残って……」

「常盤……」

見つめ合いながら甘い香りを感じると、何かを思いだしそうな気がした。

少年だった常盤の気持ちが、現在の彼の悔恨と重なって瞳から伝わってくる。

大切に育てた弟を無理やり奪われた嘆きは、その後も様々な事物によって蘇《よみがえ》ったのではないだろうか。

ああすればよかった、こうすればよかったと繰り返し思っては悔やんで、十五年の時を越えて今こうして目の前にいてくれている。

「罪の意識なんて感じる必要ないだろ。牛乳と身長が関係ないなら、アンタが後悔しても意味ないんだし。どうしたって俺は、そんなに大きくはなれなかったんだ。これから先はわからないけど、とりあえず今の時点では……」

「気持ちの問題だな。俺は心のどこかで、お前の成長を阻止したかったのかもしれない。当時の俺の身長は平均的だったし、クォーターの弟がいつか見違えるほど逞《たくま》しく育って、見下ろされるのを避けたいと思っていたんだろうな。お前の将来よりも、可愛くて小さな弟を愛でたい自分の都合を優先して育てたんだ。無償の愛とは言えない、駄目《だめ》な兄だ」

「いや、全然。そういう気持ちは、なんかわかるし……駄目ってこともないと思う」

「駄目だと思うぞ。そのうえ、お前に手を出して神子にしてしまった」

「それは……」

それはもういいんだ。むしろこれでよかったんだ。

ただの弟でなんていたくないんだから。俺は常盤にとって特別なすべてでありたい――そう思ってること、もう知ってるんだろ？　俺の考えなんて読み取ってるんだろ？

道徳観の欠片《かけら》もない奴だと、呆《あき》れられても構わない。いまさら何も知らなかった頃には戻れないんだ。弟という立場を捨ててでも、俺は常盤の恋人になりたいと願い、そっちを選んだ。神子になった以上、生き延びるために仕方なかったのは確かだけど、それはきっかけに過ぎない。この現状は確固たる自分の意志があってのものだ。

「これ、飲んでみる」

今この瞬間、目の前にいてくれることに感謝を籠めて、「ありがとう」と言いたくて……でも言えなくて、薔は「いただきます」と言ってストローに口をつけた。

半透明だった筒の中が白色で占められ、冷たい液体で舌が潤う。

牛乳は苦手なはずなのに、嘘《うそ》のように美味しく感じられた。

飢えた体に染みる蜂蜜の糖分に癒される。黄金色をした蕩《とろ》ける蜜……とろりと重そうなそれが頭に浮かんだ。とても心地好くて、そしてどこか懐かしい。

「美味《うま》い。凄く」

「そうか、よかった。俺が作ればもっと美味いぞ。家に帰ったら、市販品じゃなく特製の物を作ってやる」

薔が意識して笑ってみると、常盤も似たような表情を返してきた。

硬さはあるが一応笑みを取り戻した常盤を前に、薔は心底ほっとする。

「家って、西王子《さいおうじ》家のことか？」

「実家にも行くことになるが、とりあえずは俺のマンションだろうな。外の世界に慣れて住みたい場所ができたら引っ越せばいい。もちろん旅行にも行こう」

「旅行⁉　それなら海に……っ、水平線を見て、あと、飛行機に乗りたい。それで海外に行って、電車にも船にも乗ってみたい！」

薔は思わず身を乗りだして訴える。

予想以上の食いつきに驚いたのか、常盤は二、三度瞬きをしてから口元を緩ませた。

「――どこへなりと」

その言葉を聞いた途端、薔の心は空を翔《か》ける。

いつか海を越えて、常盤と共に好きな場所に行けるのだ。

大学を卒業して学園の外に出るまで、残り四年と九ヵ月強——月に一度常盤と交わって龍神を降ろし、天罰を避けながら教団や学園の人間を欺かなくてはならない。とても長く感じるが、無事に卒業できれば常盤が住む家で暮らせるのだ。誰に遠慮することもなく、当たり前のように一緒にいられる。

——兄弟でよかった。

改めてそう思う。外界で育った常盤の感覚ではつらいことだとしても、自分には本当に尊い絆《きずな》だ。血の繋がりは切っても切り離せないもの。この関係に終わりはない。

「——少し、意外だった。こういうの……」

興奮を冷ますように呟《つぶや》いて、薔は冷たいミルクの残りを飲んだ。

甘いミルクで空腹を満たしてから、軽くなったパックを座卓に置く。

細いストローは半透明に戻って、途中で一滴分の白い液体を留めていた。

「何が意外なんだ?」

「なんていうか……俺の子供の頃とか、思いだしたくないと思ってたから」

常盤にとって、自分はもう弟の椿ではない。恋仲にある贔屓生の薔で、他人なのだと、だから抱けるのだと——そういうスタンスでやっていく話になっていたはずだ。

それなのにこうして子供時代の話などしていたら、弟であることを強く意識してしまうだろう。自分にとってはよくても、常盤にとってはつらい会話だと思った。だからとても意外だったのだ。嬉《うれ》しいけれど、大丈夫なのかなと心配になってしまう。

「弟という存在を捨て去り、思いだすことすらやめなければならないと……先月の儀式の時点では思っていた。だが今は違う。お前の一言に救われたからだ」

「俺の、一言？」

なんだろう、と考えてもわからなかった。

重荷や背徳を分かち合い、共犯者のようでありたいと思ったけれど、それは心に決めたことであって、口に出して言ったわけではない。はっきりと言ったのは、「俺は俺の好きなようにする」くらいだったと記憶している。

「自分で言ったことを忘れたのか？」

常盤の口調が変わり、薔は黙って息を呑《の》む。

ごくわずかな変化だったが、声に艶《つや》が増した気がした。同時に目つきも鋭く変わる。睨《にら》むのでも凄むのでもなく、狙《ねら》う視線だ。肉食獣に狙われた草食動物の気持ちになる。

恐怖と表裏一体のこれは……諦念《ていねん》というやつだろうか。痛みは一瞬で、あとは美味しく食べてもらえるなら、何をされてもいいような気がしてくる。爪牙《そうが》にかかった獲物が何を思うのかなんて、本当のところはわからないけれど……。

「――『俺を抱く時は愉しんでくれ』と、言ってくれただろう?」

思いがけない言葉に、薔は止めていた呼吸を取り戻す。

はっと口や目を開くと、男の顔をした常盤が膝を進めて迫ってきた。

「俺が愉しむことをお前が望んでくれるなら、こんなに嬉しいことはない」

目の前にいるのは獣ではなく、情欲を燻《くすぶ》らせた一人の男だ。

その欲に油を注げば、瞬く間に情炎に変わるだろう。

めらめらと燃え上がる炎の影が、常盤の背中に見えるようだった。

空気はもう、そういう匂いを醸しだしている。

「常盤……」

大きな手が頬に触れる。先程よりもずっと熱っぽく、しっとりと肌を滑っていった。

頸動脈《けいどうみゃく》をなぞられ、緋襦袢の襟を開かれる。鎖骨の窪《くぼ》みに、滑らかに整えられた常盤の爪が当たった。指先は骨の浮きでたカーブを乗り越え、胸へと下りていく。

「お前にそう言われて初めて、自分の決断が酷く中途半端なものだったことに気づいた。それ以前も、己を見失いそうになったり煮えきらない態度を取ったりと見苦しかったが、本当に情けないのは腹を括ったつもりで括りきれていなかったことだ。そんな迷情で振り回して不安にさせた挙げ句に、弟と決別するなどという遁辞《とんじ》を弄《ろう》してしまったことを……深く反省している」

その言葉通りの表情が眼前に迫ってきて、指で前髪を上げられる。

常盤……と、もう一度名前を口にすると、露わになった額にキスをされた。

同時に胸の突起に触れられて、儀式が始まる。

流れる空気が確実に変わり「あ……」と、嬌声《きょうせい》に近い声を漏らしてしまった。

龍神に飽きられるまでの約十年、これから毎月抱くことになる相手を、あくまでも弟の椿だと思いながら抱くと心に決めた――それが常盤の新たな決意ならば、自分もまた彼と同じく、こんなに嬉しいことも、こんなに幸せなことも他にはないと思える。

「薔……」

常盤は薔の竜生名を呼んだあとで、「椿」と、本名を口にした。

重く、とても大切そうに呼んでから、額にもう一度キスをしてくる。

兄さん……と呼んでみたくて、でも、主に照れが邪魔して返せなかった。

火照って熱くなった額に何度目かのキスをされ、よしよし、とでも言うように頭を撫でられる。子供扱いされても、弟扱いだと思えば嫌じゃなかった。

「……っ、ん……」

遂に唇を塞《ふさ》がれ、両手で腰を抱かれる。ふわりと掬《すく》い上げるように立たされた。

後退させられながら薔は座布団の角を踏み、そして畳を踏む。体重の大半が常盤の腕に移っていて、足取りは軽やかなものになった。抱き合った恰好《かっこう》のまま寝室に向かう。

背中が襖に当たる寸前、それは常盤の手でスッと開かれた。

十二畳の和室に満ちていた香が、放たれた空気に乗って膨れ上がる。

体温が上昇したせいか、常盤の匂いも一瞬高まったように感じられた。

――常盤の匂い……男っぽい、いい匂い……。

薔にとっても好ましい常盤の香りの高まりは、互いの興奮と比例していた。

金糸や銀糸が織り込まれた錦織《にしきおり》の赤い掛け布団に転がり込み、夢中で唇を求め合う。

「っ、は……あ、っ」

キスをすればするほど、触れれば触れるほど、薔は常盤の匂いに酔いしれる。

あまりにもいい香りなので、「この匂いはなんなんだ？　何か着けてるのか？」と訊いたことがあった。すると常盤は頸動脈を指で示して、「オリジナルのエクストレ……要するに香水だ。バンブーとロータスフラワー、それとムスクの香りだな」だと答えた。

さらに彼は、ムスクとは何かを説明してくれた。

ムスクとは麝香《じゃこう》のことで、その字は、香りが矢を射るように遠くに飛ぶことを意味していると言っていた。牡鹿《おじか》の本能の力を借りる形で、泥に染まらぬ蓮《はす》の花の清廉な強さも、隆盛の象徴である竹の勢いも遠くに向けて放たれている……というわけだ。ムスクは雄が雌を惹《ひ》きつけ、欲情させて誘いだすための香りらしい。

「ん……ふっ、ぅ」

雌ではないのに誘われてしまう薔は、ぎゅっと力を籠めて常盤にしがみつく。より深く口づけようとすると、常盤が顔を斜めに向けた。

その意図を読み取ることができた薔は、反対側に顔を向ける。

そうすることで口と口が交差して、しっかりと食み合う形になった。

これ以上ないくらい奥まで舌で探られ、すぐに自分からも探り返す。

蜂蜜の甘い味が残る口内で、荒らかに動く舌を行き交わせた。

「ん、う……っ、は……」

「──ッ、ン……」

緋襦袢の裾を気にせず膝を開くと、間に大きな体が滑り込んでくる。

体格差が邪魔をして常盤の昂《たかぶ》りはわからなかったが、彼の腹部に圧迫されている自分の性器の状態はわかった。いつの間にか硬くなって、これでもかとばかりに昂っている。

「あ、は……っ」

常盤の唇が離れると、花や鳥の描かれた華麗な格天井《ごうてんじょう》が見えてきた。

胸の突起を吸われ、まともに息をつく暇もない。否応なく甘い吐息が漏れる口からは、唾液《だえき》がとろりと漏れていった。薔の口内で甘く染まった、二人分の唾液だ。

「ん、ぁ……常盤……っ」

帯はそのままに、脚の間を探られる。性器を扱《しご》かれながら、胸を舌で刺激された。

細めていた目を見開くと、再び天井が見えてくる。どんな気持ちで見ても美しいことに変わりはないが、一度目よりも二度目、そして二度目よりも三度目の今の方がより美しく見えた。百花繚乱《ひゃっかりょうらん》——そんな言葉が頭に浮かぶ。

「あ……っ、や……」

行灯《あんどん》の光の中で大きく動いた常盤に、膝裏を摑《つか》まれる。腿《もも》に絡んでいた襦袢ごと大胆に開かれ、鈴口にキスをされた。思わず頭を持ち上げると、上目遣いの常盤と目が合う。

「常盤……嫌だ、それ」

感じているかを確かめるような顔で、或《ある》いは、そんなことはすでにわかっていて愉しむような顔で、見上げられながら舐《ねぶ》られるのがたまらない。掛け布団をめくりかけている爪先はすでに痙攣《けいれん》していた。信じられないくらい早く達してしまいそうだ。

「——嫌なのか?」

「く、ん……うっ」

常盤が喋《しゃべ》ると、てらてらと光る雄茎に息がかかる。

じんと熱い昂りは常盤の唇や息よりも燃えていて、温度差にすら感じてしまった。

「う、あぁ……」

過敏な器官を、舌で丁寧になぞられる。呼吸によって一瞬乾かされては舌で濡らされ、やがて、自ら零《こぼ》した透明な蜜で濡れそぼった。

「は、ふ、あ……っ！」

視線を繋げたまま吸い上げられた薔は、反射的に上体を反らして逃げる。目を合わせていられなくなり、彷徨《さまよ》う手足で布団をかき乱した。このまま絶頂に向かいたい気持ちと、まだ留まっていたい気持ちがぶつかり合う。

「う、あ！」

あわいに指を添えられるといよいよどうにかなってしまいそうだったが、まだ気をやりたくなかった。今夜ここで、してみたいことがあるからだ。

薔はこの一月の間に何度も妄想した行為を呼び覚まし、常盤の髪に向かって手を伸ばす。指を絡めて軽く引っ張り、耳にも触れて、言いたいことがあるのだと意思表示した。

「……薔？」

「お、俺も……それ、してみたい」

快楽に乱れる呼吸の中で、なんとか言いたいことを言えた。

常盤にされて甚《いた》く気持ちがよかったから、次の時には俺も……と思っていたのだ。

自分達は共犯者なのだし、黙って抱かれるだけの人形で終わりたくない。

それに至極単純に、常盤と同じことをしてみたかった。弟が兄の真似をして、社会性を身に着ける模倣《もほう》行動と似通っているのかもしれないが、常盤に快楽を与えたいと思うこの気持ちは、子供染みた衝動とは違う。

「——それ、とはなんだ？　行為の名称は知ってるのか？」

常盤は少し意地悪く笑って、濡れた唇を舐める。

薔の胸に指先を当てながら、枕《まくら》の方へと戻ってきた。

そこに置かれている小瓶《こびん》の蓋《ふた》を外し、香油を手に取る。

「行為の、名称……？　あ、愛撫？」

「正解とは言えないな。大学部に上がればより詳細な性の知識を得ることができる。そもそも今は行為の深さに関係なく龍神を降ろせるんだ。あまり無理しなくていい。それに、なんでもさっさと済ましてしまったら、これからの愉しみがなくなって勿体《もったい》ない」

常盤の指先はあわいに向かっていたが、薔は納得できずにその手首を摑む。

枕に散っていた髪ごと勢いよく頭を浮かせて、「今やる」と訴えた。

「今は駄目だ。おしゃぶりをしていたその口に、俺の物なんて挿れられない」

常盤が急に真顔で言うので、薔は喉《のど》が鳴るほど息を呑む。怒らせてしまったかと心配になったが、より避けたいのは、常盤の背徳感を強めて苛《さいな》んでしまうことだ。

「そんな光景は刺激的過ぎて、一舐めで達《い》かされたら俺の面目が丸潰《まるつぶ》れだろう？」

不安になって後悔するや否や、またしても意地悪く笑われる。

冗談めかした笑みに、ほっとするやら腹が立つやら。

「常盤……」

結局、釣られて笑ってしまった。常盤が以前のように苦しむことなく、この関係を受け入れていることを実感すると、細かい願望はとりあえず除けておくことができる。

「は、っ……う、ぁ」

摑んだ手首を放したのを皮切りに、繋がるための愛撫が始まる。

仰向けのまま脚を広げられ、ぬるつく指を慎重に挿入された。

自分の口を塞いでいないと声が際限なく漏れそうで、薔は唇を掌で押し潰す。

もう片方の手では常盤の着物の袖を摑み、彼が手際よく脱いでいくそれをぐいっと引っ張った。自分の帯も自ら解いて、陰間紛いの忌々しい緋襦袢を脱いでいく。

「う、く……っ、ぁ」

早く一糸纏《まと》わぬ姿になりたかった。憑坐と神子の装いから抜けだしたい。

常盤と薔として、篁と椿として、心まで裸になって、何も考えず一つになりたい。

「——っ、う、あ……！」

常盤の体が入ってきて、大きな影と共に体の重みが移ってくる。

指で慣らされたところで痛みはあり、粘膜が内側から強引に伸ばされる感触だった。

狭隘《きょうあい》な部分が収縮できなくなって、はち切れてしまうイメージが浮かぶ。

待ち焦がれていた三度目の夜なのに、その瞬間はやはり怖かった。

「痛、ぅ……っ」

壊れてしまいそうな体に、常盤が深く入ってくる。

一度奥まで迎えるとだいぶ楽になった。性行為のために作られたわけではない器官が、体内の異物に食らいつく。ぎちぎちと、常盤が顔を顰《しか》めるほど締めつけた。

「——ッ、ゥ」

「く、あ……は……っ」

常盤の性器は、驚くばかりに硬くなっていた。どれだけの血が集まって形成された欲望なのかと考えると、それだけで胸が熱くなる。求められていることを実感すればするほど痛みは薄れ、えも言われぬ悦《よろこ》びが高まった。

「——動くぞ」

覆い被さる体にしがみつきながら、薔はこくっと頷く。

思うように喋る余裕はなかった。常盤が動きだすと、それは一層顕著になる。

「ん、は……あ、ぁ、ぅ」

腰の動きに合わせて体が揺れ、嬌声ばかりが漏れた。

遠慮しなくていいと言いたいのに言えず、もっと激しくしてくれとも言えない。

後者に至っては口が思うままに動いたところで言えないだろう。一度繋がってしまえば体はとても貪欲《どんよく》で……認めるのが恥ずかしいくらい、常盤の体を求めていた。

「ふ、あ……う、ん……」

括約筋は著大な異物を排除しようとしたり、むしろ絞り上げて捕らえてみたり、勝手に動いて制御できない。その予測不可能な収斂《しゅうれん》に常盤も翻弄《ほんろう》されているようで、時折眉根を寄せ、瞼《まぶた》をぴくっと震わせることがあった。

「う、あ……は……っ！」

繋がる粘膜を通じて、互いの肉体が官能を分かち合っているのがわかる。

そして……嬉しくて顔が綻びそうになったその時——薔は常盤の瞳の変化に気づいた。

いまさら驚きはしないが、黒い瞳が紫に変わる瞬間を捉えたのは、今が初めてだった。

「は……ぁ、あ……目、目の色っ」

薔の言葉に、常盤は顔を上げる。薔の頭の先にある正面の壁を見た。

そこには円鏡が飾られている。

神子候補の贔屓生を抱く憑坐役は、行為の最中に自分の目の色を確認する決まりになっていた。瞳が紫になれば、それは自分の体に龍神が降りているということ。

そして抱いている贔屓生が、神子に選ばれた証拠だ。

「神よ……どうか、ご加護を……」

薔は常盤の体に龍神が降りている状態で、初めて祈りの言葉を口にした。

心の中で祈るだけでは足りなくて、自然に出てきた言葉だった。さらに常盤の顔を引き寄せ、自分から口づける。うなじごと襟足を摑み、舌を絡ませながら心でも祈った。

「ん……ふ、ぅ……」

「──ッ、ン……ゥ」

本当は龍神を崇めてなどいない常盤は、こんな時に祈る自分をどう思うだろう。教団や学園に毒された憐れな弟だと思うのかもしれない。

でも、本当は違う。龍神に贈るこのキスは取引だ。

すべての神子は龍神に選ばれし愛妾《あいしょう》──神を愛し、神に愛された者にこそ最大の幸運が訪れるなら、他の誰よりも愛されるしかない。

教団の神子に負ければ、その先には発覚と懲罰という生き地獄が待っている。

自分は疎か、隠蔽《いんぺい》した常盤にも──。

「は、あ、あぁ……っ」

常盤に災厄が降りかからないように、そして二人でいつまでも一緒にいられるように、薔は祈りながら常盤を求める。彼の動きに合わせて、自ら腰を揺らした。

「……っ、薔！」

「ふ……あ、ぁ、常盤っ」

龍神を降ろしても実感を得られない憑坐は、ただひたすらに快楽を貪る。それによって神を悦ばせることができるのだ。今、常盤の中には神がいて、選んだばかりの若い神子を抱いている。

「あ、うあ、ぁ……あ――っ！」

「――ッ！」

薔は赤い布団の上で大きく弾け、精を放つ。そして身の奥深くに常盤の精を受けた。

ドクドクと伝わる脈動が、体中を駆けていく。

愛情を染み込まされるような、刻まれるような感覚は天にも昇る心地だった。

常盤の物にされる悦びを、できることならこのまま享受していたい。

――雷鳴が、聞こえてくる……。

これは儀式なのだと、神に釘《くぎ》をさされた気がした。

共に絶頂を極めた悦びに浸りたくても、微笑むことも微睡《まどろ》むことも許されない。

これは恋人同士の睦《むつ》み合いではなく、淫祀《いんし》教団の淫らな儀式だ。

龍神を悦ばせ、陰神子として生きていくための儀式――。

底なし沼に引きずり込まれるように、薔の意識は闇《やみ》に呑まれる。

御神託が降りるとわかっていても、気持ちはまだ常盤と共にあった。

簡単には切り替えられず、広がっていく闇の中で常盤の姿を探してしまう。

しかしここでは独りだ。神と、神の愛妾である神子だけが見ることのできる世界。

薔の都合などお構いなしに、黒光りする鱗《うろこ》を持つ龍神が空を駆け、台風の目さながらの空間に浮く薔を取り囲む。地獄でもなければ底なし沼でもなく、ここは空の彼方だ。

龍神は今夜も紫眼を光らせ、見つめながら愛欲を伝えてきた。

お前のことを気に入っている、お前は私の物だ——と、語りかけてくる。

言葉ではないが、心に直接届く神の愛だ。

轟音《ごうおん》が鳴り響いていても、その想いだけは酷くクリアに胸に沁《し》みた。

今となってはありがたい愛情だ。最初から愛されず、神子にならずに済んだら楽だったけれど、陰神子として隠れて生きていく以上は、この愛が必要不可欠だった。

——御神託は不鮮明。やっぱり何も見えない。

龍神は八十一鱗教団の始祖である竜花の血を引く美童の中から神子を選び、神子を抱く男に降りる。

そして男が知りたいことの答えと、心に秘めている秘密を神子に与えるが……これにはいくつかの法則があった。

神子は自分に直結する御神託を鮮明に見ることができない。

御神託が不鮮明なのは、常盤が知りたいことに自分が関わっている証拠だ。

——積乱雲が晴れる。また、常盤の過去が……。

もう何も見たくないから……だからもっと早く起こしてくれと前回言っておいたのに、薔は起こされることなく常盤の記憶を見せられる。

まるで映画のように鮮明な映像が、暗黒の空に浮かび上がって勝手に流れていった。

いつの記憶なのかはまだわからないが、常盤の視点で捉えられた過去だ。それも、心に秘めた特別な記憶――。

見えてきた場所は室内で、和の風情がある台所だった。背景には障子も見える。

視界の中心には亜麻色の髪の幼児がいた。柔らかそうな肌は乳白色、瞳は琥珀《こはく》色だ。

思わず、可愛いなどと思ってしまったが、数秒遅れて自分の過去の姿だと気づく。

以前見た時とは違い、普通の表情で目を開けていると面影を感じることができた。

ああ、俺の過去の姿だ……と、確信する。年は三歳くらいだろうか。

そばに立っている常盤に向かって、何かを強請《ねだ》っていた。

――マグカップ？　あ、牛乳？　蜂蜜入りの？

幼い自分は常盤の手からマグカップを受け取り、両手で持つ。

それを一口飲んでから、にっこりと笑った。今の自分には到底できない表情だ。余計な知恵も照れもなく、好意を向けることに一切の遠慮がない。

桃色のゼリービーンズのような唇の上に白い髭《ひげ》ができて、しゃがんだ常盤の指でそっと拭われた。くすぐったそうに笑う顔は、無邪気そのものだ。

常盤は牛乳のついた指を舐めてから、幼い弟と視線を合わせる。

するとたちまち、常盤を見ている琥珀色の瞳が潤んだ。見る見るうちに笑顔が曇る。

――泣きそうな顔。なんだ、何があった？

過去の自分の瞳に常盤の表情が映っていればいいのに……と思ったが、生憎そこまでは見えない。ただ、何かとても悲しいことが起きているのはわかった。

『たあさま、泣かないで』

幼い薔は、確かにそう言った。

声は聞こえない。読唇術ができるわけでもないけれど、何故か確信を持てた。

マグカップから片手を離した過去の自分が、常盤の頬に手を伸ばす。

そしてもう一度、常盤を見つめながら同じことを言った。

「薔っ、薔……！」

今の常盤の声が聞こえてくる。遠くから迫ってきて、少しずつボリュームを上げていくように声が大きくなった。最後は目覚めに繋がる呼び水になる。

今回はもう少し過去を見ていたかったが、薔は常盤の声に従って意識を移した。

龍神が支配する暗黒の空から抜けだして、現実の世界へ。

戻る方法は知っていた。これに関しては最初から変わらず、なんとなくわかるのだ。

瞼を持ち上げると常盤の顔が見えてくる。今夜も心配そうにしていた。

齢三十の常盤の顔には、涙など似合わない。想像することさえ躊躇《ためら》われた。

「薔、大丈夫か？　殴ってでも起こせと言われていたが、殴るに殴れなかった」

「あ……ああ、平気……」

そう答えるなり、薔の脳裏でフラッシュバックが起きる。

突如、今の常盤の顔と重なるようにして、過去に見た彼の表情を思いだしたのだ。

たった今、龍神によって見せられたものではない。与えられたのではなく、自分の中に眠っていた記憶だ。

視点はもちろん常盤ではなく、自分のもの——つぶらな琥珀の瞳に、常盤の表情が映るのを望むまでもなかった。実際には映っていたのだ。この学園の特殊な教育プログラムにより封じられていた記憶が、甘い蜂蜜の味と共に蘇る。

「薔、どうした？　何が見えたんだ？」

抱き起こしてくれた常盤の胸に身を寄せて、薔は静かに目を閉じた。

美しい少年だったあの頃、常盤は台所で突然涙を零した。

心身共に強靭《きょうじん》で、決して泣くような人ではなかっただけに酷く驚き、悲しくなったのを憶えている。

——家に、誰かが来て……そうだ、客が来て、帰った直後だったような……。

記憶の扉が開いたところで、何もかも思いだせるわけではない。朧《おぼろ》げに客の姿が見えた気がしたが、形にはならなかった。ただなんとなく、金髪の男だった気がする。

「過去のことが、少し見えた。アンタが、蜂蜜ミルクを作ってくれて……」

アンタと言ったあとになって、薔は自分の言葉に抵抗を覚えた。

いつまでもそういった呼び方をするのは不自然だし、適当ではない。恋人に対しても、大切な兄に対しても相応《ふさわ》しくないぞんざいな口の利きようが嫌になった。

「と、常盤に……作ってもらったそれを、子供の俺は美味しそうに飲んでた」

すぐさま完全に切り替えるのは難しいかもしれないが、アンタなどと呼ばずに、できるだけ名前で呼ぼうと心に決める。

その気持ちを察したのか、常盤は嬉しそうな顔をした。

「そうか。嵐や闇の中に放りだされて、怖い目に遭うようなことはなかったんだな？」

「今回は、全然。子供の俺は……常盤のことをまっすぐに見て、素直そうに笑ってた」

「可愛かっただろう？　俺の記憶の中には、いつもあの子がいるんだ。今のお前と確かに繋がってるのに、あの子はいつも笑顔で」

「――俺だって、笑えるよ。時々だけど」

黒色に戻っている瞳を見つめながら、薔は微笑む。

ぎこちなくなってしまったが、それでも笑ってみせたのは、常盤が失った大切なものを返してあげたかったからだ。昔ほど素直に笑うことはできないけれど、彼が負った痛みを少しでも癒したい。恋人として弟として、常盤の幸せに絡むすべてでありたいと思った。

「あ、っ」

微笑んだ顔のまま押し倒された薔の目に、格天井の花々が再び飛び込んでくる。

儀式が無事に終わって安心したせいか、視界が広がった感覚だった。

仰向けになっても見える物は多々あり、壁や襖で囲まれた空間を意識する。

閉ざされた学園の中にある小さな部屋で、常盤と二人きりで過ごしているのだ。

ここは特別な場所。誰にも邪魔されることはなく、朝までずっと一緒にいられる。

そう考えるだけで、一分一秒が惜しくなった。今という時間はなんて幸せなのだろう。

かつてはこんな時が二十四時間続いていたのかと思うと、奪われた時間が惜しくて涙が出そうになる。

「薔、体は平気か?」

内腿に触れられて、薔は常盤の意図を察した。

過去の儀式では御神託を得たあとは性的なことをしなかったが、今回は違うらしい。

「……全然、問題ない」

蚊の鳴くような声で答えると、常盤が身を沈めた。胸の突起の上に唇が迫ってくる。

しかし実際に触れたのは舌先だった。慎ましい突起を舐めて、ゆっくりと円を描く。

「あ……ぅ」

吐精で濡れた胸が、唾液でさらに濡れていった。

内腿にあった手が尻《しり》の狭間に向かい、綻んだ後孔《こうこう》に指を挿入される。中に注がれた物をかきだす気なのがわかった。すぐに、クプクプと耳を塞ぎたくなるような音が立つ。

もう一度繋がるための準備なのか、それとも愛撫に似た後処理でしかないのか、次第にわからなくなった。後処理に過ぎないなら、感じてはいけない気がする。常盤にその気がないのに自分だけ勘違いしていたら、とても恥ずかしいことになるからだ。

「体を強張《こわば》らせてどうしたんだ？　もっと力を抜け」

枕元の懐紙を手にした常盤は、薔の尻の下にそれを敷く。

後孔に挿入した指を前後させながら、溢《あふ》れでる体液を懐紙に染み込ませた。

「……っ、ぅ」

一度内包した物を、こんな体勢で排出させられるのは屈辱的に感じる。けれども薔には世間の普通がわからない。常盤を信じる気持ちはあっても、本当にこれでいいのか不安になった。後処理なのか前戯なのかも、やはりわからないままだ。

「こんな、恰好……赤ん坊みたいで嫌だ。風呂で、自分で洗えるし」

「それは最後でいい。まだ終わりたくないからな」

「──っ、常盤」

「儀式以外はお断りなんて、いまさら酷なことを言わないでくれよ」

常盤は口角を持ち上げて笑い、薔の腿に食らいつく。

甘噛みしてから肌を舐めて、そのまま強く吸い上げた。

「ん、あ……っ」

ああ、またするつもりなんだ……よかった——そう思うと頬や額が熱くなる。

子供っぽい反応も媚《こ》びた反応もしたくないのに、またしても「あ……っ」と甘ったるい声を漏らしてしまった。鏡を見なくても自分の表情がわかる。

たぶん、露骨に嬉々《きき》とした恥ずかしい顔をしている。

——儀式以外で、普通のセックスを……してみたい。

心の中で言葉は固まっているのに、口には出せなかった。

恋人同士としてのこういった行為を、もっと自然にするにはどうしたらいいのだろう。

大人になったら、いちいち相手の顔色を窺《うかが》わなくても色めいた空気を感じ取れるようになるのだろうか。自分からそういう雰囲気を作りだし、上手く誘えたらいいのに——。

「そんなに緊張しなくても大丈夫だ。もう挿《い》れたりはしないから」

「——っ、ぁ！」

常盤の言葉と指の動きに、両膝がびくんと弾けてしまう。

さらに痙攣が続き、布団と腰の間に敷かれた懐紙の上で尻を震わせてしまった。

残滓《ざんし》をかきだすためではなく愛撫として動きだした常盤の指は、前立腺《ぜんりつせん》を刺激しながら渦を描く。内壁をグチュグチュと擦るようにして、時に奥を突いてきた。

「ん、あ、あぁ……っ！」

濡れた懐紙を引き抜かれ、膝裏を摑んで脚を大きく開かれる。

粘ついた体液は大方排出されたようだったが、まだ残っていることを感じさせる卑猥《ひわい》な音が立った。「どうして挿れないんだ？」と訊きたいのに、恥ずかしくて訊けない。

「近頃俺は、悪いことばかり考えてる」

薔の耳に、常盤の囁きが届いた。

彼にしては小さな声だったが、情事に相応しい艶を纏いながら、耳の奥に沁みてくる。

「ん、ぁ……」

再び胸を舐められ、薔は少しだけ頭を浮かせた。上体を沈めた常盤と目を見合わせる。

黒い瞳は情炎に燃えていて、まるで獲物を前にした獣のようだった。

見ているだけで熱が伝わってくる。挿入はしないと宣言されてしまったが、少なくとも食指が動かないといった理由ではなさそうだ。おかげで少し安心する。

「こんなに執着するとは思わなかった」

「俺のこと……ずっと捜してたのに？」

薔は布団に手をついて身を起こし、常盤のうなじに手を回す。

後孔を弄《いじ》られているせいで呼吸が乱れたが、それでも目を見つめて問いかけた。

返ってきたのは、妙に艶っぽい苦笑だ。意味ありげな視線にぞくぞくさせられる。

こういったシチュエーションでなければ見られない、貴重な表情なのかもしれない。

「お前は性の対象ではなかったからな……見つけたら必ず救いだして、すぐそばで成長を見守りたいと思っていた。人並み以上に執着していた自覚はあるが、それはあくまでも兄としての想いだ。いかがわしい妄想を抱いたことはない」

「いかがわしい、妄想?」

鸚鵡《おうむ》返しにしながら、胸がどきりとした。そういうものは自分にも心当たりがある。

「お前が贔屓生に選ばれて男に抱かれる姿を想像して……そのたびに臓腑《はらわた》が煮えくり返るほど憤っていたのにな。今では自分がそうすることばかり考えてる」

「それなのに、儀式が終わったら、最後まで……しないのか?」

思いきって訊くことができた薔は、常盤の反応を見逃さないよう刮目《かつもく》する。

すると、合っていた視線が微妙に逸れた。表情は苦めの微笑のまま変わらなかったが、常盤にも相手の目を見て答えられないことがあるらしい。

「俺は思っていた以上に独占欲も性欲も強くて――自制しないと箍《たが》が外れそうになる」

ぼそっと呟くように答えられ、薔は顔を火で炙《あぶ》られる錯覚を覚えた。

それくらい瞬時に肌が火照り、血管という血管を熱い血が駆け巡った気がしたのだ。

「箍が外れたら、駄目なのか?」

「理性で抑えられる時は、できるだけ労《いたわ》りたい」

そう答えた常盤の唇が迫ってきて、キスをされる。

目を閉じずに受け止めると、いきなり深く口づけられた。

下唇の膨らみを崩されながら、過敏な肉洞を解される。もう片方の手では、はち切れんばかりに膨らんだ性器を扱かれた。心地好過ぎて頭の芯まで蕩けていく。

——独占欲ならきっと、俺の方が……。

たまらなく嬉しいのに、つい張り合ってしまう。薔は常盤の舌を追いながら笑い、声を封じられている分、両手で常盤に触れた。片方の手は黒龍の朧彫りが浮かぶ背中に、もう片方の手は、指先の求めに従って隆々たる屹立《きつりつ》に向ける。

「——ッ」

重量感のある硬い肉が、熱い血潮で張り詰めていた。

肉笠《にくかさ》が見事に張りだし、太い筋は力強く脈打っている。

常盤の雄を愛撫しながら、薔はそこに口づけたい衝動に駆られた。

今は駄目だと言われたが、欲求を示すべく指でなぞって、常盤の舌を強めに吸う。

「ん……ぅ、う……ふ……っ」

「……ッ、ゥ……」

雄々しく天を仰ぐ物を握り、溢れる蜜を掬って掌を擦りつけた。

湿っぽく粘質な音を立てて扱けば扱くほど、互いの呼吸が乱れていく。

常盤がしてくれるように舐めたりしゃぶったりしたところで、欲求が満たされることはないのだろう。腰が勝手にひくついて、もう一度貫かれたくてたまらなかった。

4

六月十四日午後、薔《しょう》は中央エリア南の校舎で家庭科の授業を受けていた。

今日の授業は調理実習だ。ビターチョコレートを使ったシフォンケーキを作っている。

菓子類を作る日は欠席者が少なく、教室全体が熱気に満ちてテンションが高くなるのが常だった。何しろ大半の童子《どうじ》は甘い物に飢えている。

学食で食べられるのは少量のフルーツと無糖のヨーグルト程度で、菓子パンすら滅多に出ないのだ。

週に二度の甘味日はマシュマロや飴《あめ》などが配られるが、一口大の物がほとんどだった。しかもその場で食べなければならない決まりがある。

ところが実習で菓子を作る場合は、調理中ずっと甘い香りを楽しめるうえに、持ち帰ることが許されていた。日持ちしない物ばかりではあるが、あとあと部屋で食べたり憧《あこが》れの先輩にプレゼントしたりと、作るだけでは終わらない楽しみがあるのだ。

「薔、ボウル上げてってば」

メレンゲを泡立てるためのボウルを持っていた薔は、茜《あかね》の声に我に返る。エプロン姿の茜の横には別のクラスメイトがいて、ハンドミキサーを手に怪訝《けげん》な顔をしていた。

「あ、何？　ボウル？」

「冷やさないと駄目《だめ》だから途中で氷追加しろって言われただろ？　持ってきたぜ」

名前の通りの派手な色の髪を三角巾《さんかくきん》で覆っている茜は、氷が入ったサーバーを手にしていた。薔は慌ててメレンゲのボウルを持ち上げる。

その下にあった大量の氷は、いつの間にか小さくなっていた。

メレンゲは冷やすことで泡立ちがよくなる性質があるため、作る時はいつもこうして冷やしているが、今日は特に温度に気を配る必要があった。

卵白のタンパク質の水分を吸収する砂糖が、一切入っていないからだ。泡立てても安定性が低いため、通常よりもしっかり冷やしてメレンゲを作らなければならない。

「はーい、氷入りまーす」

茜が下のボウルに氷を足したあと、薔はメレンゲのボウルを再び浸《つ》け込んだ。

ハンドミキサーを手にしたクラスメイトが泡立てを再開し、その間にもう一人がチョコレートや薄力粉を入れたボウルの中身を混ぜ合わせる。

ココアパウダーではなく固形のビターチョコレートを溶かして使っているため、実習室には魅惑の香りが漂っていた。御多分に洩《も》れず今日も熱気があるが、その一方で、ハンドミキサーの音に紛れて不満の声も聞こえてくる。「あーあ、せっかくのケーキなのに先輩に差し上げられないなんて」と、愚痴を零す者もいた。

調理実習で作った菓子類は持ち帰って上級生に贈ることができるルールだというのに、高等部三年生の場合は中央エリアの最上級生であるため、上級生には会えない。この場で食べずに持ち帰ったところで、自分で食べるか同級生か下級生に贈るしかないのだ。

ごく稀《まれ》に竜虎《りゅうこ》隊員や教師に贈る猛者《もさ》もいるらしいが、受け取ってもらえないどころか、相手によっては叱《しか》られることもあるという噂《うわさ》だった。

「薔や茜はいいよねぇ、なんたって東方エリアに住んでるんだもん。竜虎隊のお兄様だけじゃなく大学生にだって会えるんでしょ?」

「いや、そう簡単には……」

「全然会えないって。同じ東方エリアでも贔屓《ひいき》生宿舎は大学部とは離れてるし、基本的に缶詰状態なんだぜ。竜虎隊詰所は近いけど、用事もないのに行けないしな」

薔と茜の班は五人で、茜は一般の童子である三人に向かって言った。

そのあとになって、「やたら通ってる奴もいるけど、アイツは特別だな」と付け足す。

三人は「え、誰? 誰だよ」と食いついていたが、茜は適当に笑ってはぐらかした。

「もしかして剣蘭《けんらん》? 白椿会のメンバーだったよね?」

すぐさま言い当てられてしまうものの、茜は正解だとは認めない。

白椿会というのは、竜虎隊第三班班長の椿《つばき》が在学していた頃に発足された椿の親衛隊の名称だ。メンバーが代替わりしつつも、長く存続していることで有名だった。

「薔はキングと仲よかったよな？　会う機会とか全然ないのか？」

「ない。けど来月になったら中央エリアに来るんじゃないか？　体育祭の審判係で」

薔が答えると、クラスメイトは「そっか、それがあったか」と歯を見せて笑う。

学園のキングと呼ばれているのは、三学年上の楓雅《ふうが》だ。

今は大学部の三年生で、日だまりの獅子《しし》を彷彿《ほうふつ》とさせる風貌《ふうぼう》をしている。

抜きんでた体格と豪華な金髪、神秘的な金瞳《きんどう》を持ち、成績優秀でスポーツ万能。

そのうえ面倒見がよく大らかで、豪快に見えてどこか品がよいのが特徴だった。

子供の頃から常に目立つ存在だったが、本人の意向により親衛隊は存在しない。それでいて常盤《ときわ》や椿に匹敵するほど人気があり、下級生皆の共有お兄様といった存在だ。

――最後に会ったのって、いつだっけ？　もう随分長いこと会ってない気が……。

薔は時計塔を抜ける風に揺れる金髪や、レンズ越しの優しい瞳《ひとみ》を想像する。

楓雅は元気にしているだろうかと、久々に考えた。そんな自分を薄情だと思う。

楓雅とは初等部の頃から仲がよかったのに、近頃は常盤のことしか頭になかった。

しかし楓雅はきっと、「俺のことはいいから」と笑って許してくれるだろう。都合のよい妄想でもなんでもなく、本当にそういう人だということを薔はよく知っている。

ぼんやりしながらも実習は進み、ケーキ型をオーブンに入れて焼いている間に、五人で手分けをして使い終わった調理器具を片づけた。

そうしてケーキが焼き上がると、調理台の下に収納した椅子《いす》を取りだす。

冷ましている時間を利用して、提出用の実習ノートを書くのがお決まりの流れだった。

「さっきの話だけどさ……体育祭、今年は剣道部の試合に出ないんだよな?」

「ああ、休部させられてるからな」

薔は隣に座った茜に問われ、去年の体育祭のことを思いだす。

童子は誰も正式名称では呼ばないが、正しくは競闘披露会という名の宗教儀式で、毎年七月に行われていた。

他校と対戦するわけにもいかない王鱗《おうりん》学園のシステム上、少ない部員の中で戦っているだけの話ではあるが、薔は毎年優勝している。最上級生になった今年は特に負けられない試合になるはずだったが、贔屓生には竹刀《しない》を握る自由すらないのだ。

「俺さ、薔が剣道やってる姿が一番好きなんだよな。凜《りん》としてて、凄《すご》い綺麗《きれい》で」

チョコレートの香りの中で、茜はうっとりと酔いしれる。その手許にあるノートには、防具を身に着け竹刀を構えた人物のイラストが描かれていた。提出前に消すのが勿体《もったい》ないくらい上手い。茜は美術部所属で、将来の夢は美容師だと公言していた。

「大学に上がったら、またできる。その方が強い相手と戦えるし、卒業したらもっとだ」

薔もまた、贔屓生に選ばれる以前と同じように未来を夢見ていた。

今は常盤に頼るしかないが、陰神子として逃げきって、大学部の最下級生として剣道を再開したいと思っている。大学卒業後は大海を知り、井の中の蛙《かわず》だったと肺腑《はいふ》を衝かれて愕然《がくぜん》とするもよし。つらいかもしれないが、自由を得た代償なら受け入れられる。

「薔、なんか変わったよな。目がキラキラしてる」

他の人間には聞こえないよう囁《ささや》かれ、薔は慌てて表情を固めた。あまり浮かれていてはいけないのはわかっていた。教団や学園を裏切っているのだから、油断は禁物だ。でも、どうしたって夢を見てしまう。

大学生になって今よりは自由になり、外界のことを学んで卒業する夢……そして常盤のマンションで一緒に暮らして、飛行機や船に乗って海外に行く。

世界の広さを知ることを想像するだけで、背中に翼が生えたように感じられた。

「十日の儀式の時、何かいいことでもあった？」

隣に座る茜は、どことなく不満そうに訊《き》いてくる。

薔は限界まで声を潜め、「別に何も、いつも通りだ」と答えた。

他の三人は逆さにしたシフォンケーキの型に触れながら、「冷めた？」と、確認し合っていたが、すぐ後ろの班の人間は黙って記述を続けているので気を抜けない。

「十日までは、なんかイライラしてたのにさ」

「茜、授業中だ」

あえて冷たく言い放つと、茜は「はーい」と言って唇を尖《とが》らせる。

イライラしていたと指摘されたことに対して、確かにそうだと納得した。でもそれだけじゃなかった。常盤と過ごす夜を待つ日々は、切ないようで楽しくもあったのだ。

——儀式以外でも、色々したのに……。

あれからまだ四日しか経っていないが、早くも七月十日を待ちきれない。

同じ班のメンバーがシフォンケーキを型から外す様子が、どこか遠い場所での出来事に見えた。ぼうっとしている自覚があるのに、チョコレートの甘い香りと、それ以上に甘い夜の記憶に囚われる。

四月、五月の儀式では、常盤は自分を一度だけ抱いて、それ以上は何もしなかったが、四日前の夜は違った。御神託を受けて気を失うせいで削がれてしまう情欲を、再燃させて何度も睦《むつ》み合ったのだ。完全なセックスではなかったものの、数え切れないくらいキスをして、性器に触れ合って、求められていることを十二分に感じられた。

内腿《うちもも》には、肌を吸われた痕《あと》が今でもくっきりと残っている。

「あらあら薔くん、頰《ほお》が真っ赤だけど大丈夫?」

はっと顔を上げると、シェフコートを着た教師が横にいた。定規と用箋挟《ようせんばさ》みを手にしている。担当は家庭科、竜生名は山吹《やまぶき》——この春に赴任してきたばかりの新米教師だ。

六学年上の卒業生で、椿の同級生に当たる。緩いウェーブのかかった長い茶髪を後ろで一つに結んでいた。

薔が慌てて「平気です」と答えると、山吹は「ふふ、元々薔薇《ばら》色の頬なのかしら?」と笑う。すらりと細いが背は高く、女言葉を喋《しゃべ》るわりに声が低い。

彼は笑顔のまま定規を調理台に寄せ、薔の班のケーキの高さを計測した。記録を取って他の班の物と比べてから、「んー、惜しい。今のところ二位ねぇ」と小首を傾げる。

今日の実習で最も上手にケーキを膨らませることができた班には、ホイップクリームが進呈されることになっていた。薔にはどうでもよかったが、他の四人は「うあー」と声を揃《そろ》えたかと思うと、一気に消沈する。

王鱗学園では、こういった競争が常なのだ。褒美がないと成績にこだわらない者もいるため、今回のように甘い物で釣る傾向がある。

楓雅から聞いた話によると、授業の数は外の世界の学校と比べると頗《すこぶ》る多いらしい。今の日本は週休二日が普通だと聞いて、薔は耳を疑ったことがあった。

この学園では大型連休は疎か二日間の連休すらないうえに、初等部の頃から当然のように多くの授業を受けさせられる。週に二日も休んでいったい何をするのか、とても想像がつかなかった。

「あーあ、残念。甘ーいクリーム添えたら最高なのに」

「確かにこれだけだと甘みが足りないな。でも、わりと上手くできたんじゃないか?」

「薔がいいならいいけどさ、あと一歩なだけにすげぇ悔しい」

山吹が黒板に最終的な順位とケーキの高さを書いたが、薔の班は二位のままで、一位の班と大差はない。

薔は茜と並んで一人二切れあるうちの一切れを食べながら、ふと窓に目をやった。午後の空がいつの間にか曇り、霧雨が景色を濁している。

ここからは中央エリア東側の銀杏《いちょう》並木が見えるが、今は薄ぼんやりとした緑の影だ。その手前に整然と並ぶコーン型のトピアリーの緑が、普段よりも濃く見えた。さらに手前には紫陽花《あじさい》が咲いていて、如何《いか》にも梅雨といった風情だ。

「あ……雨？　やだな霧雨って、髪ボワボワになるし。これ食べたら早退しよっと」

残るはホームルームだけなのに、茜は湿気による髪の変化を気にしていた。やや長めのショートヘアだが、今日も一部をねじって留めていて、いつもながら洒落《しゃれ》ている。下級生からはファッションリーダーとして崇められており、茜の髪型や制服の崩し方を真似る者も多かった。

なんだか平和だな……と思いながら、薔は銀杏並木の向こうにある東方エリアに想いを馳《は》せる。今頃、常盤は何をしているだろうか。甘みを抑えたこのケーキは、彼の口に合うだろうか？　贔屓生だからといって差し入れなどするわけにはいかない後ろ暗い身だが、つい、甘い妄想をしてしまった。

5

七月七日。娯楽の少ない学園内で、七夕はとりわけ人気のある催し日だ。

恋人の日とされているため、七夕を機に憧《あこが》れの上級生に告白する者も多かった。

宗教上、同性愛は絶対の禁忌だが、義兄弟の契りという形でプラトニックな関係を結ぶことは黙認されている。具体的な行為としては、手を繋《つな》いで歩いたり腕や肩を組んで歩いたり、購買部で一緒に買い物をしたり二人掛けのテーブルで食事を取ったりする。

原則平等という環境の中で、誰かの最愛の存在になり、そして誰かを独占することは、多くの童子の憧れだった。

本気で恋をしている者も中にはいるが、大抵の童子は人気のある上級生や下級生と縁を繋ぐことを夢見て、そこにステータスを感じている。

毎年、七夕の前夜になると学食前のホールに笹《ささ》が並べられた。それにより七夕ムードが一気に高まる。笹は大きく、初等部用、中等部用、高等部用の三つに分けられていた。

七夕は夫婦の祭典だが、恋人の日とするのは中国の伝統で、短冊に願い事を書いて吊《つ》るすのは日本の風習だ。童子達にとっては織姫も彦星《ひこぼし》も起源も関係なく、前夜に好きな人の名前を書いた短冊を吊るして恋の成就を願い、当日告白することの方が重要だった。

「ねえねえ、短冊見た？　なんかもう凄《すご》かったよ、『剣蘭様《けんらん》』だらけ。様だよ、様」

「今年は中央エリアの最上級生だし、常盤《ときわ》様に手が届かないからってのもあるんだろ」

学食二階奥の贔屓《ひいき》生専用エリアで、青梅《おうめ》と桔梗《ききょう》がこそこそと話している。

テーブルは一つしかなく、神子になって教団本部に行った杏樹《あんじゅ》と、入院中の白菊《しらぎく》を除く贔屓生七人が同じテーブルに着いている。偶然隣にいた薔《しょう》にはすべて聞こえてしまった。

本日の主役の剣蘭は、ドリンクバーに飲み物を取りに行っている。

明後日からまた断食期間に入るので、「今のうちに限界まで飲み食いしておく」と、ついさっき宣言していた。

「贔屓生には告白しちゃ駄目《だめ》なんだし、剣蘭の名前なんて書いても意味ないのにね」

「他に目ぼしいのがいないからだろ。剣蘭と比べたら大抵の奴は見劣りするし」

常盤の親衛隊、黒椿会のメンバーである桔梗は、声を潜めつつ未練を滲《にじ》ませる。

四月からずっと、剣蘭と最も仲のよかった白菊がいない隙《すき》に……と、後釜《あとがま》を狙《ねら》っていたようだったが、不発に終わって諦《あきら》めがついた様子だった。

ゴシップに興味がない薔は、こんな時に杏樹がいたら何を言うかなと考える。

教団の神子として本部に行った杏樹のその後は気になっていて、不意に思いだすことがあった。本来なら自分も、杏樹と一緒に教団本部に行かなければならなかったのだ。

杏樹は望んで神子になったのでまだましだが、それでもやはり、教団の神子達に対して申し訳ない気持ちはある。

——実際に行ってみたら、想像以上につらいなんてことになってなきゃいいけど。

フランス人形のように華やかな顔立ちと、アプリコットブラウンの髪や瞳《ひとみ》を思い描いているうちに、剣蘭が戻ってきた。

薔の隣に座っていた青梅と桔梗は会話を中断し、食事を再開する。

これまでの会話などなかったかのように、しれっとした表情だ。

「薔、あとで短冊じっくり見ようぜ。俺も名前書いて吊るしたいし」

正面に座っていた茜《あかね》に声をかけられ、顔を上げた途端に「薔薇《ばら》の君って書くんだ」と、真顔で言われる。「やめろよ」と睨《にら》むと、茜の隣に腰を下ろした剣蘭が、「薔様とか薔薇の君って書いてあるやつも、結構あったぜ」と口を挟んできた。露骨に上から目線だ。

「最上級生になって美少年選り取り見取りなのに、贔屓生は損だよな。まあ俺は年上しか興味ないからいいんだけど。……ああ、お前もそうだったな」

ぎくりとした薔に、剣蘭は意味深な笑みを向けてくる。

しかし薔の焦りに反して、続けられたのは常盤の名前ではなかった。

剣蘭は、「お前には学園のキングがついてるもんなぁ」と茶化してきたのだ。

なんだそっちのことかと胸を撫《な》で下ろすと、今度は青梅が、「義兄弟の契りを交わしてるわけじゃないんでしょっ」と食ってかかってくる。いきなり喧嘩腰《けんかごし》だった。

この学園の中で楓雅《ふうが》はいささか特殊な存在で、いわゆるファンクラブとされる親衛隊がない分、皆のお兄様という立場が確立している。

そんな中で楓雅が肩入れする唯一の存在である薔は、嫉妬《しっと》と羨望《せんぼう》の的になっていた。度を越した憎悪を向けられ、そのせいで危うく死にかけたこともある。

「その通りだ。楓雅さんと契りなんて交わしてないし、申し込まれたこともない」

なんだかすべてが面倒になってきて、薔は席を立って教室に戻りたくなる。

しかし実行するわけにはいかなかった。一般の童子とは違い、贔屓生には学食で好きな場所に座る自由すらない。早く食べ終えても、予鈴が鳴るまでは教室に戻れないのだ。

苦手な集団行動を強いられることにうんざりしていた薔は、背後に座っている見張りの竜虎《りゅうこ》隊員に憎々しい視線を送る。パネルで仕切られた贔屓生専用エリアの入り口に座っているのは、比較的若い隊員だった。

すると突然、彼は慌てた様子で立ち上がる。そして「椿《つばき》班長っ」と口にした。

彼の目の前にあるのは、薔達が座る大きなテーブルと奥の壁、開かずの扉と化している非常口くらいのものだったが、視線を追うと確かに椿の姿があった。

「椿姫……っ」

次に声を上げたのは剣蘭で、そこには喜びの色がある。

しかし椿は独りではなかった。

存在することを忘れがちな非常口から現れた彼の後ろには、白い制服姿の黌肩生《こくどう》が控えている。小柄な少年で、椿との身長差は頭一つ分ほどあった。白い肌と黒髪、黒瞳が印象的な美少年——如何にもおとなしそうな風貌《ふうぼう》は、以前と少しも変わらなかった。

「白菊……！」

またしても剣蘭が声を上げたが、先程とは違って喜びの色はない。むしろ真逆だった。と胸を衝かれたあとに意に満たない表情を浮かべ、それを声にも表している。

——どうして白菊が……⁉

西方エリアの病院に入院しているはずの白菊が、何故いきなり現れたのか。

泡を食ったのは剣蘭だけではなかった。薔も、他の黌肩生も一様に目を瞠《みは》る。

「皆さん御機嫌よう。どうぞそのままで、座って食事を続けてください」

黒い隊服姿に長い黒髪の椿は、嫣然《えんぜん》と微笑《ほほえ》む。

ここは一般の童子の席からは見えない位置だが、唇の前に指を立てて静粛を促した。

いつの間にやら起立するか腰を浮かせていた黌肩生達は、剣蘭を除いて全員、言われた通り座り直す。とはいえ呑気《のんき》に食事を続ける者は一人もいなかった。

「姫、なんで白菊を⁉　白菊、お前……病院から出て大丈夫なのか？」

薔の目に、剣蘭は意外なほど動揺しているように見えた。今現在心を寄せている椿と、同学年ながら弟のように可愛《かわい》がっていた白菊の許に駆け寄り、白菊の手を握り締める。

「剣蘭、心配かけてごめんね。もう大丈夫だよ、今月の儀式からは参加するから」

その言葉に、一瞬空気が固まった。

元々この場にいた贔屓生七名のうち、神子になりたいと願っている者は、薔が認識している限り二人だけだ。神子に選ばれて祭り上げられた杏樹よりも、入院によって儀式から逃れられた白菊の方を羨《うらや》んでいる者の方が多いのは確かだった。

前者にとって白菊は強力かつ邪魔なライバルであり、後者にとっては二人目のスケープゴートとして歓迎できる存在なのかもしれない。

いずれにしても、白菊の復帰に何も思わない贔屓生など一人もいないだろう。

「どうして、なんだって戻ってきたんだよ。おとなしく入院してればいいだろっ、十九になるまでずっと！　そうすれば終わったのに、なんでいまさら……お前は馬鹿《ばか》か⁉」

竜虎隊員の目があるというのに、剣蘭は本気で白菊を叱責《しっせき》した。

贔屓生の中で最も体格差のある二人なだけに、肩を摑《つか》まれて揺さぶられた白菊は今にもぽきりと折れてしまいそうに見える。稚《いとけな》い印象で楚々《そそ》として愛らしいが、しかし無理やり退院させられたわけではなさそうだった。

「剣蘭、手を放して。皆に謝りたいから」

「白菊……っ」

白菊は剣蘭の手首に触れると、半ば拘束された状態から逃れてテーブルの方を向く。

薔を始めとする六人に向かって順番に視線を送り、深々と頭を下げた。

同級生にそんなことをするのは普通ではなく、ただでさえ張り詰めた空気がさらに凝り固まる。

「これまで贔屓生の役目を果たせなくて、ごめんなさい。皆が大変な思いをしている中、熱があるからといって僕だけ逃げて。本当に、狡《ずる》くて卑怯《ひきょう》なことをしてしまいました」

薔は立ち竦《すく》んだまま白菊と目を合わせ、黙って拳《こぶし》を握った。

白菊の視線は、他の贔屓生へと移っていく。

自分は白菊にとって七人のうちの一人に過ぎず、狙い澄まして言われたわけではない。

それはわかっているが、全員に言われた言葉として受け止めることはできなかった。

見えない針をまっすぐに突き立てられたように感じる。握った拳は震えだした。

——狡い？　卑怯？

白菊の優しげな声で語られた言葉が、薔の耳には酷く痛い。

そんなことは十分わかっていたはずなのに、いまさら心を乱された。

「弱い立場に甘えて自分だけ楽をするのが本当に心苦しくて……僕は入院中ずっと自分を恥じていました。でも、これからは皆と同じように頑張って、竜虎隊のお兄様方に迷惑をかけないようにします。気をしっかり持って耐え抜くので……どうか、またよろしく」

他の贔屓生が「白菊……」と声を合わせる中、薔は言葉を失っていた。

弱々しく小さな体、つぶらな瞳と幼げな唇。それでも白菊は明言したのだ。

耐え抜く——と。自らを卑怯だと語り、儀式から逃れた己を恥じて戻ってきた。

見た目を裏切る強い意志がそこにはあって、澄んだ目をまともに見ていられない自分がここにいる。

「白菊、気持ちはわからなくもないのですが、耐え抜くという言い方は感心しませんね。神子を目指せる贔屓生に選ばれたことは、とても光栄なことなのですから」

「椿様……っ、申し訳ありません」

「今日のところは聞かなかったことにしておきます。他の贔屓生と同じように、フェアに務めを果たそうとする貴方の崇高な心がけを、私は高く評価していますよ。もちろん常盤隊長も感心しておられました」

椿は白菊の背後から、細い両肩を包み込むように触れる。

優美な竜虎隊員と健気な贔屓生という、一見すると微笑ましい光景だが、薔の血の気は急速に引いていった。椿が常盤の名を出したせいで、さらに胸の奥を抉《えぐ》られる。

「剣蘭、貴方は贔屓生の組もクラスも一緒でしたね。白菊のこと、よろしく頼みます」

「姫……はい、承知しました。どうも、ありがとうございました」

白菊の突然の復帰に動転していた剣蘭は、色を失いながらも体裁を整える。

彼はテーブルに置いてあったトレイごと端の席に移動すると、白菊を隣に座らせた。

久しぶりに会ったはずだが、以前と同じような口調で「何か食べるか？」と訊《たず》ねる。

白菊は「大丈夫、病院で済ませてきたから」と答えて、ふわりと笑った。

剣蘭と一対一で話す姿は自然で、リラックスしているように見える。

「それでは皆さん、御機嫌よう」

椿の一言に、贔屓生の多くが「御機嫌よう」と声を揃《そろ》えて返したが、剣蘭だけは過剰な反応をした。白菊の隣に座りながらも非常口の方を振り返って、そこから去る椿の背中を見送る。唇がわずかに動き、言いたい言葉を押し込めているように見えた。

普段は存在することも忘れがちな鉄扉が閉まると、剣蘭は再び白菊の方に向き直る。

椿が去って諦めがついたらしく、他の贔屓生や残る竜虎隊員の視線を無視して、白菊の肩を突然抱いた。

「体はもういいのか？」

剣蘭は白菊と密着しながら黒髪に顎《あご》を埋め、瞼《まぶた》を半分ほど閉じる。

体はもちろん、手や顔まで使って、全身で白菊の存在を確かめたいようだった。

再会を心行くまで実感したい気持ちが伝わってくる。今の薔には、そういった感情がよくわかった。滅多に触れられない人がいるから、身に沁みて感じられる。

「うん、大丈夫。心配かけて本当にごめんね」

薔の隣では、桔梗が忌々《いまいま》しげに舌打ちした。

桔梗は神子になることを希望している数少ない一人なので、意中の剣蘭のことだけではなく、神子候補という立場で見ても白菊の存在が疎ましいのだろう。

「剣蘭たら、しばらく見ないうちに大人っぽくなったね。凄くカッコよくなってる」

「まあな。お前は少し瘦《や》せたみたいだな。明後日から断食なんだぞ、平気なのか？」

「うん、元々小食だもん」

「そういう問題じゃないだろ。今のうちに食えるだけ食っておけよ、何か持ってきてやるから。腹に溜《た》まりそうな物がいいよな？」

剣蘭は一度断られたにもかかわらず、食べ物を取りに行こうとして立ち上がる。

そんな彼の腕に縋《すが》りついた白菊は、「お腹いっぱいだから」と言って笑った。

薔の目にも愛らしく映るその笑顔に、剣蘭の心は明らかに揺さぶられている。浮かせた腰を落とした彼は、またしても白菊を抱き寄せた。

「剣蘭、苦しいってば」

幼少の砌《みぎり》より、格別に仲のよい二人だった。剣蘭は常に人の輪の中心にいながらも白菊以外を侍らせることはなく、白菊が独りでいることもなかった。同学年で義兄弟の契りを結ぶケースは珍しいが、誰もが羨《うらや》むくらい兄弟らしい二人だったのだ。

「なんだか、ますます常盤様に似てきたみたい」

白菊は頰を薔薇色に染めながら、うっとりした顔で剣蘭を見つめる。

その名前を出されるだけで薔は緊張したが、剣蘭は特別な反応を見せなかった。白菊の肩を抱きながら頰に触れたり髪を弄《いじ》ったり、目に余るほど猫かわいがりしている。

——今でも……常盤に未練があるのか?

薔の心臓はキシキシと音を立てて軋《きし》み、寒くもないのに肌が粟立《あわだ》つ。

白菊は常盤の親衛隊、黒椿会の中心メンバーで、剣蘭から聞いたところによると熱烈な常盤ファンだという話だった。教団の暗部を知らなかった四月十日の夜までは、贔屓生になったことで常盤と接触できるのを楽しみにしていたのだ。

ところが学園の母体である八十一《くくり》鱗教団が淫祀《いんし》教団であることを知らされた挙げ句に、竜虎隊第二班班長の柏木《かしわぎ》に身を任せるしかない状況に陥った。

白菊は抵抗しなかったため乱暴なことはされていないが、精神的なショックから高熱を出し、今日までの約三ヵ月間入院する破目になったのだ。

問題の四月十日——同時刻に常盤に抱かれていた薔は、白菊の入院や彼の常盤に対する想いを知って罪悪感を覚えていた。もちろん白菊の回復そのものは喜ばしいが、それが今である必要はなく、忘れかけていた古傷を暴かれた気がした。

——杏樹が神子になったんだし、無理して復帰しなくたって……。

白菊の精神が正常であるなら、贔屓生の期間が過ぎてから退院すれば普通に進学できる可能性がある。詐病ではなく本当に高熱を出せる彼は、ある意味では恵まれた体質の持ち主だった。自分の身を守るために、もうしばらくその体質に甘えていればよかったのだ。無理に復帰したところで、新たな神子が誕生することはないのだから——。

——今年度の神子は杏樹以外にもう一人、すでに決まっていて、白菊が選ばれる確率は極めて低い。それなのに白菊は耐え抜いて、その一方で俺は……。

好きな男がいながら別の男に抱かれる苦痛に、白菊は耐え抜く覚悟を決めたのだ。それが無駄なことだとも知らず、生真面目《きまじめ》な性格故に自分を責めて、かつては脆《もろ》かった心身を奮い立たせた。そして儀式を三日後に控えた今、こうして戻ってきている。

——白菊は、狡くも卑怯でもない。自分を恥じる必要もない。頑健な体や精神力を内心誇りながらも、不正行為を働いている俺が……一番狡くて卑怯で、恥ずべき人間なんだ。

竜虎隊の隊長である常盤に不正を働く意思があったことにより、薔はいつしか受動的な立場になっていたことに気づく。

本来持つべき罪の意識が薄まっていたが、思い起こせば常盤の心積もりを知らなかった頃から、自分は常盤に取引を持ちかけていたのだ。神子に選ばれたことが発覚しないよう、常盤を脅して「守ってくれ」と要求した。

——あの時は教団本部に連れていかれるのがとにかく嫌で、他の贔屓生のことを考える余裕なんてなかったけど……俺は結局、不正によって自分だけ楽をしようとしたんだ。

そして今、常盤を兄だと知りながら恋仲になり、ほとんどの贔屓生が苦痛に感じている降龍《こうりゅう》の儀を待ち侘《わ》びている。今月からはさらに酷いことに、白菊が耐えている時間に同じ場所の上階で、逢瀬《おうせ》を愉しもうとしているのだ。それも白菊が憧れている相手と——。

「薔、もう食べないのか？　断食前なんだし今のうちに食べておかないとつらいぜ。俺のヨーグルトもあげるつもりだったのに」

真向かいに座る茜が声をかけてきたが、薔の視界は真っ白になっていた。

龍神が作りだす闇《やみ》とは逆だが、しかしあの闇よりも性質《たち》が悪い。

雷鳴と暗雲の中で神の愛を感じ、常盤の声を待つのはそれほど怖くも嫌でもなくなっていて……神子になったことそのものが、常盤と恋仲になるための必然だったとすら思えていたのだ。自己嫌悪で目の前が真っ白になることとは、比べようもない話だった。

「まさかお前まで剣蘭のことを狙ってたとか、そんなんじゃないよな？」

恐ろしいほど白い世界に、茜の髪の色がじわりと浮かぶ。

やがて輪郭や肌色も見えてきて、表情が捉《とら》えられるようになった。

茜の手許にある空の食器や揃えられた箸《はし》、自分の前にあるトレイも見えてくる。好んで選んだはずのランチセットが半分以上残っていたが、とても食べられそうになかった。

「なあどうしたんだよ、ほんとに狙ってたのか？　俺ショックなんですけどっ」

食べ物を見るだけで胸やけがしたが、薔は「そんなわけないだろ」と言い返す。

おかしな態度を取らないよう普通に振る舞おうとして飲み物に手を伸ばすと、指の先が不自然に震えてしまった。箸など持とうものなら落としてしまいそうだ。

駄目だ、ここにはいられない――限界を感じて立ち上がり、心配そうにしている茜と、横から睨みつけてくる桔梗の視線に晒《さら》されながらトレイを掴む。両手でしっかりと持って席を立った薔は、竜虎隊員が控えるパネルに向かって歩きだした。

「薔っ、ちょっと……どこ行くんだよ」

贔屓生は予鈴が鳴ってから全員揃って教室に戻らなければならないが、ここでこのままじっとしていることはできなかった。行き先の当てなどないけれど、とにかくどこか……別の場所で考えたい。白菊を始め、他の贔屓生と一緒にいたくなかった。

「薔、どこへ行く気ですか？」

パネルの前にいた隊員に止められながらも、薔は階段に向かう。

背後からは茜の声も聞こえてきたが、振り返らずに学食の一階まで下りた。

「待ちなさい！　薔っ、規則違反です！」

「――体調不良だ」

一階の床に足を下ろしてから言った薔は、階段の途中まで来ていた隊員を睨み上げる。

若い隊員は一瞬怯んだ顔をして、「待ちなさい。それなら誰か呼びますから」と言っていたが、薔は構わず一般の童子の間を抜けた。

竜虎隊員が大声を出したために、食堂内は水を打ったように静かになる。

食べきれなかった昼食を返却口に返した薔は、注目を余所《よそ》にホールに出た。

食堂内での騒ぎを知らない下級生達が、声を弾ませながら遠巻きに視線を送ってくる。

無垢な少年達は白い制服姿に憧れて、いずれは自分も贔屓生に……と、夢を膨らませているのかもしれない。毎月陰間のように違う男に組み敷かれ、体内に精液を注がれながらアタリかハズレか試されることも知らずに。

——短冊に、常盤や楓雅さんの名前が……。

七夕の笹が飾られた吹き抜けは、色とりどりの短冊によって普段よりも華やいでいた。

純粋に義兄弟の契りへの憧れなのか、それとも本気の恋なのか、いずれにしても多くの童子の気持ちが籠《こ》もった文字が、否応なく目に飛び込んでくる。

桔梗と青梅が言っていた通り、本当に剣蘭の名前が目立っていた。

そんな中に、エリア違いでまず手の届かない常盤や楓雅の名前もたくさんある。

書いたところで会う機会すらないのに、それでも書かずにはいられなかったのだろう。

代わりなんていない、他には考えられない。そういうことなのかもしれない。

——俺には恵まれた機会があって、俺だけ運がよくて……そんなのっておかしいだろ。

俺は人一倍努力したわけじゃない……頑張って手に入れた結果じゃないんだ。偶然常盤の弟として生まれて、特に理由もなく楓雅さんに構ってもらって……。

開け放たれた扉から流れ込む風が、笹と短冊を揺らしている。

保育部にいた頃、皆で歌った童謡の通りだ。さらさらと音がする。願っても叶《かな》わない大勢の童子達の想いに、責め立てられているようだった。

──俺は確かに狡いけど……でも俺だって、ずっと見てた。誰よりも見てたんだ！

この学園に常盤が来た時から、目を奪われ意識を奪われ、いつだって常盤のことばかり考えていた。あの頃は腹が立って仕方がなかったのだ。

自分だけを見てほしくて、あの目に他の人間が映るのが許せなかった。

薔は笹や短冊に背を向けて走りだし、学食と購買部の間にあるホールを抜ける。

中庭に出ると、噴水が大きな水柱を立てていた。

さらさらと追ってくる音を打ち消してくれる力強い水音が、耳に飛び込んでくる。

日射《ひざ》しを受けて輝く飛沫《しぶき》は、青く澄んだ空に白い水玉を描いていた。

──会いたい……今すぐに……！

薔は止まることなく疾走し、東側に向かう。

常盤に会って、今の気持ちを伝えたかった。狡くても卑怯でも、俺とずっと一緒にいてほしい。誰にも譲れないし、誰にも負けない──それが罪だとわかっていても、どうにもならないこともある。

──常盤……。

聳《そび》える塀に囲まれた学園の中に、強い風が吹き抜ける。白いシャツが風を孕《はら》んだ。

軽やかに揺れる髪や服とは逆に、薔はべったりとこびりついた罪悪感を纏《まと》いながら銀杏《いちょう》並木に辿り着く。中央エリアと東方エリアの境にある車道に近づき、フェンスの前で足を止めた。ここは中央エリアの最果て。限りなく東方エリアに近い場所だ。

「……っ！」

銀杏並木を北に向けて数歩進むと、北側から地鳴りのような音と振動が響いてきた。複数の馬が走ってくる音が聞こえる。竜虎隊の人間がこちらに向かっているのだ。

無意識に駆け寄った薔は、縦のラインしかないフェンスを両手で掴む。

身長の四倍ほどある黒い鉄柵《てっさく》の向こうには、車道と呼ばれる馬車道があった。幅は二十メートルほどで、その先には東方エリアを囲むフェンスが見える。

——常盤……！

中高の休み時間中に、竜虎隊が馬を走らせるのは珍しいことだった。

しかし常盤は来たのだ。独りではなかったが、愛馬カメリアノワールに跨《また》がって、二つのエリアを挟む車道を駆けてくる。

薔の存在を認識した彼らは、徐々に速度を落とした。

遥《はる》か遠くにいた人馬が近くに来た頃には、足元から伝わる地響きも小さくなる。

その代わり熱気のようなものが押し寄せてきた。

フェンス越しとはいえ、立派な駿馬《しゅんめ》が三頭、大柄な男が三人揃うと圧倒される。

――俺が、引き寄せたのか？　神子の力で……。

先頭を走っていたのは、黒馬に乗った隊長の常盤だった。

その後ろには、二本の袖章《そでしょう》を持つ班長の柏木と、一本の袖章しか持たない隊員が控え、それぞれ黒鹿毛《くろかげ》の馬に乗っている。

「お前は贔屓生一組の薔だな？　こんな所で何をしている」

西王子《さいおうじ》一族の人間ではない隊員を従えている常盤は、余所余所しい態度を取った。

それでも限界まで近づいてきたので、薔は首が痛くなるほど上を向くことになる。

時刻は午後一時を過ぎていた。

高く昇った七月の太陽がぎらぎらと光り、隊帽の下に濃い影を落としている。

「今から東門に行って、早退しようかと……」

「体調が悪いのか？」

柏木達の視線を背中に受けながら、常盤は薔にだけ見せる顔に切り替える。

今ここで会えたのは、おそらく神子ならではの幸運によるものだろう。

元より運の悪い方ではなかったが、贔屓生に選ばれた頃から薔は特に運がよくなり、常盤や楓雅と思いがけず会えることがあった。

思いがけず……とは言っても、潜在的に会いたいと思っている時ばかりだ。

「食い溜《だ》めしたせいで、胃が重いんで早退します。いいですよね、別に」

会話が聞こえそうなほど近くに柏木が来たので、薔はあえて生意気な口調で答えた。以前は、授業を抜けだして時計塔に上がっては捕らえられていたものだ。その頃と何も変わらない態度を取って、常盤との関係を疑われないよう努めなければならない。

「そうか、一組はもうすぐ断食だったな。大事を取って宿舎でよく休むといい。贔屓生に必要なのは、授業よりも儀式のための休息だ」

常盤は柏木の目を意識して無表情になっていたが、馬上で視線を南側に向ける。ここから少し行った所に、工事車両が出入りできる通用口があった。

常盤はそこに目をやって、何やら考えているらしい。

「そのまま待っていろ。俺の馬で送っていこう」

「いえ、いいです。自分で歩けるんで」

フェンスのこちら側に来ようとしている常盤に断りを入れ、薔は一歩後退する。

摑んでいた鉄の棒から手を離すと、常盤は俄《にわか》に表情を曇らせた。「何かあったのか？」と訊きたそうな顔だったが、他の二人がいるので何も言わない。

「すみません、ただのサボりなんで」

心中を探られることを避けるために、極力軽めに笑ってみた。

会って気持ちを伝えたいと思っていたのに、実際に会ってみると何も言えない。

もしも常盤が独りだったとしても、「俺とずっと一緒にいてほしい」なんて面と向かって言えるわけがないのだ。そう思っているのが明白だとしても、言葉にするのは難しい。

「お前は素行不良で有名だったな。なおさら独りにはしておけない」

常盤は後ろに控えていた柏木に目を向け、顔だけではなく馬ごと方向転換した。

北側を向くなり、「この童子を宿舎に送り届けろ」と命じる。

特別な関係だと疑われないよう、今は人任せにすることにしたらしい。

一見すると薔に興味をなくした様子で、来た道を戻っていった。

「薔、そのまま待っていなさい。すぐそちら側に行きます」

常盤より一つ年下の柏木は、黒鹿毛の馬の上から落ち着いた声で話しかけてくる。

体格のよい偉丈夫だが、どことなく以前より痩せた気がした。一緒にいた隊員は常盤のあとを追うように去り、柏木だけが南側にある通用口に向かう。

そのまま待っていろと言われながらも、薔は黙って並木道を歩きだした。

逃げるつもりなどさらさらないが、じっと待っていられない気分だった。

常盤に会ったところで素直に気持ちを伝えることはできず、そのくせ去られてしまうと淋《さび》しくなる。特別扱いされることに罪悪感を覚えながらも、神子の力で常盤を引き寄せ、会いたい想いを叶えている自分に嫌気が差した。

――幸運に恵まれて……でも、機会を無駄にしてる。カメリアノワールに乗れば、他の二人に聞こえないよう話すことだってできたのに。

俯《うつむ》いて歩いていると、風に乗って予鈴が聞こえてくる。

見上げた時計塔の針は、一時二十五分を示していた。

学食にいる贔屓生達が一斉に席を立ち、移動を始める時刻だ。

白菊は三ヵ月ぶりに高等部三年蒼燕《そうえん》組の教室に戻って、好奇心に満ちたクラスメイトの視線を浴びるだろう。剣蘭がついているので心強い面はあるにしても、その力が及ぶのは童子の中だけだ。儀式から逃れることは適わず、憑坐《よりまし》役を選ぶこともできない。

——俺だけが選べてる。力のある兄に守られて、大事にしてもらって。

駄目だ、そんなことは許されない。そう思う気持ちと、でも仕方がないと思う気持ちが鬩《せめ》ぎ合う。揺れる心の天秤《てんびん》が水平に保たれることはなく、自分のしていることを卑怯だと責めてみたり、不正行為を正当化してみたりと忙しい。

「待たせたね。さあ乗りなさい」

フェンスに沿って並木道を歩いていた薔は、馬上から届く柏木の声に振り返る。

足を止めずに見上げると、緑の銀杏を背負った彼が手を差し伸べてきた。

木漏れ日を受けながら微笑む姿は、まるで絵のように見える。

「歩いていきます。監視が必要ならついて来てください」

差しだされた手を取る気になれなかった薔は、東門に向かって歩き続ける。

本来なら、今ここにいるのは常盤だったはずだ。自分には選択の余地があった。

「私は構わないが、宿舎に着くのが遅くなるぞ」

「別にいいです。散歩したい気分だったんで」

「そうか……まあそういう時もあるな。一般の童子も同じだが、贔屓生には特に息抜きが必要なのかもしれない」

柏木は馬をゆっくりと歩かせながら、薔の言った通り後ろをついてくる。

馬の鼻息が聞こえるほど近くまで迫ったかと思うと、ぐんと真横に進みでた。

「カメリアノワールに乗せようとするなんて、君は隊長のお気に入りなのかな?」

「……っ」

「あれは隊の馬ではなく隊長が持ち込んだ愛馬でね、特定の人間にしか触らせないくらい可愛がっておられるんだ。負担のかかる二人乗りなんてさせないと思ってたよ」

柏木の言葉と視線に緊張が走ったが、薔は顔を上げないよう自分を制する。

常盤の協力者ではない人間から探りを入れられているのかと思うと、迂闊《うかつ》な反応はできなかった。どう答えるべきか慎重に考え、それに見合う表情を作らなければならない。

「——俺は、常盤サマの好みのタイプなんじゃないですか?」

薔は生意気な口調を心がけ、斜に構えて皮肉っぽく笑ってみせる。

竜虎隊の人間が贔屓生に私情を抱くことがどれほどの禁忌なのかはわからないが、弟を救うために隊長に就任した事実に比べれば、遥かにましな話だろう。

下手に否定するより軽口を叩いた方が、かえって深刻に取られないと思った。

「君は確かに魅力的だが、あまり調子に乗らない方がいいぞ」

柏木は薔が意図していた通り、呆《あき》れ気味に笑う。

本気で受け止めている様子はなく、密かに胸を撫で下ろすことができた。

「贔屓生は、胃が痛くなるほど大変か？」

「――え？」

さらなる問いを受け、薔は自分の手が鳩尾《みぞおち》を押さえていたことに気づく。

緊張で誤魔化《ごまか》されていたものの、いつの間にか胃に痛みを感じていた。

「いえ、別に。痛くなったんじゃなくて……食べ過ぎて重くなっただけだし」

取りつく島がない言い方をすると、どこか虚ろな相槌《あいづち》が返ってくる。

薔は柏木に構わず、まっすぐに歩き続けた。

彼がそれ以上話しかけてくることはなく、やがて東門が見えてくる。

馬上の柏木に向かって、一般隊員が敬礼しながら挨拶《あいさつ》した。

薔が何かを言う必要も、柏木が薔の早退について説明することもない。

二つのエリアを繋ぐ門は速やかに開かれ、薔は馬に乗った柏木と共に、車道を渡る形で東方エリアに向かった。

約二十メートルの横断歩道の先には、緑の森が待ち受けている。

徹底的に整備された中央エリアとは違い、東方エリアの木々は好き放題に伸びていた。

こうして地上から見ると、大半の建物は隠れてしまっている。圧倒的多数の大学生に、竜虎隊員と贔屓生を足した数百名が生活しているとは、とても思えない風情だ。

「学食で白菊に会っただろう？　どんな様子だった？」

門番をしていた隊員と離れてから、柏木はおもむろに訊いてきた。

彼が療養中の白菊を見舞っていたことは、一部の童子が噂していたので知っている。

情が移って心配しているのだと判断した薔は、安心できる答えを返すべきだと思った。

「普通に元気そうでした。剣蘭がついてるし、大丈夫だと思います」

薔は剣蘭と白菊の仲睦《なかむつ》まじい様子を思い浮かべながら、無責任な慰めを口にする。

本当は、大丈夫なことなど何もないと思っていた。それは柏木も承知しているはずだ。

「そうか、白菊は剣蘭と仲がよかったからな」

柏木は薔の言葉に安堵《あんど》した様子だったが、そのまま息を詰めるように黙り込む。

そして薔を追い越して先を行き、次第に距離を広げていった。

馬の足音や呼吸音が離れ、風に靡《なび》く尾が見える。

柏木の乗馬姿勢は綺麗だったが、背中には哀愁めいたものが漂っていた。

献身的に世話をしていた童子が常盤に似た同級生に守られていることに、何かしら思うところがあるのだろうか。

――この人は、憑坐としての失態や責任に……相当苦しんだはずだ。

薔は贔屓生宿舎に続く森の小道を歩きながら、竜虎隊側の事情について考えてみた。

神子誕生に関わった憑坐は教祖直々に賞賛され、教団内で名誉を得られたり出世したりするらしい。

その逆も然《しか》りで、白菊を病院送りにしてしまった柏木が以前より痩せて見えるのは気のせいではなく、責任を感じて苦悩した証しなのかもしれない。

――贔屓生も隊員も……皆、降龍の儀に人生を懸けてる。

自分にとってもそうだったはずなのに、いつしか待ち侘びる日になっていた。

薔は自分自身を、神子に選ばれた不運な贔屓生だと心のどこかで憐れんでいて、最悪のハズレを引いてしまった以上、最高の幸運に恵まれてもいいと思っていたのだ。

そうでなければ帳尻が合わないと、無意識に考えていたのが今ならわかる。

――そうじゃないだろ、俺は……本当に、凄く幸せで……。

神子になったせいでつらかったのなんて、ほんの一時だった。

懊悩《おうのう》したのは常盤ばかりで、背徳の罪さえも、自分は罪だと感じなかった。

誰よりも恵まれて、守られて……常盤に会えない切なさすらも、月に一度会える保障に裏打ちされたもの。すべては、兄の庇護《ひご》下で味わう贅沢《ぜいたく》に過ぎなかったのかもしれない。

6

年に一度しか愛し合えない夫婦の祭典に学園中が浮かれた夜、薔《しょう》は竜虎《りゅうこ》隊詰所に向かうつもりで部屋を出た。これからどうするべきか、まだ気持ちは定まらなかったが、神子に選ばれたことで被害者面をして、このまま甘えていてはいけないと思っている。常盤《ときわ》に対して、今の気持ちを打ち明けたところでなんの解決にもならないのはわかっていた。教団の神子になることを受け入れる気にはどうしてもなれないし、月に一度は男に抱かれて龍神《りゅうじん》を降ろさなければ命を落とす身だ。

それなら結局、今のままやっていくしか道はない。

結論は出ているのに、拭《ぬぐ》い切れない罪悪感で心が淀《よど》んだ。

贔屓《ひいき》生宿舎三階の階段を前にして、薔は足を止める。

詰所に行って無意味な相談を持ちかけるのはやめるべきか、それともなんでも相談するべきか、迷っていると妙な音が聞こえてきた。

真鍮《しんちゅう》の手摺《てすり》に触れた恰好《かっこう》のまま、薔は後ろを振り返る。

三階には贔屓生一組の三人の部屋があるが、どこからかガタガタと音がした。わずかに振動も感じる。少し遅れて、「嫌っ、やめて！」と悲鳴が聞こえた。白菊《しらぎく》の声だ。

──なんだ？　白菊と……剣蘭《けんらん》か？

薔は反射的に自室の隣の部屋に駆け寄り、そこではないと気づくなりさらに隣の白菊の部屋の前に立つ。扉は閉まっていたが、施錠まではされていなかった。

「白菊っ！」

頭で考えるより先に扉を開けた薔は、なりふり構わず室内に飛び込む。

天蓋《てんがい》付きベッドやアンティーク調の家具が配された室内に、白菊の姿はなかった。

「いやあっ、冷たい！　やめて！」

バスルームの方から甲高い悲鳴が聞こえてくる。

シャワーの音や、壁を叩《たた》いたり蹴《け》ったりする音も聞こえた。

白菊以外の人物の声は聞こえず、それは薔が脱衣所に飛び込んでからも変わらない。

「な、なんだよ……これ、何やってんだ⁉」

最初に予測した通り、白菊と一緒にいたのは剣蘭だった。

ほんの少し前まで仲睦《なかむつ》まじくしていた二人の姿に、薔は愕然《がくぜん》とする。

空のバスタブには寝間着姿の白菊が座り込んでいて、制服姿の剣蘭は白菊の肩を押さえつけながらシャワーヘッドを握っていた。勢いよく出しているのはおそらく水だ。湯気はまったく立っておらず、白菊の唇は紫色に変わっていた。肌は紙のように白い。

「剣蘭っ、やめろ！」

薔が割り込んでも、剣蘭は黙って白菊に冷水を浴びせかける。

白菊は助けを求めてバスタブを摑《つか》み、身を乗りだしながら何か叫んだ。

最早言葉になっていなかったが、唇が「助けて」という形に動いたのは間違いない。

「やめろって言ってるだろ！　それを放せっ！」

一度は剣蘭の腕を摑んだ薔は、それよりも湯を出すのが先だと判断し、大柄な彼を押し退けてシャワーの温度を変えた。

湯が出た途端、「邪魔すんなよ！」と怒鳴られたが、温度調節の摘みを剣蘭が弄《いじ》れないよう、体を張って阻止する。何があったのか知らないが、見過ごせる道理がなかった。

「いったいなんなんだ、これ……どうしてお前がこんなことっ」

白菊は病み上がりなのに――そう続けようとした時、薔は剣蘭の意図に気づく。

睨《にら》み上げた先にある顔は、濃縮した怒りに満ちていた。下手に触れたら破裂してしまいそうに見える。頑なに湯を壁に向け、震える白菊の体を温めようとはしなかった。

「また……入院させる気なのか？　儀式に出られないようにっ⁉」

「ああそうだよ！　酷い風邪でも引けばいいと思った。男に抱かれるくらいならな！」

「だからってこんなの無茶苦茶だ！　肺炎でも起こして何かあったらどうするんだ⁉」

普段あまり感情を昂《たかぶ》らせることがない剣蘭の怒声に、薔は怒鳴り返したあとになって気《け》圧《お》される。白菊を救いたいという気持ちに於《お》いて、剣蘭に負けている証拠だった。

白菊を実の弟のように可愛がっている剣蘭が、どんな想いで暴挙に出たのか――それを考えると責め立てることもできなくなる。

かといって放ってはおけず、薔は剣蘭が握っているシャワーヘッドに手を伸ばした。

初めのうちはなかなか放そうとしなかった彼は、やがて観念して握力を弱める。憮然《ぶぜん》とした顔で明後日《あさって》の方を向き、薔が白菊に湯をかけても阻止しようとはしなかった。

「白菊、大丈夫か？　顔色が真っ青だ。病院に行った方がいい」

薔が湯の温度を上げていくと、白菊は落ち着きを取り戻す。

バスタブの中から薔の顔を見上げて、「大丈夫」と答えた。

掠《かす》れた小さな声だったが、意識は明瞭《めいりょう》だ。自分でシャワーヘッドを握り、濡《ぬ》れた黒髪やうなじに湯をかけ始める。

「薔くん、どうもありがとう。もう大丈夫だから、このことは誰にも言わないで」

「あ、ああ……お前がそれでいいなら言わないけど、本当に平気なのか？」

白菊は、こくりと頷いてからバスタブの栓を手にした。

濡れて全身に張りつく寝間着を着たままだったが、湯を張ろうとしている。

背中を向けている剣蘭にも視線を送りつつ、まだ震えている唇を開いた。

「ずっと、心苦しかった。特に十日の夜になると……剣蘭も薔くんも、神子になんてなりたくないのわかるし、それでも耐えてるのに、僕だけ病院でのうのうとしていて……」

　ごめんね、と白菊は言う。涙なのかシャワーの湯なのか判別のつかない雫《しずく》が、いくらか赤みを取り戻した頬《ほお》を流れていった。

「白菊……そんな、別に……のうのうとなんてことないだろ、具合悪かったんだし」

　つぶらな瞳《ひとみ》を直視するのがつらくて、薔は剣蘭に目を向ける。

　横顔しか見えなかったが、眉《まゆ》をきつく寄せ、苦虫を嚙《か》み潰《つぶ》したような顔をしていた。

　引き結ばれた唇の向こうに、多くの言葉が閉じ込められている気がする。

　何か言いたいことがありながらも言えず、こらえている顔だった。

「薔くん、悪いんだけど……お風呂《ふろ》に浸かりたいから、剣蘭を連れていってくれる？」

「あ、ああ……けどもし熱が出たら、ちゃんと当直の隊員に連絡しろよ。呼びだしベルの場所、わかってるよな？」

　白菊は細く小さな声で「うん、ありがとう」と答えると、柔らかに微笑《ほほえ》む。

　シャワーの勢いが強いのですでに腰まで浸かっており、震えは止まっていた。

　薔は仁王立《におうだ》ちの剣蘭の肘《ひじ》を摑んで、強引に脱衣所に押しだす。近頃ますます貫禄《かんろく》が出てきた体には重厚感があったが、どうにか部屋の外まで連れだすことができた。

「余計なことしてんじゃねぇよ」

　他には誰もいない三階の廊下で、剣蘭はいきなり凄《すご》む。

　彼が何を考えているのかすべてわかるわけではないが、薔は一つだけ確信した。

白菊が初回の儀式のあとに入院したことは、剣蘭にとって好都合な展開だったのだ。贔屓生として脱落した白菊のことを「可哀相」などと言っていたが、実のところほっと胸を撫《な》で下ろしていたのだろう。白菊のことが可愛くて仕方ない剣蘭は、あれ以上白菊に傷を負わせたくなかったから――。

「白菊があまり丈夫じゃないこと、お前が一番よく知ってるはずだろ？　あんなやり方で儀式から逃れるのは無茶だ。本人はやる気でいるんだし、いくらなんでも乱暴過ぎる」

「馬鹿《ばか》なんだよアイツはっ！　どうせ常盤様のためとか考えてるんだろうけど、あの人と寝れるわけじゃないんだぜ。惚《ほ》れた男のために他の男に抱かれるとか、おかしいだろっ」

「――常盤の……ために？」

その名に大きく反応してしまう薔に向かって、剣蘭は「ああそうだ！」と怒鳴る。

「訊《き》いても言わないけど、それしか考えられないだろ⁉　仮病でもなんでも使って病院にいりゃいいのに。今年度の神子は一人出てるとはいえ、二人目が選ばれる可能性は十分あるんだぞ。もし選ばれでもしたら教団本部で汚ぇオヤジに抱かれて……アイツ、きっと生きていけない！」

「それはっ、平気だ……心配しなくても白菊は、神子には選ばれない、から」

不安に押し潰されて憤慨している剣蘭に、薔は思わず言ってしまった。

彼が常盤に似ていなかったら、余計なことは言わずに黙っていられたのかもしれない。

弟同然の白菊の身を案じる剣蘭の姿が、自分の身を案じてくれる常盤の姿と重なって、とても放っておけなかったのだ。

「どういう意味だ？　そんなこと、なんの根拠があるんだよ」

「根拠は……ある。前に、杏樹《あんじゅ》が言ってただろ？　神子に選ばれるにはカリスマ性も必要だとかって。実際にはカリスマ性とかじゃなく、気の強さだと思う。聞いた話によると、歴代の神子は気の強い美童ばかりだったって……だから、白菊は選ばれない」

本当のところは、歴代神子の性格など知らなかった。

いい加減な話だが、しかしまったく嘘《うそ》というわけでもない。

少なくとも杏樹は気が強く、陰神子の自分も気が強い方だろう。

そして同じく陰神子の椿《つばき》も、何年も教団を欺きながら生き抜いているのだから、見た目通りたおやかなばかりではないはずだ。今年の神子がすでに決まっていようといまいと、白菊が選ばれる可能性は低かったのかもしれない。

「もしそうだとしても、竜虎隊員に抱かれることに変わりはない。俺は嫌だっ」

語尾を荒らげた剣蘭は、拳《こぶし》を軋《きし》ませて眉根《まゆね》を寄せる。

紺碧《こんぺき》の瞳で睨まれた薔は、「お前、よく耐えられるな」と、吐き捨てられた。

まるで「信じられない」と言わんばかりの顔だ。

耐えていることが罪であるかのように責められると、酷く複雑な気持ちになる。

実際には常盤と組んで不正を働き、耐えてなどいないけれど、何故剣蘭がこんなふうに言うのかわからなかった。お前だって耐えてるんじゃないのか？　と訊きたくなる。

「剣蘭……っ」

額に皺《しわ》を寄せる薔の前で剣蘭は踵《きびす》を返し、自室に向かう。

瞬く間の出来事だったが、乱暴に扉を閉める音だけは耳に残った。

しばらくしてその余韻が消え去ると、今度は剣蘭の言葉が再生される。

静寂を取り戻した廊下に、「よく耐えられるな」と、低い声が響いた。

ああ……これが不本意な現実。誰もがつらい目に遭っていたのかと思うと胸が痛む。

剣蘭の初回の相手をしたのは、彼が憧《あこが》れていた椿だったため、その時点では舞い上がるほど悦んでいた剣蘭だったが、五月と六月は別の隊員に抱かれたはずだ。

今でも変わらず椿に夢中で、別段傷ついている様子ではなかったものの……本当は酷く苦しかったのかもしれない。「よく耐えられるな」という剣蘭の言葉には、耐えられないと感じている彼の苦悩が籠《こ》められているのだろう。

――俺は、どうすりゃいいんだよ……お前や白菊には悪いと思う。けど、俺が同じ目に遭ったら神子だってすぐバレる。十年近くも教団本部に縛られて……この一年だけの我慢じゃ済まなくなるんだ。だから、だから俺は……。

八方塞《ふさ》がりになった薔は、無意識に自分の髪を引っ掴む。

何故そんなことをしたのか最初はわからなかったが、何か痛い思いをしないといけない気持ちになっていたことに、痛みを感じてから気づいた。

健康な髪が何本か抜けるくらい強く握って、顔を顰《しか》めながら息を詰める。

陰神子として生きる以上、逃れられないものはある。綺麗《きれい》事では済まないが、このまま一人だけ甘い汁を吸って生きることに、抵抗を感じずにはいられなかった。


一度自室に戻った薔は、迷った挙げ句に常盤に会うことを決める。

当直の隊員に竜虎隊詰所に行くことを告げて門を開けてもらい、宿舎の外に出た。

独りで悩んで勝手に結論を出すよりも、人生経験の長い兄に相談することの方が正しい選択だと判断したからだ。力のない今の立場で、自己解決できないことを独断でどうにかしようとするのは自立ではない。ますます状況を悪化させる無鉄砲な行為だと思った。

そういう考え方ができるようになったのは、度重なる失態と自己嫌悪のせいだ。

相談を持ちかけるのは自らの拙《つたな》さを認めて反省した証しであり、それは決して恥ずかしいことではないはず――。

そう考えて十分に納得し、決意を固めてここまで来たはずの薔だったが、実際に詰所を前にすると心が揺れた。どうしても躊躇《ちゅうちょ》してしまう。

このまま独りだけ楽をしていてはいけないという罪悪感や焦りばかりが先行していて、常盤に何をどう伝えるべきか纏《まと》まらないのだ。それに、纏めたところで素直に口にできるとは限らない。いざとなると肝心な言葉が胸に滞留しそうで、不安だった。

呼び鈴を鳴らさずに考え込んでいると、初めて詰所を訪ねた時のことを思いだす。

まだ桜が咲いていた頃の話だ。

常盤は椿と一緒に庭に出ていて、散り急ぐ花びらを愛でながら煙草《たばこ》を吸っていた。

夜桜の下に並んだ二人の姿は、今でも目に焼きついている。

——そうだ……ここには椿さんもいる。

常盤はあくまでも庇護《ひご》者であり、自分と同じ立場の人間ではない。

自分に近いのは常盤ではなく、同じ陰神子の椿の方だ。

神子に選ばれたことを椿がどうやって隠し、贔屓生としての一年をやり過ごしたのかは知らないが、今の自分と同じように悩んだこともあったのではないだろうか。

椿は贔屓生の一年間だけではなく、大学部にいた四年間も最低月に一度は男に抱かれていたはずで、協力者が学園内にいたのは間違いない。竜虎隊員を巻き込んでの不正行為も当然あったと考えられる。椿もまた、誰かに守られる特権的立場に疚《やま》しさを感じたのだろうか。つらい目に遭っている同級生を見て、彼は何を思っただろう。

『贔屓生一組の薔薇だな?』

呼び鈴を鳴らすと、若い隊員の声が聞こえてくる。

薔は「はい」と答えてから、だいぶ間を置いて「椿さんに面会を」と口にした。

程なくしてアイアンの門が動きだし、ギギィッと鈍い音を立てて開く。

薔を敷地内に迎え入れると、門は同じ音を立てながら閉じた。

長いスロープの先に建つ三階建ての洋館は、大正時代に建てられた石造りの物だ。

他の場所から解体移動して現代的な設備を加え、組み直した物だと聞いている。

荘厳な玄関で隊員に迎えられた薔は、翡翠《ひすい》の間と呼ばれる応接室に通された。

他に蒼燕《そうえん》の間や菊水の間もあり、竜生童子《りゅうせいどうじ》のクラス分けと同じく、龍が好む物の名前がついている。贔屓生が詰所の中を勝手に歩くことは許されておらず、三室ある応接室は、どれも玄関ホールの近くにあった。

「御機嫌よう。恋人の日に私を指名してくださるなんて、大変光栄です」

二十畳ほどの応接室でしばらく待っていると、真鍮のトレイを手にした椿が現れた。

隊服姿ではあるが、隊帽は被っていない。長い黒髪は一つに結ばれていた。

身を屈めた際にちらりと覗《のぞ》くうなじが、やけに艶《つや》っぽく見える。

「薔様は明後日から断食でしたね。今のうちに甘い物を召し上がってください」

椿が薔の前に置いたカップからは、蜂蜜《はちみつ》混じりの紅茶の香りが漂ってきた。

椿は一度立ち上がった薔に着席を促すと、テーブルを挟んで正面のソファーに座る。

彼が運んできたのは柄が美しいティーカップ二つと、ピンク色のフィナンシェが四つ、それよりもやや濃い色をしたマカロンが六つだった。紅茶の色は薄く、そのためカップの内側の柄がよく映える。様々な花が描かれていたが、最も目につくのは薔薇《ばら》だった。

「少し甘酸っぱいローズヒップのフィナンシェと、ブルガリアンローズのマカロンです。紅茶はノンカフェインですから安心してください。菩提樹《ぼだいじゅ》と蜂蜜の紅茶なのでそのままがお勧めですが、ミルクを入れても美味しく召し上がれるかと思います」

蜂蜜とミルクという組み合わせに、薔は思わず過剰な反応をする。

椿が常盤から自分の幼少期の好みを聞いているのかと勘繰ってしまったが、ただの偶然だと思いたかった。

「どうも、ありがとうございます。なんか、凄いですね……薔薇とか」

「常盤様に命じられて私が取り寄せました。薔様の竜生名に因《ちな》んだお菓子を色々と試してみたんですよ。お口に合うとよいのですが」

立ち上る湯気の向こうで、椿は顔を綻《ほころ》ばせる。

あまりにも優しげな微笑に、本気で目を奪われた。もしも天女がいるなら、きっとこういう顔だろう。美人だの美形だのという、頻々《ひんぴん》と使われる言葉では申し訳なく思うほどの佳人、或《ある》いは麗人だ。

「あの……夜分に突然すみません。椿さんに、相談したいことがあって」

「いつでもご遠慮なくいらしてください。私は常盤様から薔様の相談相手になるようにと申しつかっておりますので。いつまでも役立たずのままでは叱《しか》られてしまいます」

「そう、なんですか？　常盤が、椿さんを叱ったりするんですか？」

「いいえ、今のは冗談です。身内に限り……お優しい方ですから」

くすっと笑った椿は、ティーカップに手を伸ばして「どうぞ召し上がれ」と、もう一度言ってくる。薔が緊張しながらカップを手に取ると、椿もあとに続いた。

薄い色の紅茶は見た目に反して香り高く、味も温度も丁度いい。蜂蜜が入っているため仄《ほの》かに甘かった。椿の微笑みのように優しく、落ち着く味だ。

「あの……こんなこと訊くの失礼なのはわかってるんですけど、差し支えなければ教えてください。椿さんは贔屓生の頃、どうやって……逃れたんですか？」

いきなりの質問に対し、椿は伏せていた睫毛《まつげ》を上げた。

しかし反応は緩やかなもので、表情は崩れていない。不快感を示すこともなく、赤みの強い唇は笑みを湛《たた》えたままだった。

「お名前は申し上げられませんが、協力してくださる方がいました。……何人も」

最後の一言に薔が反応すると、椿は黒い瞳をまっすぐに向けてきた。

含みがあるようにもないようにも見える、底知れない瞳だ。一般的な感情など超越した人物なのか、それとも案外普通の人間なのか、優しげな美貌《びぼう》が邪魔して捉《とら》えにくい。

「私には権力者の兄などいませんでしたから、誰かに頼るしかありませんでした。誘惑を仕掛け、自分の体を報酬として与えることで逃げきったのです。危険を冒すに値する利がなければ、誰も協力などしてくれませんからね。本当に、地獄のような日々でした」

どこか他人事のように淡々と語られ、薔は言葉を失う。椿が見た目通りの人物ではないことは承知していたつもりだったが、自分と似た境遇だなどと考えたことを恥じた。椿に向かってそう言ったわけではないものの、居た堪れない気持ちになる。

「何を悩んでいらっしゃるのか、当ててみましょうか？」

椿はティーカップをそっと置き、ソファーから立ち上がった。

ロングブーツが足音を立てているにもかかわらず、体重などなさそうに見える。まるで舞踊の如く優雅に歩いて、テーブルのこちら側に回ってきた。

「椿さん……」

近くで見れば見るほど驚嘆《きょうたん》するばかりの姿態で、椿は薔の隣に腰かける。

そして手を握ってきたかと思うと、甲を撫でて指を絡めてきた。

「薔様は白菊が戻ってきたことで、自分だけが特別扱いされていることに罪悪感を覚えているのでしょう？　同じ立場である私も、かつては似た境遇だったと思いましたか？」

「……っ、はい」

椿の手は温かく滑らかで、シャンデリアの光を受ける黒髪は動くたびに艶めく。

蜂蜜の香りに混ざって、微《かす》かに椿の花の香りがした。本来は奥ゆかしい匂《にお》いだが、椿の姿と合わさると途轍《とてつ》もない引力を持つ。幻想の世界に引き込まれる錯覚すら覚えた。

「生憎《あいにく》と薔様の苦しみを理解することはできませんが、恵まれた立場であることで貴方が憂う必要など少しもないということを、はっきりと申し上げておきます」

「……何故、ですか？」

「西王子《さいおうじ》本家に生まれて、頼れる兄君を持った薔様の幸運は神によって与えられたもの。選ばれた人間としての宿命を甘受し、堂々としていればよいのです。それに……塀の外の世界はこの学園以上に不平等なもの。他人の水準に合わせることなどできません」

「椿さん、けど俺は……そういう立場に胡床《あぐら》をかいていていいとは思えないし、それに、白菊は常盤のために耐えようとしてるみたいで」

「常盤様のために？　白菊が？」

貴方は特別恵まれているのだと、言われれば言われるほど心乱れる薔の隣で、椿は俄《にわか》に目を見開く。白菊が常盤のために戻ってきたとは、考えていない様子だった。

「はい、白菊は黒椿会の……常盤の親衛隊の中心メンバーだし、たぶんそうじゃないかと思ったんですけど、違うんですか？　椿さんは白菊から何か聞いてますか？」

「いいえ、私は何も聞いていませんが……なるほど確かにそうかもしれませんね。白菊が常盤様を慕うあまり心折れてしまったのは事実ですし、それに常盤様は昨年度の途中から竜虎隊の隊長になられましたから、完全に受け持つのは今年の贔屓生が最初ということになります。その中から脱落者が出ては、経歴に傷がつく。もしかすると白菊は、そこまで考えて常盤様のために身を捧《ささ》げる覚悟なのかもしれませんね」

椿は薔の考えに同調し、悲しげに眉を寄せる。

艶を帯びた憂いを漂わせながら、握っていた手を撫でる仕草を見せた。

「この学園の中で異教の教えを口にするのは憚《はばか》られますが、『神は乗り越えられる試練しか与えない』という教えがあるそうですよ。白菊はああ見えて強い子なのでしょう。我らの神もまた、厳しい試練を与えることで彼を成長させようとしているのかもしれません」

真摯《しんし》な瞳を向けてくる椿の言葉に、薔はじわじわと追い詰められる。

もしもその教えが真実なら、微温湯《ぬるまゆ》に浸かっている自分は試練に耐えられないほど弱い人間ということになってしまう。白菊よりも脆弱《ぜいじゃく》な心。耐えられない弱い人間——そんなふうに判断されるのは嫌だった。余所《よそ》の宗教の話とはいえ、平静ではいられない。

「あ……誰か来ましたね。常盤様が待ち切れなくなったのかもしれません」

眉間《みけん》に皺《しわ》を寄せて黙り込んでいた薔の隣で、椿は入り口に顔を向ける。

続いて小気味よいノックの音が聞こえてきた。

椿が姿勢を変えることなく「どうぞ」と答えると、扉は外から開かれる。

立っていたのは常盤だった。

相変わらず目を瞠《みは》るばかりの威容を黒隊服に包み込んだ彼は、「邪魔するぞ」と言いながら応接室に入ってくる。

「なんだ、随分と仲がいいんだな」

「常盤……」

「詰所に来たのに姫を指名したと聞いて、気が気じゃなかったぞ。午後に会った時様子がおかしかったから心配していたところだ。話はまだ終わらないか?」

「……終わった。椿さん、すみません。どうもありがとうございました」

「どういたしまして。お役に立てるかわかりませんが、いつでもいらしてください」

椿は最後にもう一度薔の手を両手で包み、にっこりと微笑む。

優雅な動作で立ち上がると、自分のティーカップをソーサーごとトレイに載《の》せた。

「すぐに珈琲《コーヒー》をお淹《い》れします。紅茶の方がよろしいですか?」

そう問いつつ扉に向かっていく椿に、常盤は「珈琲を頼む」と答える。

椿は一つに束ねた長い髪を揺らしながら、「すぐにお持ちします」と言って一礼した。

そのまま速やかに応接室を出ていったため、薔は常盤と二人きりになる。

「浮かない顔をしてどうした? 姫は役に立ったのか?」

椿が珈琲を持ってまた来るのかと思うと、薔の気は休まらない。

在学中から文武両道で一目置かれていた椿を尊敬し、今は同じ陰神子として頼りにしているが、常盤が絡むと胸が騒ぐ。椿と常盤のさりげない会話や目配せは疎か、同じ空間に二人がいるだけでも嫌でたまらないのだ。それに今は、椿のことを自分と同じ境遇の人だとは思えなくなっていた。引け目がある分、余計に心がささくれ立つ。

「お前が来た時のために用意させた物だ。断食に備えて食べておくといい」

常盤は薔が答える前に、マカロンを勧めてくる。目の前のソファーに座り、甘い物など寄せつけそうにない顔でピンク色の菓子を食べ始めた。相手が手をつけやすいようにするためなのか、それとも小腹が空いていたのか、見分けがつかないほど普通に食す。

薔は「いただきます」と言ってマカロンを手に取った。

調理実習で何種か作ったことがあったが、市販の品は色が綺麗で、カリッとした表面を噛むと中はとても柔らかい。口の中でブルガリアンローズが開花するかのように、上品な味と香りが広がった。

「──美味い」

「それはよかった。こういうことは姫に任せておけば間違いないな」

「そう言えば、椿さんは甘党だって……剣蘭が言ってた」

「ああ、この学園の卒業生の大半は甘党になるらしいな。ここにある菓子は全部お前の物だ。ポケットに入れられるだけ入れて持って帰るといい。誰にも見つからないようにな」

「常盤……」

竜生名に因んで用意してもらった菓子が美味しくて、目の前に座る常盤が優しくて……あまりにも幸福過ぎる自分が、息苦しいほど罪深く思える。かといって不満な顔などできなかった。常盤がこの時間を、とても愉しんでいるように見えるからだ。

「ところで昼食を食べ過ぎたというのは本当なのか？」

「いや、あれは別に。普通にサボっただけだ」

「そんなに堂々と答えられてもな」

薔の言葉に、常盤は片眉を吊《つ》り上げる。しかし口角には笑みが残っていた。

「体調に問題がないなら授業はきちんと受けておけ。この学園はカリキュラムが多くて大変だろうが、語学に力を入れているうえに、着付けや料理やソーシャルダンスなど、卒業後に学びたいと思ってもなかなか難しいものもある」

「ダンスの授業とか、確かにあるけど……役に立つのか、あれ」

「もちろんだ。高い地位にある人間ほどそういった場面に遭遇する。いざという時、踊れなくて恥をかくのは自分だぞ。着付けや料理に関しても同じことだ。教団への忠誠や信仰心とは関係なく、社会に出た時に役立つ授業は積極的に受けておいた方がいい」

「ああ……そうだな」

卒業なんてできるんだろうか、社会に出る日なんて来るんだろうか――そうなるようにこれまで上手くやってきたけれど、このまま突き進んでしまってよいものか、今の薔にはわからなかった。椿は過去に苦しみ、白菊や剣蘭はこれからも耐え抜くのに、自分は……このまま常盤と逢瀬《おうせ》を重ねていいのだろうか。

「薔、今夜……俺ではなく姫を呼びだした理由はなんだ？　俺に話せないことなら無理に話さなくても構わないが、正直とても気になっている」

常盤が本題に入り、薔は顔を上げた。いつの間にか俯《うつむ》いていたことに気づく。

何かあったのだということは、おそらくもう悟られてしまっているだろう。

「今日、白菊が宿舎に戻ってきて……それで、なんていうか、アンタと……常盤と、狡《ずる》いことして俺だけ上手くやってるのが、心苦しくなった。それで椿さんに相談を……」

薔の視界は、自分が穿《は》いている制服の黒いパンツで占められていた。

確かに常盤の顔を見ていたはずだったのに、途中でまた俯いてしまったのだ。

再び常盤の顔を見るのは勇気が要《い》ったが、どうにか視線を上げると目が合う。

彼の顔からは、先程まであった笑みが消えていた。

「姫の答えは？」

「俺は……特別恵まれた立場だって、言ってた。外の世界はここよりもっと不平等だし、これは神が俺に与えた幸運だから、堂々と宿命を甘受しろって——そう言われた」

「完璧《かんぺき》だな。俺も同じ意見だ」

「……っ」

「さらに補足するが、白菊を憐《あわ》れに思う気持ちは俺にもある。もし全能なら他の贔屓生も助けてやりたいが、今の俺にその力はなく、欲を出せば大切なものすら守れなくなるのが現状だ」

常盤は揺るぎない表情と安定した口調で語り、お前が一番大切と言わんばかりの視線を送ってきた。直視されると苦しいのに、一瞬たりとも外してくれない。

「俺はこの教団の中で、最高権力に手が届く可能性のある地位に生まれたが、残念ながら我が家は御三家の三番手……しかも南条《なんじょう》と北蔵《きたくら》の跡取りは年長者だ。竜虎隊では西王子一族の人間が幅を利かせているとはいえ、教団全体で見れば、上の二家と対等な立場ではない。お前の友人達を現時点で救えないことを遺憾に思うが、今は耐えてくれ」

「常盤……」

「先々のことを、考えていないわけじゃない」

薔はこれまで、常盤が竜虎隊隊長という地位の先に何を見ているのかを知らなかった。西王子家から教祖が出るのは稀《まれ》だという話は、以前楓雅《ふうが》から聞いたことがある。他家の候補が若年のうちに教祖が身罷《みまか》るなど、特別な事情がなければ難しいようだった。

「ごめん、俺……自分のこととか、今のこととか、狭い範囲でしか考えられなくて」

「いや、視野が狭くなっているのは俺も同じだ。お前のことで頭がいっぱいで、万が一のことが起きるのが怖い。最悪の事態を夢に見て飛び起きることもある」

見つめ合っていると胸が痛くなるほど愛しくて、手や足が勝手に動きそうになった。

常盤に愛されて、守られる——そんな自分の幸福に悩むのは、実に贅沢《ぜいたく》な話だ。

しかしどんなにそう思ったところで救いの手を放せるわけはなく、流れを大きく変えることなど不可能だった。それならばせめて、せめて少しでも平等に近づけたらどうなるのだろう。この痛みは鎮まるだろうか。白菊は救われるだろうか？

「常盤、一つ……頼みたいことがある」

「なんだ？」

「今度の十日の儀式の時、俺じゃなくて、白菊の憑坐《よりまし》になってほしい」

口から飛びだした言葉に、薔は自分で吃驚《きっきょう》する。

意識の底の方で漠然としていた選択肢の一つを、悩み抜いて選んだ最後の手段のように常盤にぶつけてしまった。

「俺の話を理解しているとは思えない発言だな」

返ってきたのは、低く響く静かな声だ。

拒絶の色を帯びていて、怒りの感情が織り込まれている。

薔はすぐに撤回すべきだと焦ったが、その前に常盤が再び口を開いた。

「俺が他の童子を抱いても、お前は何も感じないのか？」

「抱けなんて言ってない！　そうじゃなくて……っ」

これは紛れもない本心だった。元より、常盤が他の誰かを抱くような選択肢はない。

そこまでしてほしいわけではないのだ。ただ、常盤のために試練を覚悟して戻ってきた白菊に、少しでも慰めになることがあれば、と。それと同時に、過剰なまでの己の幸福を多少なりと削るべきだと思っただけだ。

「白菊は……っ、常盤のことが好きだから」

「だから添い寝でもして慰めろと言うのか？　その間お前はどうする気だ？　月に一度は龍神を降ろさなければ生きていけないお前を差し置いて、俺に他の童子と過ごせと？」

「龍神を降ろすのは、厳密に月に一度じゃなくてもいいって聞いてるし、儀式の前後数日以内に降ろせば平気なんだろ？　こんなこと頼むのは無理があるってわかってるけど……白菊には常盤じゃないと駄目だと思うし、添い寝しかしないことについて白菊が吹聴するとは考えられないから、常盤の立場が危険になるようなことはないと思う。俺は、白菊が苦しい時に、その上の部屋で抱かれたくなくて。凄く、自分が卑怯《ひきょう》に思えて……」

上手く気持ちを言葉にできず、もどかしさが喉元《のどもと》に蟠《わだかま》る。

話せば話すほど撤回したくなり、想像するうちに耐えられなくなった。

すでにとても後悔している。常盤が白菊の部屋に行き、優しく話しかけて添い寝をするなどあり得ない。それは自分だけに許された幸福であって、誰かに譲れるようなものではないのだ。

「それで気が済むなら、お前の言う通りにしよう」

面と向かって言われた瞬間、薔は耳を疑う。それにより、常盤がこんなことを了承するはずがない……と、心のどこかで信じたうえで発言していたことに気づかされた。

「午後に会った時、様子がおかしかったのは白菊の件で悩んでいたせいだろう？　お前の憂いが晴れて心安くいられるなら、それくらいお安い御用だ」

先程までは見えていたはずの常盤の感情は、凍らせてどこかに仕舞い込んだかのように行方がわからなくなっていた。瞳の中を探っても探っても見つからず、言葉通りのことを考えているのか否か判別できない。

「ただし朝まで白菊と過ごすわけにはいかない。夜が明ける前には五階に上がり、お前を抱いて龍神を降ろす。それでいいな？」

いいなと問われても、いいとは言えなかった。

常盤の発言を信じたくなくて、「嘘だよな？」「冗談だよな？」と問いたくなる。

常盤を一時でも白菊に与え、その間ずっと待っているなんて耐えられない。それなのに愚かな提案をしてしまい、悔やんでいるにもかかわらず撤回できなかった。

「姫が戻ってきたようだ。この話はもう終わりにしろ」

「常盤っ」

「あとは俺に任せておけ」

まだ間に合う、今なら間に合う——そう思って身を乗りだした薔は、ノックの音に唇を結ぶ。言葉どころか息まで呑むと、椿が応接室に入ってきた。

「失礼します。珈琲をお持ちしました」

先程下げたトレイにデミタスカップを載せている彼は、控えめな笑みを向けてくる。

椿が現れてカップをテーブルに置くだけで、部屋の空気が一変した。

この応接室には物言わぬ花々が飾られているが、椿の存在感はそれらによく似ていて、黙ってそこにいるだけでも空間が華やぐ。

「エスプレッソにしてくれたのか」

「お好きでしょう？」

金の装飾が施されたカップに注がれているのはエスプレッソで、紅茶や蜂蜜を凌駕《りょうが》する強い芳香が立ち上る。常盤は、「ああ、ありがとう」と答えた。

とてもいい香りだったが、薔は席を立ちたい衝動に駆られる。

椿が淹れた飲み物を、常盤が美味しそうに口にする様を見たくなかったからだ。

薔の想いを余所に、常盤は表面を覆うクレマを崩さないよう砂糖を沈める。

それと同時に薔は立ち上がり、二人に向かって「帰ります」と告げた。

「……薔？」

少し驚いたのか、常盤は屈んでいた椿と揃《そろ》って視線を上げる。

いつ見ても絵になる二人だった。互いの好みを把握していて、大人同士で、従兄弟《いとこ》だと聞いていなくてもなんらかの特別な繋《つな》がりがありそうに見える。

「帰るなら菓子を持っていけ」

「他の子には見つからないよう気をつけてくださいね」

常盤と椿にそう言われながらも、薔は何も手にしなかった。

大人の彼らから菓子を与えられる子供という立場や、常盤に頼まれて椿が選んだ菓子の美味しさが、なんだかとても嫌だったからだ。

「結構です。甘いの好きじゃないんで」

薔は抑揚をつけずに言うと、二人から目を逸らして扉に向かう。

常盤が椿と一緒にいるだけで心穏やかではいられない自分が、白菊に添い寝する常盤の姿を想像して耐えられる自信がなかった。

馬鹿なことを口にしてしまったと、本気で後悔している。

しかし足を止めることはできなかった。踵を返し、常盤に向かって一言、「さっきの話は聞かなかったことにしてくれ」と言いたいのに、湧き上がる苛立《いらだ》ちによって阻《はば》まれる。

おそらく自分は、常盤が容易に受け入れたことに腹を立てているのだ。自分勝手なのは棚に上げ、「そんなことは絶対にできない」と、断固として突っぱねてほしかった。

7

薔《しょう》が竜虎《りゅうこ》隊詰所を出ていったあと、椿《つばき》は常盤《ときわ》と応接室でしばらく過ごし、彼が部屋に戻ってから内線で呼びだされて酒を運んだ。

恋仲にある常盤に向かって、他の贔屓《ひいき》生の相手をしてほしいなどと言いだす薔にはつくづく呆《あき》れ返って反吐《へど》が出そうだったが、薔の愚かしい発言によってダメージを受けている常盤の姿を見るのはさらに不愉快だった。

「お酒は少しにしてくださいね。お体に障りますし、貴方の顔色が悪いと詰所の空気まで悪くなります。健康的でいるのも大切なお仕事ですよ」

椿はソファーの上に放りだされた隊服をハンガーにかけ、皺《しわ》にならないよう整える。

常盤はウイスキーをストレートで呷《あお》ると、二本目の煙草に火を点けた。

言葉には出さないが、気落ちしているのは間違いない。

こういう常盤を見ていると、彼を傷つけることも揺さぶることもできなかった自分と、どうにでもできる薔との差を思い知らされる。

常盤の気持ちを上げるも下げるも薔次第。あの子が彼に与える影響に比べたら、自分はいてもいなくても大して変わらない飾り物のようなものだ。

——俺だけの物になれ……私に、そう言ったこともあったのに……。

椿は常盤の隣に座ると、陰《いん》に籠《こ》もる横顔を見つめる。

気分のよい時にこの体を抱いて愉しんでいた彼や、気分の悪い時に癒しを求めて触れてきた彼は、いったいどこへ消えてしまったのだろう。あの頃の常盤の目には、それなりの情があった。愛ではなかったとしても、執着や独占欲は存在したのに——。

——拒絶した私が悪いんですか？　許せない気持ちでした？　だから私を剣蘭《けんらん》に？

椿はウイスキーをストレートで飲みたがる常盤のグラスに、無言で氷を入れる。

虫の居所が悪い彼は露骨に眉《まゆ》を顰《ひそ》めたが、何も言わずにグラスを受け取った。

ボトルに栓をしてもトレイに戻しても止めない辺り、飲み過ぎてはいけないと自分でも思っているのだろう。

——あの当時、腹を立てていたのは私の方だった。俺だけの物になれと言いながらも、弟を中心に動いていた貴方が許せなかったから。私は何もかも捨てたのに……貴方は何も捨ててくれなくて……ただ、気に入りの持ち物を一つ増やそうとしただけ。

愛のなさに失望し、一旦《いったん》別れて仕切り直しを計ったが、まるで上手くいかなかった。

常盤が弟を無事に救った暁には、弟に対する異常な執着心が薄れると思ったのに、その弟と恋仲になられては手も足も出ない。薔のために命懸けの危険を冒し、操《みさお》を立て、薔の恣《し》意《い》的な言動で振り回されている様を——こうして見ているのはたまらなかった。

深夜零時が迫る頃、常盤の部屋を出た椿は一階のトレーニングルームに向かった。

更衣室のロッカーを開け、竜虎《りゅうこ》隊指定の黒いトレーニングウェアに着替える。長い髪は高めの位置で一本に結んで、アミノ酸の入ったドリンクを手に磨硝子《すりガラス》の扉を開けた。

「これはこれは椿姫。こんな時間にトレーニングとは、珍しいこともあるもんだ」

入り口の名札が裏返っていたので予め知っていたが、利用者は一人だけだった。

レッグエクステンションで規則正しく両脚を持ち上げ、大腿《だいたい》四頭筋を鍛えているのは、犬桐《いぬぎり》という名の隊員だ。歳《とし》はだいぶ上だが、役職にないため椿よりも階級は低い。

「お邪魔してすみません。少し走って汗を流したい気分だったので」

「生理でも来てイライラしてんのか？　お姫様は大変だな」

「相変わらず下品ですね。女性に嫌われますよ」

落葉高木、油桐《あぶらぎり》の別称を与えられているこの男は、体を鍛えることと女を口説《くど》くことにのみ熱心で、自由時間の多くをトレーニングルームで過ごしていた。

今も半裸になって、岩のような腹筋を晒《さら》している。

竜虎隊の中でも目立って体格がよく、それを何よりも誇っていた。

椿はランニングマシンの横にドリンクのボトルを置き、電源を入れてベルトに乗る。

やや離れたレッグエクステンションに背を向ける形だったが、犬桐がトレーニングを中断したのがわかった。磨き抜かれた床の上で、シューズがキュッと音を立てる。

「汗をかきたいなら俺の部屋に来いよ。昔みたいに可愛《かわい》がってやる」

犬桐はマシンの横に立つと、下卑《げび》た笑みを浮かべながら腰に手を伸ばしてきた。

緩やかに歩き始めた椿は、ぴしゃりと彼の手を払う。そして侮蔑の視線を向けた。

かつてはこの手に体中を弄《いじ》られたこともあったが、今は許さない。あの頃とは何もかも違うのだ。自分はもう、媚《こ》びて縋《すが》って逃げ延びる少年ではないのだから――。

「犬桐さん、私の妹に求婚したそうじゃないですか。結果は如何《いかが》でした？」

「おいおい、人の傷を抉《えぐ》らないでくれよ。まあ、端《はな》から期待なんざしてないけどな。身分違いだってことは承知のうえで、生理のある本物のお姫様を嫁に欲しくてね」

「あの子は私の妹である前に、常盤様の従妹《いとこ》だと思った方がいいですよ。存在を認識していなかった私とは違って、常盤様はあの子の成長を見守りつつ可愛がっていらしたので、悪い虫は寄せつけたくないんです」

息が上がらない程度に足を速めた椿は、消費カロリーが表示された液晶パネルに視線を落とす。数字は０から１に、１から２に上昇した。逆に犬桐のテンションは下がりだし、立っていた位置まで変わる。じりじりとシューズを引いて、黒瞳《こくどう》を左右に泳がせた。

「おっかない話だな、兄も妹も食い放題かよ」

「そういう意味ではありません。常盤様は貴方のような節操なしとは違いますから。まだ高校生の女の子に……それも常盤様の花嫁候補の一人に求婚なんて、無茶をするにも程があります。これが常盤様のお耳に入ったらどうなることやら」

「……っ、花嫁候補⁉　隊長の⁉」

声を裏返らせて驚く犬桐を横目に、椿は黙々と足を動かす。

あまりにも浅慮な男を相手にしていると、積もり積もった苛立《いらだ》ちが増していった。

「そう考えるのが自然でしょう？　西王子一族の娘は皆、本家の跡取りの花嫁になるのが最高の幸せだと教え込まれて育ちます。実際には妾《めかけ》を目指す者が多いと聞きますが、私の妹は正妻の座を狙《ねら》えますからね……有力な花嫁候補と言っても過言ではありません」

「おい……っ、ちょっと待ってくれ、歳も離れてるし、まさかそんなっ」

「歳が離れているのは貴方も同じでしょうに。困った人ですね」

通学制の王鱗《おうりん》女学園に通う妹を出しにして、椿は取引を持ちかけようとする。

犬桐はすぐさま、椿になんらかの意図があることを察して興味を向けてきた。

ぎょっと目を剝《む》いていたのは最初だけで、次第に好奇心を露わにする。

「俺は何をすればいい？　お姫様の言いなりになって、なんでもやってやるぜ」

「貴方のそういう臆病《おくびょう》なところ、嫌いじゃないですよ」

椿はランニングマシンの上から、本来は自分よりも背の高い犬桐を見下ろした。

ポニーテールを揺らしつつ、歩く速度を上げていく。

「臆病と言わずに、賢いと言ってほしいな。俺に言わせりゃ、お前に逆らう奴はどいつもこいつも馬鹿《ばか》ばっかりだ。今でも時々思いだしてゾワーッとするんだぜ。お前の在学中、竜虎隊員が何人も死んだり気が触れたり。いやぁ怖かったねぇ。お前を抱いて愉しんで、余計なことはなんも言わずに黙ってりゃ、運気が上がって金は入るし女にはモテるしで、いいこと尽くめだったのになぁ……真面目《まじめ》な馬鹿は損だと思わないか？」

「さあ、いったいなんの話でしょう？　私には心当たりがありませんが」

両手でハンドルを握りつつ答えた椿は、あえて朗らかな笑みを浮かべる。

事実、死ねと願ったわけではなかった。「このまま学園にいさせてください」と神に祈り続けた結果、それを阻もうとした人間が一人残らず消えただけのことなのだ。

「もしも本当に……真面目な人ほど早死にするのだとしたら、残酷《ざんこく》な世界ですね」

椿は体温の上昇を感じながら、心に冷感を覚える。

陰神子として生き抜くのは、薔が思っているよりも遥《はる》かに重い。

自分の運気を上げて身を守れば、邪魔な人間には災厄が降りかかる。知らぬ間に誰かを不幸にし、傷つけるかもしれないのだ。ましてや相手が神に愛されぬ者であった場合は、死に至らしめることもある。自らの手で邪魔者を抹殺したも同然の中で、その事実に耐えられる者だけが陰神子として生きていけるのだ。

「その残酷な世界で生き延びるために、俺は姫君のどんな願いを叶《かな》えりゃいいんだ？」

「犬桐さんがいつもしていることです。悪さをした童子を追いかけて捕まえて、ちょっとお灸《きゅう》を据える。とても簡単でしょう？」

「そりゃ確かに簡単なお仕事だ。で、誰を躾《しつ》け直せばいい？」

「以前から貴方が、好みのタイプだと公言して憚《はばか》らない贔屓生ですよ」

「おいおい、マジかよ⁉　ツンツンで可愛いお尻《しり》のローズちゃんかっ」

「あの子の棘《とげ》を……少しばかり抜いてほしいんです。どうにも扱いにくいので」

目を円くしている犬桐に、椿はくすっと微笑みかける。

本当は何もおかしくないし、笑いたくもなかった。

龍神の寵愛《ちょうあい》を受け、陰神子として生き抜くだけの精神力と幸運に恵まれながらも、今の自分が幸せだとは少しも思えない。それでも今は、こうするしかないのだ。

「いいぜいいぜ、そんな仕事ならお安い御用だ」

「ところで犬桐さん、その言葉遣いどうにかなりませんか？　それと、サロンであああいうことを大声で話すのはやめてください。お尻の形がどうとか、本当に品がない」

嫌悪を露わにして柳眉《りゅうび》を寄せた椿の横で、犬桐は乾いた笑声《しょうせい》を上げる。

己の愚行を省みない救いようのなさに、椿は深い溜《た》め息《いき》をついた。

8

　七月十日、午後十時半。薔《しょう》は降龍《こうりゅう》殿の五階で禊《みそぎ》を済ませ、綿布で体を拭《ぬぐ》った。儀式の際は下着を穿《は》かず、緋襦袢《ひじゅばん》だけを着る決まりになっている。贔屓生一組の儀式は今夜で四回目になるため、空きっ腹で御神酒《おみき》を飲むこと以外はだいぶ慣れてきた。同じく四回目の剣蘭《けんらん》は、ここ数日機嫌が悪く、儀式当日の今日に至っては一言も喋《しゃべ》っていない。触らぬ神に祟《たた》りなしとばかりに、誰もが遠巻きに見ていたくらいだ。

　一方、五月と六月を飛ばして二回目の参加になる白菊《しらぎく》は、意外なほど落ち着いていた。空腹のせいか、或《ある》いは胃痛によるものか、贔屓《ひいき》生宿舎一階の和室で胃の辺りを押さえていたが、薔が声をかけると、「明日の朝は三人揃《そろ》ってお粥《かゆ》だね」と笑顔で返してきた。

　儀式の翌朝に出る粥を、宿舎できちんと取るつもりでいるということだ。前回のように発熱したり、病院行きになったりしない自信があるのだろう。

　白菊の復帰によって揺れる剣蘭や自分と比べると、覚悟の度合いが違って見えた。

　降龍殿五階の居間の座布団に座っていた薔は、今夜の憑坐《よりまし》役を待ちながら明日提出するレポートのことを考えるよう努める。すでに完成しているが、直すべきところがないかとひたすら頭をひねった。

そうでもしないと、常盤《ときわ》の気が変わって自分の所に来てくれることばかり願ってしまうからだ。本当に気が変わるならまだましだが、神の愛妾《あいしょう》である神子《みこ》が強い願望を抱くと、他者の運気を下げて自分の運を高めてしまう危険がある。

常盤がこの部屋に来る気がないにもかかわらず、薔が来てくれと願い続ければ、極端な話、白菊の身に不測の事態が起こるかもしれないのだ。常盤が白菊の許に行く必要がなくなるような、何かが——。

不当に他人を傷つけることを恐れていた薔の耳に、鉄扉を開ける音が聞こえてくる。この期《ご》に及んで常盤であることを期待してしまったが、入ってきた人物は内側から鍵《かぎ》をかけなかった。つまり、あとあと常盤がやって来ることを知っている人間。常盤本人ではないということだ。

「失礼します、薔様」

控えの間の向こうから、聞き慣れない声が聞こえてくる。

常盤ではないなら椿《つばき》かと思ったが、予想とは違っていた。誰の声かと記憶を辿《たど》り、顔や名前を思いだした途端に襖《ふすま》が開かれる。黒い羽二重《はぶたえ》姿で現れたのは、橘嵩《きったか》という名の竜《りゅう》虎《こ》隊員だった。西王子《さいおうじ》一族の人間なのかどうかは聞いていなかったが、自分を様付けで呼んでくるなら間違いなく常盤の協力者の一人だろう。

橘嵩はすらりと細い体の持ち主で、容姿が優れているのが当然の竜虎隊員だけあって、整った顔をしている。特に目立つタイプではないが、落ち着いた雰囲気の男だ。

「私は竜虎隊第三班所属の橘嵩と申します。班長、椿様の申しつけにより、今夜はここで休ませていただくことになっております」

橘嵩は居間の入り口に腰を落とすなり座卓に鍵を置き、恭《うやうや》しく畳に手をつく。

全学生を管理する竜虎隊員が童子《どうじ》に頭を下げるなど、普通なら考えられない話だ。

「どうも、こんばんは……休むって、眠るってことですか？」

「はい、布団に入ってよく眠るよう命じられました」

薔は座卓を挟む形で、橘嵩の顔をまじまじと見る。

彼の妙な発言が引っかかり、一旦《いったん》後ろを振り返って寝室を確認した。

金糸や銀糸の刺繡《ししゅう》が施された華美な赤い布団は、とても大きな物だが一組しかない。

常盤は薔を抱いて龍神を降ろすために、夜明けまでにはここに来ることになっていた。

その前に橘嵩が布団を使うのは、随分とおかしな話だ。他の隊員に見咎《みとが》められないよう頃合いを見計らって出ていくか、この居間で待機するのが筋ではないだろうか。

常盤が来るまで長時間待つのは疲れるかもしれないが、上の人間が使う予定の布団で、すやすやと眠って待つ部下の姿は想像できなかった。

「椿さんは、なんで貴方にそんなことを言ったんですか？」

「椿様の真意はわかりかねますが、おそらく私が薔様と会話をすることで、余計な情報を得るのを避けるためではないかと……。常盤様や椿様に服《まつろ》う者は他にもいますが、全員が秘密を共有しているわけではありませんので」

「――よく、知らないのに……どうして、協力できるんですか?」

薔は予《かね》てより疑問に思っていたことを橘嵩に問う。

常盤や椿がしていることは危険な背任行為であり、そうするだけの事情がある彼らとは違って、常盤の部下にメリットがあるとは思えなかった。

一族から神子を輩出することは御三家の権威を守るうえで重要な課題であり、常盤がしていることは、教団だけではなく一族に対する背任行為に他ならないからだ。

「私に限って言えば……常盤様と薔様の関係も、薔様がすでに神子に選ばれた御方なのか否かもまったく知らされていませんが――我々にとって最も重要なのは、一族から神子を輩出することではありませんので、すべてを知る必要はないのです」

「……神子は、重要じゃ……ないんですか?」

「いいえ、重要なことではあります。ですが最重要ではありません。我々の望みは教祖を立てることなのです。その悲願が叶《かな》うなら、常盤様が何をなさろうと、貴方様が何者であろうと一向に構わない。そういう考えの者は少なからずいるのです」

淀《よど》みなく語られた動機に薔が呆然《ぼうぜん》とする中、橘嵩は人のよさそうな顔で笑う。

表情と中身が一致しない人物という可能性も否めないが、薔は直感的に本物の笑顔だと感じた。黒い瞳《ひとみ》はわずかな光を受けて輝き、溢《あふ》れんばかりの喜びや希望を湛《たた》えている。

「常盤が教祖を目指すのと、常盤の不正に協力するのと……何か関係あるんですか？」

「それは私の口からは申し上げられません。ただ、我々西王子一族の人間には、常盤様に従うだけの理由が十二分にあるとだけ、お心に留めておいてください」

信仰心が非常に強い人間にありがちな、無垢《むく》できらきらとした目に晒《さら》されながら、薔は首を捻った。橘嵩の言っていることがよくわからず、狐《きつね》につままれた気分になる。

常盤が教祖になることが最優先事項だとしても、西王子一族の中から神子が出ることは望むべきことのはずだ。肝心なところを濁されてすっきりしないどころか気持ちが悪く、もやもやとしたものが胸に残った。

「……では、私は椿様の御命令通りにさせていただきますが、くれぐれも扉の外に出ないよう注意してください。常盤様は憑坐として三階に籠《こ》もっておられますので、何かあった場合に薔様をお守りすることができません」

橘嵩はそう言うと、またしても恭しく頭を下げた。

さりげなく向けられた言葉が、薔の気持ちを少しずつ乱していく。

今頃常盤は三階の部屋で、緋襦袢一枚の姿の白菊と向き合っているのだろうか。常盤は添い寝だけのつもりでも、白菊がもしも哀願したら？　病み上がりの美少年に「一度だけ抱いてください」と切なげにせがまれたら、常盤はどう対処するのだろう。

「薔様、万が一の間違いがあるといけませんので、襖を閉じてもよろしいですか？」

橘嵩は寝室に移動すると、居間にいる薔に向かって問いかけた。

またしても彼の言っていることの意味がよくわからず、薔は怪訝《けげん》な顔で瞬きする。

「万が一の間違いって、なんですか？」

「そのように艶《つや》っぽい御姿の薔様と同じ空間にいて、自制が利かなくなったら困るという意味です。常盤様にとって大切な御方だと頭ではわかっていても……私も男ですからね。理性が吹っ飛んで野獣のようになってしまう危険が、ないとは言いきれません」

まるで心を読まれたかのようで、薔は俯《うつむ》きながら緋襦袢の襟を摑《つか》む。

橘嵩が艶っぽいと表現するこの恰好《かっこう》を、白菊もしているのだ。同性の目から見ても大層愛らしい白菊に迫られた場合、果たして常盤は添い寝だけで済ませられるのだろうか。

「襖、閉じさせていただきますね。常盤様がいらしたら起こしてください」

橘嵩は寝室の畳の上に膝《ひざ》をつき、両手で静かに襖を閉じた。

それはなんとも奇妙な光景で、薔は襖を凝視しながら居竦《いすく》まる。

常盤と同衾《どうきん》する予定の自分を寝室に閉じ込め、寝て待つよう指示するならわかる。

橘嵩がこの居間で座って待ち、常盤が来たら起こしてくれる……という話なら、これといって不審な点はないのだ。しかし現実は逆で、どう考えても彼の行動はおかしい。

——もしかして、煽《あお》られてるのか？

常盤や椿の信頼を得てこの場を任されている橘嵩が、常盤が使う予定の布団で寝て待つような無礼を働くわけがない。「常盤様にとって大切な御方」と認識し、わざわざ様付けで呼んでいる贔屓生を居間に放置することも、「くれぐれも扉の外に出ないよう注意してください」と念を押しながらも施錠しないのも、挙げ句に鍵を薔の目の前に置きっ放しにしているのも不自然だった。

――煽られているというより、試されてるのか？　常盤に？

そうだとしたら、常盤の望みはなんだろうか。どうするのが正解なのだろう。

一時でも恋人を他人に譲ったことを反省し、取り返すために行動するべきなのか？　それとも己の発言の責任を取り、嫉妬《しっと》や不安に耐えてじっと待ち続けるべきなのか？

――嫌だ、待っていられない。万が一のことが起きたら、俺は白菊に憎しみを……。

座卓の上にある鍵を見つめていた薔は、控えの間の襖に視線を移す。

今すぐに立ち上がって、襖も鉄扉も開けたかった。そうして階段を下りて三階の部屋に行き、常盤と白菊がどんな状況であろうと引き裂きたい。添い寝だけでも嫌だった。ましてや白菊が哀願し、情交に至らないまでも口づけなどしようものなら、神子の力で白菊の運気を下げてしまう。実際には二人の間に間違いなど起きないとしても、不安がる今の気持ちが攻撃的に作用する危険もあるのだ。

居ても立っても居られずに、薔は控えの間の襖を開ける。

そこは板の間になっていて、視線の先には黒い鉄扉が立ちはだかった。

足の裏がひんやりとする板の間に踏み込みながら、薔は後ろを振り返る。

隙間《すきま》なく閉じられた寝室の襖や、座卓に置かれた鍵を尻目《しりめ》に鉄扉に触れた。

重たい引き戸を、極力音を立てないよう注意して開けていく。自分が出るために必要な幅だけを開くと、階段に誰もいないことを確かめてから外に出た。

階段は控えの間の床よりもさらに冷たく、部屋から抜けだしたことを否応なく実感させられる。足が冷えるに従って、自分が今していることが怖くなった。

神聖な降龍の儀の最中に、部屋の外をうろついているのだ。そして他の贔屓生の儀式を邪魔しようとしている。実際に行われているのが茶番だとしても、暴挙には違いない。

薔は階下に向かって、一段一段下りていく。

大きな足音を立ててはいけないが、しかし気持ちは急《せ》いていた。

常盤は弟を助けるという目的のために十五年も耐えてきた忍耐強い男で、そのうえ椿のような佳人を従えながらも「お前だけを見ている」と約束してくれた。

白菊に哀願されたところで、易々と落ちるはずがない。そう信じていたい。

――常盤のことを信じたい……でも、本当は少しだけ疑ってる。おかしなことになってないかと不安になったり心配になったり。それは結局、信じてないってことだ。

七夕の夜から先、薔の胸には消したくても消せない不満と不信感が燻《くすぶ》っている。

白菊の相手をしてくれと頼んだ自分に対して、もっと怒りをぶつけてほしかったのだ。不快感や苛烈な感情を表しながら、「たとえ添い寝だけでも、お前以外の相手など絶対にしたくない」と言ってほしかった。

剣蘭がいる四階を素通りし、薔は三階に向かう。

五階からここまでは同じ構造で、床面積の大半を扉の先にある部屋が占め、それ以外は階段のみになっている。扉の目の前にすら、一畳ほどの空間しかなかった。

白菊が使っている三階の部屋――常盤がいるはずの部屋の前に立った薔は、鉄扉に手を触れる。心の赴くままここまで来てしまったが、容易に開くことはできなかった。

儀式の途中で部屋を抜けだしたことも、他の贔屓生の儀式の邪魔をすることも、表沙汰《おもてざた》になれば大問題になるだろう。束の間の白菊の幸福に水を差してまで、こんなことをしていいのだろうか。扉を叩《たた》いたが最後、もうあとには引けなくなる。

――俺が間違ってた……だから、もう出てきてくれ。俺だけを見てくれ……っ！

常盤は、お前だけを見ていると言ってくれたのに。

それなのに、たとえ一時的とはいえ他の贔屓生を見つめるよう仕向けたのは自分だ。

今この瞬間、常盤の瞳は白菊を見つめているのだろうか。常盤の体が白菊と共に、同じ布団の上に横たわるなんて……嫌だ、そんなことは許せない、耐えられない！

「そこにいるのは誰だ!?」

「──っ、ぅ」

階下から声がして、二階に続く暗い階段の先に人影が見えた。

体格のよい男を連想させる低い声と、そのイメージ通りのシルエット。

どこかで聞いた声だ。しかし誰だか思いだせない。それだけに焦りが増して、薔は目の前の扉から離れた。三階の部屋の扉が開く気配はなく、今は一旦上に戻るしかない。

「贔屓生が何故《なぜ》こんな所にいる⁉　お前っ、翡翠組の薔だな⁉」

向こうからは顔が見えるようで、いまさら身を引いても無意味だった。

事を荒立てるのが得策ではないことくらいわかっているが、それでも薔は、三階の扉が開いて常盤が出てくるのを期待してしまう。

しかし扉は開かず、そうしている間に下から屈強な男が上がってきた。

薔は男の顔を見るなり名前を思いだす。確か犬桐《いぬぎり》という名の隊員だ。

雄々しい顔立ちの男で、校則違反を犯す童子を片っ端から捕らえることで有名だった。

著しい違反行為でなければ、大方の隊員は理由を問うくらいはするものだが、この男は容赦なく懲罰房に放り込む。薔はそうされても文句が言えないレベルの違反を繰り返していたので別段不満はなかったが、いささか乱暴に扱われ、尻を叩かれた記憶があった。

「おい待て！　儀式を抜けだしたのか⁉　重大な違反行為だぞ！」

犬桐は怒鳴りながら薔を追い、薔は辛《かろ》うじて捕まらずに四階に着く。

すると上から金属音がして、鉄扉が開いた。五階の橘嵩が部屋から出てきたのだ。

見上げてみると、犬桐の姿を目にした橘嵩が酷く焦った顔をしている。

鉄扉の前に立ち尽くしながら、階段を上がる途中の薔と犬桐を見下ろしていた。

「橘嵩、これはどういうことだ⁉　お前が取り逃がしたのか⁉」

「犬桐さん！　こ、これは何かの間違いです。それに、神子候補である贔屓生を相手に、取り逃がしたなんていう言い方はないでしょう。お言葉を慎んでください」

犬桐は四階、橘嵩は五階、薔は二人の中間で足を止め、上と下を交互に見る。

橘嵩の態度から、犬桐が常盤の協力者ではないことが確実になったため、迂闊《うかつ》に言葉を発することはできなかった。

「逃亡した贔屓生は二階に連行する決まりだ。橘嵩、お前も手伝え」

「ちょっと待ってください犬桐さん！　いくらなんでも無茶が過ぎます」

「無茶なものか。贔屓生であろうとなかろうと、竜生《りゅうせい》童子は我が竜虎隊の管理下にある。儀式の最中に無断で部屋から出た時点で懲罰の対象だ。覆面《ふくめん》を被った複数の隊員によって犯され、試されることになっている。そうだろう？」

「そんなことっ、余程のことがないとあり得ません。だいたいこの童子は何も……っ」

「部屋に戻ります。それでいいですよね？」

薔は一段上がりながら、追ってくる犬桐に向かって言い放つ。

いくら竜生童子に厳しい隊員でも、おとなしくしている贔屓生に手を出すことなどできないはずだ。今はとにかく従順な振りをして、事態の収拾に努めなければならない。

「橘嵩さんに越度《おちど》はありません。全部俺が……」

そう言ってさらに一段上がった次の瞬間、薔は背後に迫る気配を感じる。

まだそれなりに離れていたはずの犬桐が、何段も飛ばして一気に近くまで来ていた。

「う、ぐ……っ！」

いきなり肘《ひじ》を摑まれたかと思うと、濡《ぬ》れた布で口を塞《ふさ》がれる。

鋭い刺激臭に鼻を衝かれた。ぐにゃりと、頭の芯《しん》が崩れる感覚に襲われる。

「お前、よく懲罰房に入ってたよな。好みのタイプなんだよなぁ……生意気な目つきと、尻の形が抜群にイケてるぜ。俺の昇り龍をブチ込んでヒィヒイ泣かせてやりたくなる」

ねっとりした声を耳に注がれると同時に、忌まわしい記憶が蘇《よみがえ》った。嗅《か》いだことのある刺激臭……これは生物の実験で嗅いだ薬品の臭いだ。今から三ヵ月ほど前、大学図書館で嗅がされた臭いでもある。

脳に危険な信号が伝達され、体が即座に身構えた。しかし思うようには動けない。

体の抵抗は身構えたと同時に終わってしまい、抗《あらが》い難い勢いで力を奪われていく。

──常盤……っ！

断食の末に御神酒を飲んでいた薔は、呆気《あっけ》なく犬桐の手に落ちた。

図書館で大学生に襲われた時とはまるで違う。体は元々弱っていて、犬桐を突き飛ばすことは疎か、手足をばたつかせることすらできなかった。意識が徐々に遠退《とおの》いていく。

「どうしました？　何かあったのですか？」

階段に膝をつき、犬桐に凭《もた》れるように倒れた直後だった。

薔の耳によく知っている声が届く。

他の誰かと間違えることなど決してない、格別に艶冶《えんや》な声だ。

最早《もはや》目を開けることすらできない薔は、花のように美しい椿の姿を思い描く。

常盤と密接な繋《つな》がりを感じさせる椿に縋《すが》って、情けなく助けられるのは嫌だった。

その一方で、椿の介入に安堵《あんど》しているのも確かで……なんとも惨めなこの状況が、己の愚行に下された天罰のように思えた。


気づいた時には暗闇《くらやみ》の中だった。降龍殿全体に満ちている香の匂《にお》いを感じる。

いつもの部屋で、いつものように常盤と一緒にいる気がして、薔は瞼《まぶた》を持ち上げた。

そうしてどうにか目を開けたはずだが、相変わらず視界は真っ暗だ。頭には鈍い痛みがあり、鼻腔《びこう》の奥にはつんとした刺激が残っている。粘膜が異様に乾いて不快だった。

「ん、う……っ」

ここはどこだ——左右を見渡そうとした刹那《せつな》、薔は口角と首の圧迫に気づく。特に口の締めつけがきつかった。息はできるが、声は出せない。無理に喋ると唸《うな》り声になって、みっともなく唾液《だえき》が零《こぼ》れそうだった。

——なんだ、これ……っ、猿轡《さるぐつわ》？

微睡《まどろみ》から急速に抜けだした薔は、状況を把握するため全身に神経を行き渡らせる。緋襦袢は着たままだったが、体勢は四つん這《ば》いになっていた。膝に当たっている物には若干の柔軟性があるので、固いベッドマットか、体育で使う運動用のマットに近い物かもしれない。その上に五体投地さながらの恰好で、首や足首、手首を固定されていた。見えないので推測するしかないが、マットには金属製の器具が設置されているらしく、その末端に革ベルトで四肢《しし》を括りつけられている。

贔屓生の肌を守るためか、革ベルトの内側には柔らかなクッションが貼《は》られていた。口には絹と思われる感触の猿轡を嚙《か》まされ、視界は幅広の目隠しで覆われている。固定されていない腰はいくらか動かせるものの、四肢には遊びがなかった。腰の位置を落とすにも限界があるうえに、落とすと尻を突きだす形になってしまう。

——どういう、ことだ？　ここは降龍殿の二階なのか？

儀式の際に暴れて抵抗した贔屓生は、二階の部屋に連行されると常盤から聞いていた。そこには拘束具の付いたベッドが置いてあり、開脚姿勢のまま固定されるのだ。

そして覆面を被った隊員に犯され、龍神を降ろせるか否かを試される。

「ぐ、う……ぅ、う！」

精いっぱい声を出そうとしても、体を揺さぶってみても駄目だった。

いくらやっても状況は変わらず、体力の消耗と拘束による痛みを感じるばかりだ。

どうして、何故こんなことになっているのか——薔は理解できずに困惑する。

意識を失う寸前、確かに椿の声を聞いた。橘嵩は椿の部下で、あの場で自分を懲らしめようとしていたのは犬桐だけだったはずだ。いくら年長者とはいっても、一般隊員の彼が班長の椿に逆らえるとは思えない。それに、おとなしく部屋に戻ると言っている贔屓生に薬品を嗅がせたことも、行き過ぎた行為に思えた。

「う、うぅっ⁉」

薔は背後に人の気配を感じ、どうにか振り返ろうとする。

しかし拘束具と繋がった首輪のせいで、思うようにはいかなかった。

これもまた内側にクッションを貼られていたが、無理に動けば頸動脈《けいどうみゃく》を圧迫される。

——犬桐なのか？　椿さんは、あの男を止められなかったのか？

ひた、と……男の冷たい手が腰に触れ、反射的に身震いした。

帯を解かれることはなかったが、裾《すそ》を少しずつまくり上げられる。

腰をいくらか動かして抵抗してみても、最後には完全にめくられてしまった。

「……っ、ぐ、う――っ！」

やめろ、見るな、触るな！　俺を見ていいのは常盤だけ。触れていいのも常盤だけ。お前なんかが見るな、触るな――そう叫んでいるのに言葉にならず、獣のような呻《うめ》き声ばかりが漏れた。呻吟《しんぎん》すればするほど唾液が溢れ、みっともなく零れ落ちる。

「ん、んぅ⁉　う――っ！」

両手で尻肉を鷲摑《わしづか》みにされ、あわいを覗《のぞ》かれた。

視界を塞がれたところで、他人の視線は肌でわかる。

ここは暑くも寒くもなかったが、嫌な汗が噴きだした。滑らかなはずの皮膚は粟立《あわだ》ち、ぷつぷつと立ち上がる突起で覆われる。まるで全身に微細な棘《とげ》が生えたようだった。男を拒絶する生体反応は凄《すさ》まじく、心臓は爆ぜ、胃の腑《ふ》は痙攣《けいれん》を起こしかけている。

「ぐ、う……っ⁉」

声の響きからして、空間はそれほど広くはなかった。

体も近く、衣擦《きぬず》れの音も重なっている。男が着物を脱ぎ始めたのがわかった。

――やめろ……っ、俺に触るな！

頭の中でいくら叫んでも声は出ない。この状況を脱する方法を考えようとするが、肌に触れられるたびに思考が弾けた。脳裏には、白菊と一緒にいる常盤の姿が浮かんでくる。

今頃、常盤は何も気づかずに白菊と同じ布団に入っているのだろうか。

優しい言葉などかけながら、世間話でもしているのか……それとも、もっと想像したくない事態になっているのだろうか。そして椿はどうしているのか。常盤の腹心で、誰より身近にいる協力者でありながら、何故助けてくれなかったのか――。

――椿さん……何故だ、なんでコイツを止められなかった。何か、事情があるのか？

薔の不安を余所《よそ》に、男は右手で後孔《こうこう》に触れてきた。椿のことを考える余地がなくなった。当時は同性愛が禁忌だという教団の規則を信じていたため、いまさらその時のことまで腹立たしくなった。かつて犬桐に尻を叩かれた時の痛みを思いだし、いまさらその時のことまで腹立たしく叩かれているのだと思い込んでいた。しかしそうではなかったのだ。この男はおそらく、性的な意味合いで童子達の尻を叩き、罰を与えながら愉しんでいたのだろう。

――やめろ……っ、触るな！

常盤と比肩する体格の持ち主だけあって、手もとても大きい。香油の小瓶を摑んだ男は、少しでも前方に逃げようとする薔の尻に香油を垂らした。

「う、うぅ……っ！」

長い指が難なく入ってきて、体の中を探られる。常盤にされるなら嫌なことではなく、ただ快楽に身を任せていられるのに……他の男の指だと思うと気持ちが悪いだけだった。前立腺《ぜんりつせん》を刺激されながらも生理現象すら起きず、性器は脚の間に垂れ下がっている。硬くなるのは四肢ばかりで、腿に至っては石のように強張《こわば》っていた。

——どうして、こんな……椿さん、どうして……っ！

混乱と不安の中にある薔の意識は散漫で、頭に浮かぶ顔は、常盤、犬桐、白菊、そして椿の顔へと移りゆく。信じたい気持ちの裏側には、増殖していく疑念があった。

椿は陰神子として生き抜くために、月に一度は誰かに抱かれているはずだ。

今は違うとしても、以前は常盤と関係を持っていたのかもしれない。

それが常盤の心変わりで終わったとしたら、椿が自分に憎悪を向けてくるのは当然だ。

二人の間に何もなくても、椿が一方的に常盤のことを慕っていた可能性はある。西王子一族の人間である以上、公然と常盤を裏切ることはできないが、犬桐の行き過ぎた行為を見過ごす形で報復を仕掛けてきたのだとしたら？

「う、うぅ……！」

今頃三階で白菊と一緒にいるはずの常盤の横に、薔は椿を並べて想像してしまう。

思い描く行為は添い寝では済まなかった。二人は情欲に燃える視線を交わして、和服に包まれた身を寄せ合う。黒い羽二重姿の常盤が、緋襦袢を着た椿の体を組み敷いた。

椿は枕《まくら》に髪を散らしながら嫣然《えんぜん》と微笑《ほほえ》み、常盤の首に手を回す。

そして赤みの強い唇を、常盤の唇に寄せて……。

「んんぅ、う——っ！」

嫌だ、常盤に触るな、触らないでくれ！

その人は俺の物だ。誰にも触らせない。たとえ一時でも、指一本でも許せない。

過ぎ去った過去の出来事でさえ許したくない。

椿が一方的に常盤を慕っているだけだとしても、それすら不快だ。

好きになることさえ許したくない。見るな、触るな、その人は俺の物だ！

「ぐ、う……あ、ぁ……っ！」

暴れられるだけ暴れると、四肢に激しい痛みが走った。

この体もまた、常盤の物でしかないのに！　兄であり恋人でもある常盤の手で、大切に育まれてきた体だ。他の男に触られたくない。絶対に、絶対に嫌だ！

――やめろ……っ、嫌だ！　そんな汚い物を……っ、俺に向けるな！

背後《む》にいる男は再び衣擦れの音を立て、解《ほぐ》した所に性器を寄せてきた。

剝《む》きだしのそれはずっしりと重く、限界まで身を引いたところで逃れられない。

虫唾《むしず》が走って吐き気を催した薔は、目隠しの下で涙した。

椿の裏切りがあったにせよ、元はと言えば自分が蒔《ま》いた種だ。

「うっ、う――っ！」

ずぶりと屹立《きつりつ》の先端を埋め込まれた刹那、薔は認めたくない事実に苛《さいな》まれる。

忌々《いまいま》しい拘束具からも男からも逃げられず、事態の好転も救いも望めないまま、自分は今、確かに犯されていた。どんなに認めたくなくても、これが現実だ。夢ではなく、男の性器は無視できない存在感と現実味を示しながら、体を侵食していく。

「……っ！」

絶望が胸に広がるのを感じていた薔は、今になって重大な失念に気づいた。

室内の状況は何も見えないが、おそらくこの部屋の壁には鏡が飾ってあるはずだ。

神子の自分が男に抱かれたら、龍神が降りてきてしまう。そして男の瞳は紫色になり、男はそれを鏡で確認することで、相手が神子だと断定する。

──神子だってことが、バレる……こんな奴に……っ！

目隠しが冷たく濡れて、頬《ほお》にまで涙が滑った。

最早何に対する悔し涙なのか、心当たりが多過ぎて区別がつかない。

悔恨も憤怒も、椿の裏切りに対する悲しみも、どろりと粘つく漆黒《しっこく》の渦を描きながら、心の中心に寄せ集まって結合する。白く美しい感情など、一片も残っていなかった。

「く……う、ぐ……！」

猛った物を深々と挿入され、好き勝手に犯される。男との情交に慣れつつあった体は、著大な異物を奥までくわえ込んだ。許される抵抗は前方に向かってわずかに身を乗りだすくらいだが、そうしたところで腰を掴んで引き戻される。

「……ん、っ……う──っ！」

前後に激しく貫かれると、萎《な》えていた性器が少しずつ充血し始めた。

しかし感じているわけではない。心を燃やすのは怒りばかりで、犬桐の行為に対しては冷めきっている。薔にはセックスを神聖視する気はなく、愛情あってこそ快楽を得られるなどという幻想は持っていないつもりだったが、今は本当に何もなかった。単に肉で肉を穿《ほじく》られているだけのことだ。嫌悪感以外の感慨は一切なく、生理的な反応が起きているに過ぎない。しかしながら、龍神には神子の気持ちや快楽など関係ないのだ。今頃、犬桐の目の色は紫色に変わっているだろう。神子を誕生させたことに歓喜の声を上げないのは、鏡を見る余裕がないほど浅ましく腰を振っているせいだろうか。

――この馬鹿犬……っ、天罰が下ればいい。よくも、よくもこんな……！

猿轡を噛みしめながら、薔は恨みの念を犬桐に向ける。

神子に恨まれた人間の運気は落ちると言われているが、今この瞬間、憑坐として龍神と一体化し、愉しませている以上、この男の心臓が止まることはないのだろう。それがまた悔しくてならない。今は神子の力に頼ってでも、この男を消してしまいたいのに――。

「う、ぅっ⁉」

男の動きが一層激しくなる中で、薔は妙な違和感に襲われる。

左腰に当たっている男の手が、やけにしっくりと肌に馴染《なじ》んでいた。

正しくは違和感の逆だ。男の左右の掌の感触は微妙に違っていて、薔にはそれが自然なことのように感じられた。

「ん、う……っ！」

常盤の左手――幼い弟を守ろうとして負った火傷の痕《あと》は、いつもこうして肌にぴたりと張りついてきた。体中、どこを触られても気持ちがよくて……指の長さや形、整えられた爪《つめ》も、細部に亘《わた》って思いだせる。大きくて力強くて、それでいて知的な印象の手だ。

一度疑い始めると、検証のために五感が働く。背中に落ちてくる男の息遣いや、部屋の香気に混じる匂いを感じ取ることができた。

――常盤の息遣い。いつも着けてる、香水の匂い……。

凜《りん》とした竹と、官能的なムスクの香りが鼻を掠《かす》める。いったい何故こんな事態になっているのかわからなかったが、ついていけない思考とは別に、体はたちまち反応した。わずかに充血していた性器に血が集まり、自らの腹を打たんばかりに勃《た》ち上がる。四肢からは不要な力が抜けて、緊張が解れた後孔は柔らかに綻《ほころ》んだ。

――常盤だ……よかった。あんな男に犯《や》られたんじゃなかった。

何より大きな変化は心に起こり、体を侵食する異物を格別な物だと感じられた。おぞましく汚い物だと思ったのが嘘のように、今自分の中にある肉塊を愛しく思う。申し出ても許してはもらえなかったが、唇を寄せたり舐《な》めたりしたいと思うくらい……それを淫夢《いんむ》として見てしまうくらい貴く美しい、常盤の猛りだ。

「ん……っ、ふ、ぅ……！」

何故こんなことになっているのか、わからなくても体は蕩《とろ》ける。ああよかったと心から安堵するなり快楽に呑《の》み込まれ、冷めきっていた体は炎に炙《あぶ》られたように火照《ほて》り始めた。

「う、ふ……は、ふぁ……っ」

猿轡から漏れる声は、一突きごとに甘くなる。常盤の意識も肉体も、すべて独占していることが嬉《うれ》しい。そして、椿が常盤や自分を裏切っていなかったことも、純粋に嬉しいと思った。それはつまり、常盤との間に何もなかったということなのだろうか？

「く……う、ん、ん……ん――っ！」

「――ッ……！」

一際《ひときわ》激しく突き上げられて薔は達し、常盤もまた絶頂を迎える。

最早確かめるまでもなかったが、御神託は憑坐が常盤であることを示していた。

神子自身に絡む御神託は雷雲に覆われ、まともに見ることができない。薔と一蓮托生《いちれんたくしょう》の未来を誓った常盤に下される御神託だからこそ、こういった現象が起きるのだ。いつもと同じく、明瞭《めいりょう》に見えるのは紫眼の黒龍の姿ばかりだった。

――常盤はどうして、こんなことをしたんだ？

薔は変わらぬ神の愛に包まれながら、常盤の意図を探ろうとする。怖がらせて嫌な目に遭わせることにどんな意味があったのか、語られる前に自力で察するべきだと思った。

七夕の夜、彼は平気な顔をしながら怒っていたのだろうか。これは罰なのか？

そうだとしたら、いったい何がどこから始まっていたのだろう。

橘嵩の不審な行動は、本当に椿の命令によるものだったのか？　厳かであるべき儀式に相応しいとは思えない犬桐が、今夜に限って降龍殿に配されたことに理由はあるのか？

――理由は、必ずある。常盤があんな男を重用するはずがない。

もしもすべてが常盤の計算で、椿が割って入ることも予《あらかじ》め決まっていたのだとしたら、これは罰というより警告なのかもしれない。感情に揺さぶられて自分の立場を見失うと、最悪の事態に陥る危険もあるのだという、体罰に等しい警告。

――視界が晴れる。常盤の過去が……。

考えが纏《まと》まり始めたところで、常盤の過去が浮かび上がってきた。

今夜は何が見えるのか、薔は眼前で繰り広げられる動画に目を凝らす。

御神託が写真に近い静止画であるのに対し、過去のビジョンは常に動いていた。

音も匂いもないが、まるでタイムスリップでもしたかのようだ。視点の主に憑依して、その感情まで捉《とら》える感覚。あまりにも鮮明であるため、目にするのは恐ろしくもある。

見たくないものが映されたら、それはきっと拷問だ。目を閉じることもできず、逸らすことも適《かな》わない。目覚めない限り強制的に見せられる、真実の記憶。

――周囲が暗い。夜の……屋外？

見えてきた映像は仄暗《ほのぐら》く、これまで覗いた過去とは違っていた。

雲が動いて月明かりが射したことで、夜の屋外だと確信する。どうやら竹林のようだ。潔くまっすぐに伸びた竹を背負い、色とりどりの椿の花が咲いている。圧倒的に紅椿が多かったが、数本ある白椿の前に人が立っていた。

——っ、椿さん……⁉

月光を受けて輝く真珠肌の麗人は、どこか悲しそうな表情で白椿を見つめながら、独《ひと》り佇《たたず》んでいる。周囲の葉が風に揺れ、さらさらと音が聞こえてきそうだった。

椿は何かに気づいたように振り向き、視点の主である常盤を見る。

目が合った瞬間、鮮やかに表情を変えた。

張りついていた悲しみを脱ぎ去って、花が綻ぶような笑みを浮かべる。

視線どころか、心まで摑み取られてしまいそうな美しさだった。

常盤の目は椿の微笑みを捉え続け、まるで静止画のように動かない。周囲には咲き誇る紅椿が無数にあるのに、他の何も見る気がないかのように、椿だけを見つめている。

「——薔」

突然降り注いできた声に、薔は勢いよく縋りつく。これ以上ここにいるのは耐え難く、深海から釣り上げられる魚のように光の中に引き戻された。

目隠しはすでに外されていて、行灯《あんどん》の光に照らされた格天井《ごうてんじょう》が見えてくる。

四つん這いだったはずが、今は仰向《あおむ》けになっていた。

花や鳥が描かれた格天井は、儀式のたびに見てきた物と似ているが、少し違っていた。五階の天井には描かれていない鳥がいたり、一際目立っていた花がなかったりする。

「薔」

視線を移すのが怖くて、名前を呼ばれても動けなかった。

拘束具を外されたことも、緋襦袢をきちんと着直《きなお》されていることもわかったが、常盤の過去に気持ちを持っていかれてしまい、放心状態から抜けだせない。

常盤に向かって、どうしてこんなことをしたのか問うなり、自分の考えを述べるなり、何かするべきだと思った。しかし何も言えないのだ。思考はそれなりに働いているのに、瞼の裏に焼きついた椿の姿が消えてくれない。

――椿さんを見つめてた。椿園みたいな、あの場所は……西王子家の庭だ。憶えてる。常盤と一緒に、俺もあの花を見た。白い椿からは、いい匂いがして……。

椿の美貌《びぼう》に見惚《みと》れる常盤の気持ちは、同じ男としてわからなくもなかった。格別に美しい微笑みを記憶していたからといって、特別な意味などないかもしれない。無理にでもそう信じていなければ、心が曇ってしまいそうだった。

常盤は一回りも年上で、多くの経験があって当たり前だとわかっているのに、具体的な真実は知りたくない。知ればきっと、相手が誰であろうと憎んでしまう。

「……ぅ」

常盤は何も言わず、手首に軟膏《なんこう》を塗ってきた。

拘束具のクッションにより赤くなった箇所の手当てをすると、足の方に膝を進める。

薔は顔を横に向け、自分と常盤が同じベッドの上にいることと、隣にもう一台ベッドがあることに気づいた。そちらには、金属製の拘束具が取りつけられている。

「つ、ぁ……」

脹脛《ふくらはぎ》を摑まれたかと思うと、執拗《しつよう》なほど足首を舐められた。

指先と熱い舌が踝《くるぶし》の形をなぞり、甲や足指にまで口づけられる。

薔はようやく常盤に視線を向けたが、すぐに目が合うことはなかった。

常盤は伏し目がちに薔の甲や足首を舐め続け、変わらぬ愛着を示す。触れては口づけ、また舐めては吸って。顔を上げたのは、だいぶ時間が経ってからだった。

「常盤……」

目が合うと、心臓を絞られるような痛みを覚える。

以前はこんなふうに、愛欲の絡む眼差《まなざ》しで椿を見つめていたのだろうか。

あれは過去に過ぎない。今は自分に向けられている。そう言い聞かせてみたところで、鼓動は狂ったように叫ぶばかりだ。

「何故こんなことをされたか、自分の頭で考えてみたか?」

身を起こした常盤に肩を押さえつけられた薔は、筋骨の重みで微動だにできなくなる。

視線の鋭さに負けて目を逸らしそうになるのを、必死にこらえた。

「……秘密が、バレたら……取り返しのつかない身で、他人の心配なんかしてる場合じゃないのに、罪悪感とか同情心とか、感情に流されて……気が、緩んでたから……だから、自分の立場を思い知らされた」

こんな答えを口にしながらも、薔は新たな情動に心を揺さぶられる。

常盤の記憶の中に生きる椿の微笑みに囚われて、反省を生かすことができない。とても冷静ではいられなかった。

「最悪の事態を夢に見て、飛び起きることもあると話したはずだ。今は耐えてくれ、とも言った。逆境から脱するために犯す過ちならいざ知らず、わざわざ順境を乱すような馬鹿な真似はやめろ」

降り注ぐ言葉に、薔は目を見開く。

常盤は凄《すご》むのをやめ、子供に言い聞かせるように一言一言丁寧に発音していた。

「平等なんてものはどこにもないが、恵まれた人間にもそれなりの苦しみはある。お前が白菊と自分を引き比べて罪悪感に苛まれたのも、その一つだ。人は死ぬまで永遠に、自分だけの痛みや苦しみと闘っていかなければならない。幸福も不幸も、他人と分かち合って均衡を保つようなものではないんだ」

唇を結んだ常盤の顔を見据えながら、薔は一筋の涙を零す。

二度と泣かないと決めていたのに、どうしても止められなかった。

自分がしたことは、常盤の努力を蔑《ないがしろ》にする行為だったのだ。人生も命も懸けて守ってもらっている身でありながら、感情に流されて大きな過ちを犯してしまった。

「どこか痛む所はあるか？」

首を横に振ると、瞼が焼けるように熱くなる。涙を見せたくなかった蕾は、肩の拘束が緩むなり腕を瞼の上に置いた。震える唇を前歯で嚙みしめ、嗚咽《おえつ》をこらえる。

「他人に優しくすることを否定する気はないが、お前の優しさは自慰に等しく、美徳とは言えない。白菊を憐《あわ》れみ、自分の物を一時的に貸しだすことで罪の意識を軽減したかっただけだ。そもそも、お前は思い違いをしている。白菊が復帰したのは俺のためではなく、柏木《かしわぎ》のためだ」

容赦なく責め立ててくる常盤の言葉に、蕾は肘を震わせる。

目元を覆っていた腕を下ろすと、涙で滲《にじ》む視界に常盤の輪郭が見えた。

「……っ、柏木さんの、ため？」

「三ヵ月に亘って面倒を見てくれた柏木に心を寄せ、贔屓生を病院送りにしたという汚名を返上させるために戻ってきたんだ。神子に選ばれることも覚悟のうえでの復帰だった」

「そんな、白菊は黒椿会のメンバーで……」

「それは関係ない。姫が白菊に会って本人の意思を確認している」

「椿さんが？」

姫と言われるなり、椿の微笑みが鮮明になる。同時に、ふと疑問を抱いた。七夕の夜の時点で椿は、白菊が常盤のために復帰したという推測に同調していたのに、いつ柏木への想いを知ったのだろう。翌日から今日までの間に知ったのだろうか？　それなら教えてくれればいいのにと思うのは厚かましいかもしれないが、どうも釈然としなかった。

「仮に白菊の心が俺に向いていたとしても、お前のしたことは傲慢《ごうまん》な施しに過ぎないし、白菊に対しても俺に対しても失礼な話だ」

常盤は表情を抑えていたが、目には怒気が見え隠れしていた。愕然《がくぜん》として椿のことなど考えていられなくなった薔を一頻《ひとしき》り睨《にら》んでから、区切りをつけるように顔を背ける。薔の上に覆い被さる体勢もやめて、羽二重の袖を引きつつ隣に腰を落とした。

「お前を神子にしてしまったのは俺だ。お前が道を誤っても責められる立場じゃないが、それでも許せなかった」

常盤は忌々しげに髪をかき上げると、明後日《あさって》の方向に息をつく。

そういった一連の仕草には、心の細波《さざなみ》をなだらかにしようとする意図が見えた。

「お前は俺の物で、俺はお前の物だ。十八年前、お前が俺の指を握った瞬間から、俺達は兄弟になった。俺は生涯お前を守ると決めたんだ」

「常盤……」

「これから先——どんな理由があろうと、俺を手放すようなことはしないでくれ。他人に譲られるのは二度と御免だ。たとえわずかな時間でも、お前と一緒に過ごす時間を削られたくない」

冷静さを保ちきれなかった常盤は、声を振り絞るようにして言った。

再び向けられた瞳の中には、怒りを上回る落胆や、悔しさが宿っている。

「——ごめん、俺が悪かった」

薔は涙声になるのをこらえ、素直に謝罪する。思ったことを言えない時も多かったが、今は違った。唇を自分の意思で明確に動かし、心にあるものを形にできた。

「約束してくれ」

「約束する。もう二度と、放したりしない」

常盤の自尊心を傷つけていたことを知った薔は、幼い頃のように彼の指を握る。

今夜ここで行われたことには警告や躾《しつけ》の意味があり、他の男に抱かれる恐怖と嫌悪感がトラウマのように刻まれたが、常盤の意図はそれだけではなかったのだ。

恋人にぞんざいに扱われたと判断した常盤は、私的な報復も絡めてきた。

そうせざるを得ないほど彼にとっては屈辱で、そして悲しかったからだ。

——俺は自己満足なことばかりして、常盤の気持ちを考えなかった。

七夕の夜にどれだけ不快な思いをさせてしまったか、今になってようやくわかる。

怒りを突き抜けて常盤は傷つき、それを隠すべく感情を抑えていたのかもしれない。

逆の立場に置き換えればすぐにわかることなのに、常盤が心身共に強靱《きょうじん》であることや、大人であることに甘えて、その心の機微に触れることができなかった。

——常盤に屈辱を与えたことに気づきもせずに、俺は常盤が承諾したことに落胆したり貞潔を疑ったり、頼んでおきながら後悔して、身勝手に止めようとして……。

自分なりに懸命に生きているつもりなのに、どうしてこんなにも拙《つたな》く、後悔ばかり積み重ねてしまうのだろう。覚悟を決めたはずなのに、何かがあるたびに揺らぎ、何かを知るたびに悩んで、これが俺だと誇れるだけのものがない。

——椿さんのことでも、またドロドロになって……俺は、芯のない蠟燭《ろうそく》みたいだ。何もなければ仮初《かりそ》めに立っていられるけれど、炎に触れたら容易に溶けて崩れていく。まっすぐに立っている振りをして、実際には誰の足元を照らすこともできないまま影も形もなくなってしまう。本当に強くなるにはどうしたらいいのか。

何かを摑んだ気になっても、気づけば指の間から取り逃がすばかりだ。

「お前を抱くことを愉しんでもいいと、お前は言ってくれた。俺も、お前にいつも笑っていてほしい。現時点でどうにもできない他人の苦しみを背負って、お前まで苦しむことはないんだ。それは——教祖候補の一人である俺が負うべきものだからな」

常盤は最後の一言を、自分に言い聞かせるような口調で語った。

その言葉、そして眼差しに引き寄せられて、薔は常盤の胸に飛び込む。

背中に両手を回して力いっぱい抱きつくと、勝るとも劣らない力で抱き返された。

「ごめん、俺のせいで」

「薔……」

今夜、儀式の最中にこうして抱き合うことができなかったのは、自分のせいだ。

月に一度の大切な時間を削って、常盤の心を傷つけた。本来ならばこうして、お互いの温もりを感じながら求め合えたのに。笑うことだってできたのに。

——俺は、もう揺れない。他の誰かのために一番大事な人を犠牲にするようなことは、絶対にしない。守れるものは多くはないけど……一つだけは、必ず守る。

誓いを胸に、薔は常盤の唇を求める。

彼の頭を両手で押さえ、必要以上に強く指を押し当てた。

頭蓋《ずがい》の形を感じながら唇を奪い、首ごと斜めに向けて舌を入れる。

「ん、ぅ……ふ、う……」

「——ッ、ゥ」

誰にも渡さない。もう二度と触れさせない。常盤は以前、特定の相手はいないと言ったのだ。恋人は自分だけ。弟も自分だけ。禁忌の関係を貫くと決めた以上、この頭蓋の中にある記憶に振り回されたりはしない。

──俺の物だ。この人は全部、俺だけの……！

上下の唇を押しつけて、下唇の膨らみを食む。

潰《つぶ》そうにも潰せない弾力を味わい尽くし、歯列の間で舌を絡ませた。

「は……ぅ、ふ……」

「──ッ、薔……っ」

吐息に紛れて名前を呼ばれ、ベッドマットに押し倒される。

背中が沈み、頭は枕に埋まった。キスは一層深くなって、互いの舌を溶かさんばかりに舐め合う。そして、奮い立つ雄の欲望を重ね合わせた。

「う、ぅ……く、ふ……っ」

屹立の硬さに悦びを覚える淫《みだ》らな体は、常盤の手で荒々しく剝かれていく。

緋襦袢の襟を広げられ、両肩が露わになるや否や帯を解かれた。

「あ……っ、ぅ」

胸の突起に触れられて、薔自身の物でぬるつく臍《へそ》を弄《いじ》られる。

そのまま性器を扱かれると、じっとしてはいられなくなった。

薔は常盤の襟に手を伸ばし、キスをしながら外側にぐいぐいと開く。

盛り上がった胸筋や、割れた腹筋に指を滑らせ、果ては押し返すような強さで指を擦りつける。躍動する筋肉と滑らかな肌に、欲情を禁じ得なかった。

「はっ、あ……っ……」

常盤の顔を見たくてたまらなくなり、薔は息を乱しながら唇を離す。

とろりと光る唾液が、名残惜しく糸を引いた。途切れると同時に視線が繋がる。

「怖い思いをさせたな」

「ん……いいんだ。俺の方こそ、嫌な思いをさせて……悪かった」

努めて素直に謝ると、髪をそっと撫でられる。

着物の向こうに潜む攻撃的な猛りに反して、手つきも眼差しも優しかった。

「犬桐を唆《そそのか》すよう姫に命じたのも、止めに入らせたのも俺だ。それと……白菊の憑坐は柏木に任せた」

「常盤……っ」

「かえって残酷かもしれないが、今夜は他の誰も選べなかった」

常盤はそう言って苦々しく笑い、啄《ついば》むようなキスをしてくる。

一夜の慰めが吉と出るか凶と出るか、それは誰にもわからない。

今夜は幸せだったとしても、反動で苦痛が増すかもしれないのだ。

——俺にはもう、祈ることしかできないけど……。

神の愛妾として選ばれた神子という立場を自覚しながら、薔は常盤と唇を重ねる。

彼の計らいが功を奏することを願って、神に祈りの言葉を捧げた。

9

七月十八日、朝。大学部三年の楓雅《ふうが》は、自室のベッドの中で雀《すずめ》の囀《さえず》りを聴く。もう間もなく目覚まし時計が鳴るはずだが、雀のおかげで少し早く、そして気持ちよく目覚めることができた。とりあえずテレビを点けてからバスルームに向かう。

王鱗《おうりん》学園東方エリアにある大学部の宿舎は非常に簡素な作りになっていて、外の世界の平均的な大学生が住むワンルームマンションをモデルにしている。

ただしキッチンや冷蔵庫はない。個室に設置されている大物家電は洗濯機とエアコン、テレビのみだった。大学生は龍神《りゅうじん》の子ではなく、教団の準構成員という身分——いわゆる普通の人間であるため、神聖な童子《どうじ》とは待遇が異なる。

それに伴い、学生達に課せられるものも大きく違っていた。

竜生《りゅうせい》童子は勉学に励みつつ神子《みこ》になるのを目標として育てられるが、大学での四年間は社会に適合し、就職の準備をするためだけにあるといっても過言ではない。

龍神好みの容姿や穢《けが》れない体を保つために管理されていた童子の頃とは違い、自己管理能力を試される日々だった。学食の利用時間には幅があり、豊富なメニューが用意されている。テレビを点ければ、娯楽番組や成人映画を観ることができた。

さらに西方エリアには娼館《しょうかん》まで用意されている。無論童子のうちは知らされない話だが、大学生になって東方エリアに移った途端、少年達は大人の男へと成長させられ、子孫を残すことを意識させられるのだ。食も色事も自分を律しながら愉しむことができる人間は問題ないが、下手をすると堕落しかねない環境だった。

楓雅はシャワーを浴びて髭《ひげ》の手入れをすると、バスローブ姿でベッドに座る。黄金色の髪をタオルで拭《ふ》きつつニュースを観た。

テレビはあっても検閲が入ったものしか流されないため、これは数日前のニュースだ。地球の裏側の話だが、宗教間の紛争により内戦が勃発《ぼっぱつ》し、数多くの犠牲者が出たことを伝えている。楓雅の感覚では大きなニュースだったにもかかわらず、キャスターが割いた時間は短かった。

次のニュースは国内での無差別通り魔事件で、犠牲者は二人だったが、事件発生現場の地図がパネル化されていて、如何《いか》にも長々と伝えそうな雰囲気だ。

どれだけ多くの命が失われようと、自分が所属するグループ内の出来事でなければ注目度は低くなる。国であったり地域であったり家族であったり、自分の身に迫れば迫るほど危機感を覚えて関心を持つのは、結局のところ我が身が可愛《かわい》いからだ。

——遠い数百人より、近くの二人……わからなくもないのが嫌だね。

楓雅は重い溜め息をつきながら、被害に遭った少女達の無念を思う。

名前もなしに報道される異国の数百人の死よりも、縁もゆかりもなくても名前と写真を添えて報道される日本人の死の方が身につまされる。

いくらグローバルな観点に立ちたくても、心はとても正直だ。

童子の頃も戦争や事件のことを知る機会はあったが、それは過ぎ去りし過去ばかりで、身近に感じることはほとんどなかった。

大学に入って外の世界のことを知ると、ほぼ例外なく誰もが一度は外の世界を恐れる。卒業して外で暮らすことより、早々に学園に戻ることを望む学生の方が多いくらいだ。

就職先として最も人気が高いのは竜虎《りゅうこ》隊だが、優れた容姿や高い身体能力が求められるうえに、卒業後に知らされる出自がよくなければ入隊できない。竜虎隊は憧《あこが》れとして半ば諦《あきら》め、教師を目指す者が大半を占めていた。

他には病院勤務も人気があったが、王鱗学園には医学部や歯学部、薬学部がないので、卒業後に外の大学に入って長期間学ばなければならない。それを推奨して援助してくれる御三家のトップ、南条《なんじょう》一族の人間に偏りがちになっているのが現状だった。

結果として学園の職員は、教員、事務員、栄養士及び調理師、庭師、美容師、清掃員に至るまで、どれも常に空き待ちになる。

仕事の内容よりも、校内もしくは学園付近にある教団施設、八十一《くくり》鱗園《えん》で暮らすことに重きを置く者が多いからだ。

外の世界の恐ろしさを見せつけられながら、罪のない人が不幸な目に遭うのは、龍神に愛されていないからだと説《と》かれ、学生達は童子の頃以上に信心深くなっていく。

龍神に特別愛された始祖、竜花《たつはな》の血を引いていることに感謝し、血を誇り、守り、骨の髄まで教団に嵌《はま》り込んで抜けだせなくなるのだ。

卒業後はほぼ例外なく王鱗女学園の卒業生と結婚して、男の子が生まれれば胸を張って我が子を王鱗学園に入学させる。血族の安寧は、そうして確かに保たれていた。

——世間の荒波に揉《も》まれて、普通に育った自分を見てみたかったな。

もしも違う運命があったなら、果たして自分はどんな人間になっていたのだろう。

順応教育を受け始めてから二年三ヵ月経過したが、世間一般の「普通」を、今の自分は捉《とら》えているのだろうか。

これから先もずっと、実はわかっていないかもしれない不安で自信が持てず、何かあるたびに怯《おび》え、それを隠して平然としてみせるのだろうか。

長めの金髪を後ろに撫《な》でつけて整えた楓雅は、両手でクローゼットの扉を開く。

無数に並ぶシャツの中から、白地にピンクグレーのストライプが入った物を選んだ。

大学に入っても制服があり、下着から靴まですべて学園指定で個性がないが、シャツやネクタイの色は好きに選ぶことができる。今日は中央エリアに行く予定があるため、赤かピンクか迷ってピンクのネクタイを選んだ。

赤に限りなく近い濃いめのピンク。楓雅の認識では、薔薇《ばら》色そのものだった。

初等部の頃から可愛がっている後輩、薔《しょう》の竜生名に因《ちな》んだ色を身につけて、運よく会えることを願ってみる。こういうのもまた、信仰の一つなんだろうな……とネクタイを締めながら思った。「神よ、今日も一日、幸運に恵まれますように」と、簡潔ではあるが空の彼方の龍神に祈ってしまう。染みついた習慣は、一生消えないのかもしれない。

「楓雅、健康診断一緒に行こうぜ。七時からだろ?」

眼鏡を胸ポケットに挿して自室から出ると、同じフロアの棗《なつめ》が声をかけてきた。

如何にも西洋人の楓雅とは対照的に、東洋的な顔立ちと黒髪を持つ同級生だ。

卒業後は教団本部での勤務か竜虎隊入隊を希望しているだけあって、見目麗しく立派な長躯を誇っている。異国の血が強い楓雅に負けないくらい手足が長い。

「おはよう棗。野枝《のえ》や笛木《ふえき》にも声をかけないと。約束してるんだ」

「相変わらず人気者は大変だね。アイツらも予約入れて待ち状態なんて雑だよな。学園のキングと一緒に行きたきゃ、部屋の前で張り込むくらいしろっての」

「されたくないし。そう言う棗は張り込んでたのか?」

「偶然さ。俺は神の覚えが目出度《めでた》いから、いつだって運がいい」

半分ふざけて笑う棗は、廊下を歩く楓雅の右隣を陣取る。

階段まで歩く間にわらわらと同級生が寄ってきて、前夜から約束していた野枝や笛木も含めて六人になった。全員、健康診断のために昨夜から食事を抜いている。西方エリアの病院で検査を終えて帰ってきてから、ようやく食事にありつけるというわけだ。

　楓雅を中心とする六人は、揃《そろ》って大学校舎の地下に向かう。

　教義上、八十一鱗《くくり》教団にとって地下は忌《い》むべき場所であり、地面よりも下に行くと神の加護を受けられなくなると考えられていた。そのため学園内では、神聖な竜生童子の目につく場所に地下はなく、童子達は常に地上にいなければならない決まりがある。

　童子に限らず、原則としてすべての教団員が忌むべき場所を避けて生活するが、大学生以上は必要に応じて地下の利用を許されていた。

　六人はエスカレーターのステップの片側に並ぶ形で、吸い込まれるように地下に下りていく。駆けたりしてはいけないと教えられているので、そのマナーを守って最初に乗ったステップに立ち続けた。

　大学構内には必要以上に多くのエレベーターやエスカレーター、ムービングウォークが設置されていて、縦にも横にも速やかに移動することができる。

　単なる利便性の問題ではなく、社会に出てから不自由させないための配慮だった。

「おはようございます。健康診断のために病院に向かいます」

　地下鉄の駅の改札を模したゲートで、楓雅は当番の竜虎隊員に挨拶《あいさつ》した。

　非接触ＩＣカードになっている学生証を、それぞれがゲートの入り口に軽く当てる。

ゲートを通ると目の前には駅のホームがあった。一両分なので、とても小さく狭い。学園の地下には塀の内側を走るように単線の環状線が敷かれていて、専用鉄道が走っているのだ。大学生が西方エリアに行く場合は、原則としてこの地下鉄を使う。

何しろ塀に囲まれた学園の敷地は広大で、地上を歩くと遠いうえに、竜生童子が暮らす中央エリアを通過しなければならない。

もちろん、卒業後に公共の乗り物に臆《おく》さないよう慣れておく目的もあった。

「なあ、病院終わったらそのまま娼館に繰りだそうぜ」

カタンコトンと音を立てながらゆっくりと走る車内で、一際二枚目の棗が提案する。

背が低く丸顔の野枝は、「冗談じゃないよ、朝っぱらから」と呆《あき》れた様子だったが、棗と張る体格を持つ笛木は、「いいねぇナツやん、皆で行こうぜ」と同意した。

車内には同時刻に健康診断を受ける大学部の三年生が数十名いて、車体に沿って伸びたシートの約半分が埋まっている。

「ナツやん今日は無理っしょ。こんだけ混んでちゃ同じこと考えてる奴も多いって」

乗り気な二人の間に割って入ったのは、一番端に座っている茂《しげる》だ。

棗同様、茂も娼館によく出入りしている男だった。とはいえ、娼館に行ったかどうかを隠す者もいれば、行ってもいないのに行ったことにしている人間もいるので、実際の利用頻度はわからない。

楓雅は後者で、娼館で働く女の気持ちを知りたくて、数回通ってみた程度だった。

「人気の子はすーぐご指名入っちゃうもんなぁ。好みのうるさい俺サマは誰でもいいってわけにはいかないのよ。……で、楓雅はどうする？」

「やめとく。二食も抜いてるのに元気だなぁ、俺は早く帰って飯《めし》にしたいよ」

「ジジ臭いこと言うなよな、体力あり余ってるような体してるくせに。なんなんだよこのガチムチはっ、鍛え過ぎだろ」

「お前に言われたくないって」

右隣に座っている棗に上腕を摑《つか》まれた楓雅は、笑いながら棗の太腿《ふともも》を摑み返す。竜虎隊に入りたがっているだけあって、棗も十分過ぎるほど鍛えていた。

「ところで娼館て朝からやってるもんなんだなぁ」

「うっわ、出たよ楓雅の天然発言……関心ないにも程があるだろ。もちろん朝からやってますとも。始発が動く六時半から受けつけ開始な。これ常識。テストに出るから」

「確かに常識。春に入ってきた新人に綺麗《きれい》な子いるんだぜ。お前好みの年増もいるし」

左右に座る棗と笛木に言われた楓雅は、「うーん、髭面じゃ嫌われそうだな」と笑う。

本当は何も愉快なことはなく、社会に出るための準備期間に娼館通いをさせる学園側の方針に対して疑問があった。同性愛が蔓延《はびこ》るのを防ぐためのやむを得ない措置とはいえ、娼館で働く女達が洗脳状態にあるのが不気味でならない。

何人かと話だけしてみたが、どの娼婦も教団のために働くことで運気が上がると考えているうえに、始祖の竜花の血を引く男と交わることで、いつか必ず幸福になれると信じているのだ。時代錯誤ながら嬉々《きき》として娼婦の仕事に勤しんでいるのだから、ある意味では幸せなのかもしれないが、楓雅には理解できなかった。

お膳立《ぜんだ》てされた施設を素直に利用する級友に対して軽蔑《けいべつ》の念を抱くことはないものの、自分が利用する気は更々ない。

そうこうしているうちに、列車は隣の中央南駅に到着した。

許可がない限り大学生は降りることができないが、この駅の改札を出てからムービングウォークで移動し、地上に上がった先が中高の校舎の教職員控え室になっている。

「あ、山吹《やまぶき》先輩だ」

「今は先生だろ。相変わらずスラッとして綺麗だなぁ」

中央南駅から乗ってきた人物に、真っ先に気づいたのは棗と笛木だった。

バラ科の落葉低木、山吹の名に反応した楓雅は、そうしたあとになって平静を装う。

白衣姿の家庭科教師が、ウェーブした長い茶髪を揺らしながら近づいてきた。

「あーら、キングと取り巻きの皆様、御機嫌よう。これから健康診断かしら？」

「山吹先生ー、取り巻きはないでしょ取り巻きはー」

「まあごめんなさい。金魚の糞《ふん》と言うべきだったかしら？」

「先生、俺の友人に失礼なこと言うのやめてください。何か御用ですか？」

楓雅が上目遣いで微笑むと、山吹は吊り革を握りながら口角を上げた。

どことなく艶《つや》めいた顔をして、「貴方また中央エリアに忍び込んだそうねぇ。懲罰房《ちょうばつぼう》で過ごすのと自室で過ごすのと、どっちが多いの？」と訊《き》いてくる。

「ご心配いただきありがとうございます。自室の方が多いのでご安心を」

「ご安心を、じゃないわよ。もう大人なんだから悪さは控えなさいね。懲罰房のベッドは硬くて体に悪そうだし。あ……そう言えば今日は堂々と中央エリアに入れる日じゃない？あとで来るんでしょ、競闘披露会の打ち合わせに」

「はい、十二時前には行く予定です。今度は地上から。先生、お時間あったら薔薇庭園を一緒に歩きませんか？　今が見頃でしょう？」

「あらデートのお誘い？　学園のキングに誘われるなんて、ちょっと光栄だわ。学生会の代表はお忙しいでしょうに」

「先生のような色っぽい美人と歩けるなら、無理やりでも時間を作りますよ」

楓雅の誘いに、彼は「ふふ、上手ねぇ」としか言わなかったが、楓雅には山吹の意図が読めていた。この列車に乗り合わせたのは偶然ではなく、密会の約束をするためだ。

「楓雅はほんと年上が好きだよな」

「落ち着いた美人に目がなくてね」

「山吹先生って落ち着いてるか？　毒舌なうえにフワフワじゃね？」

「棗……先生の目の前で失礼だろ。フワフワしてるのは髪だけだよ」

何も知らない棗は、納得いかない様子で唇を尖《とが》らせる。

娼館には年上の美女もいるが、彼の好みは若くて初心《うぶ》な娘らしい。

「僕達は健康診断ですけど、先生はどうしてこんな時間に乗車してるんですか？」

山吹に向かって質問した野枝に、山吹は「もちろん仕事よ、仕事。調理実習の仕込みを終えて、一旦《いったん》教員宿舎に帰って出直しなの。忙しくて嫌になっちゃう」と答えた。

誰もが特に疑わず、口を揃えて「大変ですねぇ」と気のない返事を返す。

程なくして、列車は次の駅に到着した。西方南駅、病院に直結する駅だ。

列車に乗っていた大学生は全員この駅で降り、山吹だけが残る。

教員宿舎があるのは、次の西方北駅だった。

さらにその次は初等部や保育部に近い中央北駅、その次は竜虎隊詰所に近い東方北駅、そして一周を終えて大学部地下の東方南駅に戻るようになっている。

竜生童子は学園内に地下鉄があることを知らされていないが、聡《さと》い者は地上を移動する教職員や大学生の姿をあまり見かけないことに気づき、地下通路があるのではと疑ったり教師に質問したりしていた。地下通路どころか、地下鉄が走っているという噂《うわさ》も時々持ち上がることがあり、外の世界で言うところの都市伝説的なものとして囁《ささや》かれている。

ただし、地下は神に見放された忌むべき場所という刷り込みがあるため、興味を持って積極的に調べようとする童子はいなかった。

午前十一時五十五分、健康診断を終えて東方エリアに戻った楓雅は、食事を取ってから東門に向かった。中高の競闘披露会の審判を務める関係で打ち合わせがあり、今日は特別許可をもらって中央エリアに堂々と入れる。東門の竜虎隊員に許可証を見せると、すでに話が通っていたこともあってスムーズに通してもらえた。

「楓雅様、こちらに」

車道を横断して中央エリアに入った楓雅の前に、山吹が姿を見せる。

黒い日傘を差しながら、列車で会った時とは別人のような表情で近づいてきた。にやけたところは少しもなく、男らしい顔つきだ。独特な口調はそのままだとわかっていたが、改めて見るとなかなか凛々《りり》しい二枚目なんだよな……と思いつつ、楓雅はあえて笑顔を作った。にこにこと微笑みながら、山吹の日傘の陰に入る。そうして彼の背に手を回し、年上好きで通っている自分が山吹に迫っているように見せかけた。

朗らかな雰囲気を装って、コーン型のトピアリーと薔薇の木が並ぶ庭園を歩く。

この時間帯は初等部の昼休みだが、暑いので学食から出ている童子はいなかった。

「何か変わったことでも？」

「はい、お耳に入れたいことがございまして。お忙しいところ恐れ入ります。楓雅様は、竜虎隊の平隊員で、犬桐《いぬぎり》という男をご存じでしょうか？」

薔薇の間をゆっくりと進みながら、楓雅は犬桐の顔を思いだす。

竜虎隊員にしては雄々しく個性的な顔立ちだったので、よく憶えていた。

それに何度か捕まったことがある。楓雅自身は乱暴に扱われた記憶はなかったが、口の悪い粗暴な男という噂は耳に入っていた。

「知ってるよ。いい噂は聞かないね」

「はい。なんとなくヤクザっぽいので西王子《さいおうじ》一族の人間だとばかり思っていましたが、調べましたところ北蔵《きたくら》筋の人間でした」

「西王子一族はヤクザっぽくなんかないだろ？　常盤《ときわ》さんだって椿《つばき》さんだって」

「お言葉ですが、椿姫はともかくとして、常盤様はそれらしい時もありますよ。目つきが鋭くて獰猛《どうもう》というか……所詮《しょせん》ヤクザはヤクザです。血は争えません」

「それを言うなら、俺達は全員陰間の子孫じゃないか。皆ビッチなわけ？」

「竜花様は陰間で終わったわけではありません。ヤクザと一緒にしないでくださいっ」

公家の血筋を誇る山吹は顔を顰《しか》め、咳払《せきばら》いしてから「犬桐の件ですが」と話を戻す。

「七月十一日付で竜虎隊を脱退して、そのまま学園職員としても依願退職したそうです。

理由は一身上の都合となっていますが、実際には降龍の儀の際に贔屓生に怪我を負わせたことによるもので、椿姫の口添えがなければ懲戒免職になるところだったとか。どうやら退職前夜に、降龍殿の中で何らかのトラブルがあったようです」

山吹からの報告に、楓雅はたちまち悪い予感を覚える。

頭の中に薔の顔が真っ先に浮かんだが、怪我をしている姿は想像したくもなかった。

「前夜って、薔の儀式の日じゃないか。まさか薔に何かあったのか？」

「ご心配なく。薔様は休まず授業に出ていますし、私が見た限りでは特に変わった様子はありませんでした。むしろ変わったのは同じ贔屓生一組の剣蘭《けんらん》様の方で、白菊《しらぎく》が復帰してから、いささか乱暴な言動が目立ちます。ただし怪我をしているようには見えません」

「……じゃあ、犬桐さんが贔屓生に怪我を負わせたって話はなんなんだ？」

楓雅はとりあえず胸を撫で下ろし、軽く息をつく。誰が酷《ひど》い目に遭うのも嫌だったが、やはり薔の身が何よりも心配だった。

「降龍殿で何があったのか、詳しいことはわかりません。ですが、その犬桐という男……一週間前に退職して学園を出てから先、行方をくらまして消息が摑めないのです」

「それは、穏やかじゃないな」

「常盤様のご不興を買って虎咆《こほう》会に消されたか、もしくは龍神の天罰か。いずれにしても生きてはいないかもしれません」

「常盤さんが何かしたと考える根拠は？」

「ここからは私の妹経由で得た情報ですが、王鱗《おうりん》女学園に通う椿姫の妹が北蔵筋の無骨な竜虎隊員に求婚され、誇りを傷つけられたと不満を零していたそうです。椿姫の妹は常盤様の従妹《いとこ》でもありますし、その身の程知らずが犬桐だとすると……可能性はあるかと」

果たしてそうだろうか――楓雅は山吹の話に違和感を覚え、実際に目にしたことのない降龍殿の内部を想像してみる。

神子の儀式が執り行われる神聖な場に、犬桐のような男が相応《ふさわ》しいとは思えなかった。薔がいる十日の夜に、常盤がそんな采配《さいはい》をするはずがない。犬桐を竜虎隊から追いだす計略だったとしても、従妹のために薔を巻き込むような真似は絶対にしないだろう。

「犬桐さんて……他にも何かやらなかった？」

山吹に問いかけるや否や、楓雅の脳裏《のうり》にある光景が浮かんでくる。

薔と過ごした時計塔での一幕――そう遠い昔のことでもなかった。

去年の秋だったか、それとも冬だったか。寒い季節だったのは間違いない。

「ああ……やったね。そうだ、やってたんだよ」

「楓雅様？　何かお心当たりがあるんですか？」

立ち止まって首を傾げる山吹に向かって、楓雅は「ある気がする」と返した。

「あの人……ちょっとグレてた頃の薔をとっ捕まえて、尻《しり》を叩《たた》いたんだよ。隊員の名前を訊いても答えなかったけど、今にして思えば犬桐さんを差してたんだな。『馬鹿犬《ばか》にケツ叩かれた』って、憤慨《ふんがい》してたから。てっきり竜虎隊を『教団の犬』呼ばわりしてるのかと思ったけど、それは薔のボキャブラリーにない気がする。贔屓生になる前の薔には、潜在的に竜虎隊への憧れがあったし」

「あらまぁ……それが本当なら自業自得ですね。よりによって常盤様が丹精籠《こ》めて育てた薔薇に触れるなんて、命知らずなこと」

楓雅は山吹と苦笑を交わし、傍《かたわ》らに咲いていた花に手を伸ばす。

今日選んだネクタイと同じ色の薔薇に触れ、天鵞絨《ビロード》の花弁をそっと撫でてみた。

「これはあくまで推測だけど、犬桐さんが降龍殿でトラブルを起こすよう裏で糸を引いた常盤さんは、懲戒免職寸前まで追い込んでおいて、椿さんを使って依願退職で収めたんじゃないかな。北蔵一族の上の人間が文句を言ってくると面倒だろうし。でも……可愛い弟に手を上げた男を許す気はなかった。今後の薔の身を守る意図もあったのかも。どこまでが常盤さんの仕業で、どこからが天罰なのかは神のみぞ知るってとこかな」

「もしも天罰だとしたら、薔様は神子に選ばれたということになりませんか？」

山吹が急に目を輝かせるので、楓雅は首を捻ってみせる。

南条本家から新しい神子を——という一族の願いが叶《かな》わずに終わることを、今この瞬間も祈っていた。密かにだが、とても強い祈りだ。

「そうとも限らないさ。薔が三つやそこらの時、学園行きを阻止しようとした常盤さんは天罰を受けてる。突然の落雷に襲われて全身火傷を負ったんだ。つまり神は、神子になる前の美童にも目を向けてるってことだろ？」

「まあ、そうですわね……でも、薔様には何がなんでも神子になって、血筋通りの正しい家に戻っていただかないと。神子になれそうにない剣蘭様では意味がないのですから」

「一人目が出たばっかりだし、しばらく無理だろ。神の気まぐれを待つしかない」

「そんな悠長な。薔様が挑む降龍の儀は、残り八回しかないんですよ」

「薔なら必ず選ばれるさ。御三家の神子として華々しくデビューだ」

楓雅は適当に笑いつつ、そんな時は決して来ないと信じていた。

幼少期から神に愛されていた薔が、未だに神子になっていないのは傍《はた》から見て不自然な話ではあるが、常盤の信仰が偽物で、彼が薔を兄として守り続ければ、これから先も薔が神子になることはない。しかしその反面、神子の誕生を阻止した者には天罰が下るという説があり、常盤が今のところ無事なのも奇妙ではあった。

——矛盾してる状況だけど……常盤さんは学園に来てすぐに、自分が育てた弟を見つけだしていた。薔に手を出すわけはないし……何がなんでも守り抜くはず。今年度の神子に杏樹《あんじゅ》が選ばれたことからしても、龍神は成長した薔に興味を持ってないってことか？

考え事をしながらも優しく愛でていた薔薇が、突然ぽとりと地面に落ちる。

散るのではなく首を斬《き》られたように落ちる様は、まるで椿の花の終わりのようだった。

「ア……ッ」

「あら珍しい。薔薇は散るものなのに、椿の花そっくりの落ち方ですね」

「驚いたな、強く触ったわけじゃないのにどうしたんだろ」

「不吉だわ……椿の最期は禍々しくて苦手です」

「そう？　俺は別に不吉だなんて思わないけどね。椿の花の終わり方はむしろ好きだな。広義の通り潔くも見えるし、逆にギリギリまで粘って咲き続けたようにも見えない？」

薔薇を拾った楓雅の言葉に、山吹は細めの眉《まゆ》を寄せる。

声を低めて「楓雅様」と、如何にも今から窘《たしな》めますと言わんばかりに名前を呼んだ。

「椿姫は敵方の人間です。それを努々《ゆめゆめ》お忘れなきよう」

「敵じゃないだろ。同じ教団員なのに何言ってんだか」

「それでも西王子一族の人間です。いいですか、貴方の立場はとても不利なんです。学園育ちで年若い貴方が教祖の座に就くには、どうしても他家の嫡男が邪魔になる。常盤様の従弟で、しかも愛妾《あいしょう》でもある椿姫は危険な存在です。接触することは絶対に避けなければなりません。貴方の気持ちがふらついていると、お兄様のお体に障りますよ」

「言われなくてもわかってるし、ふらついてもいない。それにもう会ってないんだし」

楓雅は突き放すように言うと、日陰から出て山吹に背中を向ける。

椿に限らず愛しい人達との絆《きずな》は儚《はかな》くて、なんともやるせない気持ちになった。

朧げな記憶の中にいた黄金の髪の優しい兄は、病を隠しながら一族の期待を背負って闘っているというのに……見舞いに行くことは疎か病状を知ることすら容易ではない。

そして手を伸ばせばいつでも触れられるほど近くにいた椿や薔は、揃《そろ》いも揃って常盤の手中だ。しかし薔が神子にならないよう常盤が守ってくれるなら、力ない自分の代わりにどうかお願いしますと頭を下げて頼みたいくらいの想いがあって、なんとも複雑だった。

「報告ありがとう。また何かわかったらよろしく」

これ以上小言を聞きたくなかった楓雅は、中央エリアの学食に向けて歩きだす。

十二時半になれば、中高の童子達が一斉にやってくるだろう。

贔屓生は竜虎隊員に誘導されていて自由はないが、厳しいタイプの隊員でなければ薔と話をさせてくれるかもしれない。それが無理でも顔くらいは見られるはずだ。

「楓雅様、虎咆会の動きを調べさせますか？」

「いや、そんな危ないことはしなくていいよ」

「上手くいけば、北蔵と西王子を対立させることができるかもしれません」

「またそんな物騒《ぶっそう》なこと言って……山吹さん、勘違いしちゃ駄目だよ。御三家は本来一枚岩なんだ。わざわざ亀裂《きれつ》を入れるべきじゃない。それに、常盤さんは薔の身を脅かす危険因子を取り除いてくれたんだろうし、俺達はあの人に感謝しないと」

「はい……承知しました」

背後から山吹の声が聞こえてきて、彼との時間は終わったかに思われた。

ところが数歩進むと再び、「楓雅様」と声をかけられる。

歩きながら仕方なしに振り向くと、甚《いた》く真剣な顔で見つめられた。

「貴方がどんなに椿姫を求めても、あの人は戻ってきません。今は常盤様の物なんです。中央エリアに忍んで時計塔から見つめるような、未練たらしい真似はおやめください」

「なんだ、知ってたんだ」

楓雅はハハッと笑いながら足を止め、手の中の薔薇を握りしめる。

その途端、「笑い事じゃありませんっ」と声を荒らげて咎《とが》められた。

確かに笑い事じゃないなと納得すると、自然に笑みは消えていく。

「山吹センセイ、前から言おうと思ってたことがあるんだけど、今いいかな？　椿姫って呼び方……反吐《へど》が出そうなほど不愉快なんでやめてくれる？　あの人は淋《さび》しい娼婦なんかじゃないし、俺も無力な坊やで終わる気はないんだ」

「――っ！」

山吹は一歩後退するほどびくついたが、すぐに顔を上げて歯を食い縛る。

この件に関しては決して引けないと言いたげな顔で、楓雅と真っ向から対峙《たいじ》した。

「それでしたら……いっそのことジュリエットとお呼びしましょうか？　ロミオ様」

「どうしても悲劇にしたいんだな」

「ええ、どうしたって悲劇にしかなりませんから」

きっぱりと明言した山吹は、「失礼します」と言い残して歩きだす。

長い髪と白衣の裾《すそ》を靡《なび》かせながら、中高の校舎がある南側へと消えていった。

楓雅は握り潰《つぶ》してしまった薔薇を見つめ、二つの花への想いを胸に、苦り切る。

薔薇は育ての兄の許へ……それは仕方がない。

しかし白い椿は取り返す。

たとえどんなに美しく咲いていようと、遠くから見守ることなどできやしない。

咲くも落ちるも共に——そう心に決めた時から、ふらついたことなど一度もなかった。

程なくして、初等部の童子達が学食から駆けだしてくる。

変声期前の声は鈴を転がしたようで、妙に懐かしく耳に残った。

彼らのように無垢《むく》だった頃、噴水が煌《きら》めく中庭で蕾と過ごして……もしもこの子が俺の弟だったらと、妄想を膨らませてはじゃれ合った。

放課後は胸をときめかせながら部活に出て、弓道場で椿と並んで弓を引いた。

凛《りん》とした横顔を見つめている時間が、永遠に続けばいいのにと願ったものだ。

もう二度と戻ることはできないけれど、時にはこうして足を止め、美しい思い出に浸りたくなる。清らかな彼らのそばにいたのは、紛れもなく自分だったのだ。

10

七月二十二日、午前九時。中央エリア南側にある運動場及び体育館、そして大聖堂の真向かいにあるコロシアムで、中高六学年による競闘披露会が開催される。

童子《どうじ》達の間では体育祭と呼ばれているが、これも歴とした宗教行事の一つだ。

龍神《りゅうじん》の子である竜生童子《りゅうせいどうじ》が健やかに育っている姿を神に披露するのが目的であり、神の視線を引き寄せるために神子《みこ》を招待して、祈りを捧《ささ》げてもらう習わしになっていた。

六学年を、翡翠《ひすい》組、蒼燕《そうえん》組、菊水《きくすい》組の三つに縦割りしたクラス対抗競技に、応援合戦、運動部別の公開試合など、童子達は若いエネルギーを発散させて競い合う。

わざわざ成績を落として監督生になるのを避けている薔《しょう》や剣蘭《けんらん》も、毎年この日は本気を出したものだった。

二人共運動神経が頗《すこぶ》るよいので、部活での試合はもちろん、クラス対抗でも頼られる選手だったのだ。

しかし贔屓《ひいき》生となった今年は違う。ジャージや道着、水着に着替えることはなく、白い制服姿で一日を過ごすことになっていた。半袖《はんそで》シャツの釦《ボタン》をすべて嵌《は》め、ネクタイを緩みなく締め、普段は選ぶ自由のある制服のパンツの色も、今日は白と決まっている。

神子が祈禱《きとう》を行う開会式の段階では、すべての参加者が制服または隊服や正装でコロシアムに集い、赤絨毯《あかじゅうたん》が敷かれた中央通路を挟んで整然と並んでいた。真夏の青い空の下、巨大なテント仕様の祭壇が設けられ、全員が通路側を向いて神子の到着を待つ。

祭壇から見て先頭は学園長だが、格順とは別に前方に出て祭壇を囲んでいるのは、教団本部から来た音楽隊と捧歌《ほうか》隊だった。ほぼ例外なく王鱗《おうりん》学園オーケストラ部や合唱部を経て教団本部に就職した卒業生で、合わせて八十名以上いる。

学園長の後ろには、薔を始めとする贔屓生八名。

その後ろが椿《つばき》ら竜虎《りゅうこ》隊班長三名、その後ろに一般隊員。

少し距離を空けて楓雅《ふうが》ら大学部代表十二名と、六学年の監督生十八名が続いていた。

そこからさらに距離を空けて、竜生童子六百名以上という立ち位置だ。

「教団本部より、今年度の神子、杏樹《あんじゅ》様が御成《おな》りになりました」

コロシアムの入り口に控えていた黒衣の教団職員が、神子の到着を知らせる。

彼らは、正式には侍従《じじゅう》と呼ばれる役職に就いていた。

竜虎隊員として学園で働いた者や、教団本部で一般業務に携わった者達の出世コースと言われていて、三十代半ばを過ぎてからようやく就ける役職だ。

本部に部屋を持つことを許され、教祖や神子の世話はもちろん、御神託を求める信者の管理や行事の執行など、多岐に亘《わた》る役目を担うエリート集団だった。

オーケストラが演奏を開始してから、入り口の大扉が厳かに開かれる。

壮大な演奏に重なるように、蹄《ひづめ》や車輪の音が聞こえてきた。

二頭の馬に引かれているのは、金装飾を施された黒塗りの座馭《ざぎょ》式儀装馬車だ。

降車予定地点から祭壇までの道程には赤絨毯が敷かれていて、その上には真紅《しんく》の薔薇《ばら》の花びらが撒《ま》かれている。比較的近くにいる薔には、薔薇の香りを感じることができた。

屋外で祈禱や競技が行われる競闘披露会の日に雨が降ったことは一度もなく、真夏とはいえ極端に暑くなることもなければ、風が強かったこともない。

それらは神が神子を愛し、守っている証しであり、陽光に煌《きら》めく馬車も、風に散らされることのない薔薇の花道も、すべてが神子の特異性を強調していた。

馬車の扉が開かれると、そこから竜虎隊副隊長の海棠《かいどう》が降りてくる。

そのあとに隊長の常盤《ときわ》が手を取る形で、白装束《しろしょうぞく》の杏樹を馬車から降ろした。

降龍殿で行われる本物の儀式に黒い和服や緋襦袢《ひじゅばん》が使われることを知った薔にとって、公開儀式の際に神子が着ている白装束は茶番染みた物に見える。

意匠は神子によって違うが、純白を基調にしているのは変わらない。

杏樹は白銀の杏《あんず》の花の刺繡《ししゅう》をあしらった絹の洋装姿で、スカートのように裾《すそ》が膨らんだエリザベスカラーの上着に、ショート丈のパンツを合わせていた。さらに膝上《ひざうえ》まである絹の靴下と白いブーツを組み合わせ、所々に銀の飾りをつけた稀《まれ》に見る華やかさだ。

アプリコットブラウンの巻き毛は在学中よりも伸びていて、綺麗《きれい》に結い上げてある。独特な装束がよく似合っている杏樹の姿に、コロシアムが一瞬沸いた。

ほんの短い間だったが、感嘆の声や桃色の溜《た》め息《いき》で溢《あふ》れ返る。

童子達にとって、自分だけの衣装を作ってもらえる神子の立場は羨望《せんぼう》の的だった。

こういったことに興味のない薔ですら、自分で選んだ服を着てみたい願望はある。

そんな杏樹の横には、夏仕様の黒い隊服を纏《まと》った竜虎隊隊長、常盤が立っていて、常に手を引きながら赤絨毯の上を歩いていた。

二人の身長差が大きいだけに、小柄な杏樹の愛らしさがますます際立つ。

さながら絵本から出てきた、騎士と王子のように見えた。

──杏樹……元気そうだ。しばらく見ない間に綺麗になった。

常盤が杏樹の手を引く姿など見たくはなかったが、薔は努めて冷静に時の流れを追い、教団の意向を察する。

この王鱗学園に於《お》いて、神子は憧《あこが》れの存在でなければならない。

最も若い神子を招待するのは、かつて身近にいた童子が神子に選ばれたということを、他の童子に実感させるためだ。神子は憧れではあっても、遠い存在である必要はない。

神に愛されれば、自分も同じようになれるかもしれない──そういった希望を持たせることで教団は童子の心を一元化し、神子の価値を高めて信仰を固めようとしているのだ。

神子は絶対の存在、神子あっての八十一鱗《くくり》教団。故に、神子を輩出する御三家筋は敬われ、新たな幹部家に追い落とされることなく権勢を振るう。

贔屓生の選出時に教祖は御三家の事情を酌んで、邪魔な幹部家が力をつけ過ぎないよう調整しているが、かといって贔屓生九名全員を、教団上層部の都合に合わせて揃《そろ》えるのは難しい。いくら奸計《かんけい》を巡らせたところで、神子は龍神自らが選ぶものであり、万が一誰も神の目に適わなければ、大いなる災いが降りかかることになるからだ。

——日中に祈ったって龍神は降りないし……そもそも祈っただけじゃ駄目《だめ》なのに。

薔は胸のエンブレムに手を当てて立ち続け、杏樹が目の前を通り過ぎると、号令に従って体を九十度回転させて前方の祭壇を見上げた。

オーケストラの音楽は伴奏に変わり、捧歌隊がリードして六百人以上が声を揃えて歌を歌う。龍神と神子と、そして始祖を賛美する歌だ。一年分の平和を約束してくれる新たな神子に、すべての教団員と童子が謝意を示す中、杏樹は神に向かって祝詞《のりと》を捧げる。

白い紗《うすぎぬ》で遮られているため、垂れ幕の内部は誰にも見えなかった。

ただ、杏樹の声だけが風のない空間に響く。

神の子である竜生童子が、健やかに育った姿をお見せ致しますので、どうか怪我《けが》のないよう見守っていてください——といった主旨のことを唱え、「来たれませ、来たれませ」と龍神を呼んでいた。

開会式のあと、一般の童子は校舎に戻ってジャージなどに着替え、各々出場が決まっているプログラムに従って移動する。監獄のように閉じられた特殊な学園とはいえ、やはり男子校だ。いざ競技が始まると宗教儀式であることなどすっかり忘れ、賞品目当てに活気づくのが恒例だった。

「神子の衣装は毎年ほんと楽しみなんだけど、今年は素直に見れなかったなぁ」

中高の運動場に応援合戦の声が轟《とどろ》く中、茜《あかね》は生徒会室の机に突っ伏してぼやく。

美容師志望で、ファッションリーダーと名高い茜にとって、制服以外の華やかな衣装が見られる招待日は何よりの楽しみらしい。特に競闘披露会には最も若い神子が招待されるため、年配の神子が来る時よりも面白味があるという話だった。実際のところ、三十路《みそじ》に迫る神子は杏樹のような派手な恰好《かっこう》はしない。上質ではあるが、シンプルな白いスーツや和服に近いデザインの長衣など、落ち着いた恰好で来るのが普通だった。

「杏樹には、似合ってると思ったけどな」

「えー、薔はああいうの好きなんだ？」

「好きなわけじゃない。ただ、杏樹には似合ってた」

「まあねぇ、確かに可愛《かわい》いし。けど中身を知ってるだけになかなか……」

茜がさらにぼやくと、剣蘭が「お前はアイツに嫌われてたからな」と口を挟む。

最近常に機嫌の悪い剣蘭は、机の上に両足を載《の》せ、首の後ろで手を組んでいた。

金属とナチュラルカラーの木が組み合わさった椅子《いす》を、ギシギシと鳴らしている。

薔と茜が並んで座っている席の正面だが、間に空間があるので距離は離れていた。

それでも靴底を向けられるのは不快なもので、椅子を揺らす音も耳障りだ。

しかし薔は文句を言わない。剣蘭の隣に座っている白菊《しらぎく》が、「行儀悪いよ」と何度も注意しているにもかかわらず、剣蘭は無視して不貞腐《ふてくさ》れていた。

他の人間が言ったところで素直に聞くとは思えないし、情緒不安定な状態が続く剣蘭の気持ちを考えると、多少の不快感は我慢できた。

中高の校舎一階にある生徒会室には、本来監督生が使う十八脚の机がコの字形に並べてある。贔屓生の控え室になっている今日は、中央にも机が置いてあった。

競技への参加が許されていない贔屓生には、一般の童子に賞品を授与する役目があり、それらが山のように積んであるのだ。丁寧にラッピングされた箱の中には、普段食べられない菓子類や、購買部には置いていない特別な日用雑貨が入っている。

茜が剣蘭に何も言い返さないので沈黙が過《よぎ》ったところに、コンコン……と遠慮がちに扉をノックする音が聞こえてきた。ほぼ同時に、「薔先輩はこちらですか?」と、控えめな声で訊《たず》ねられる。

「――誰か来たよ。薔の後輩？」

茜に問われた時には、扉の向こうにいるのが誰かわかった。

立ち上がった薔が急いで扉を開けると、背の高い剣道部員が立っている。

その隣にもう一人、彼と同じ二年生の小柄な剣道部員もいた。

二人共道着姿で、真剣な顔つきで竹刀《しない》を手にしている。

どちらもまっすぐに薔の目を見据えた。

「楪《ゆずりは》、莎草《ささめ》……どうしてここに？　これから試合じゃないのか？」

「薔先輩、お久しぶりです。どうしてもこれをお渡ししたくて、立ち入り禁止のテープを越えて来てしまいました。これ、先輩が使っていた竹刀です」

練習熱心な彼らは、薔が愛用していた竹刀を二人で持って差しだしてくる。

もう何ヵ月も触れていなかった竹刀を目にした途端、薔は吸い寄せられるように柄頭《つかがしら》に手を伸ばしてしまった。掌を当てながら柄に手を回し、ぐっと握り締める。

「先輩、僕達ずっと体育祭を楽しみにしてました。先輩に憧れて入部したくらいですし、薔先輩の華麗な勇姿を今年も見たかったんです。うちの部員は全員、同じ気持ちです」

「贔屓生が部活や試合に出られないことはわかってます。それでもせめて素振りくらいはできるようにと思って。俺達、大学部でまた先輩と打ち合える日を待ってます」

二人の言葉に、薔の胸はいっぱいになった。柄を握る手にも力が籠《こ》もる。

「ありがとう……竹刀、握れてよかった」

久しぶりに手にした竹刀を放したくなかった。この生徒会室のどこかに隠して、あとで回収することはできないだろうか……東方エリアの贔屓生宿舎に持ち込むにはどうしたらいいかと、つい考えてしまう。

「気持ちはありがたいけど、これは待って帰ってくれ」

「先輩……っ」

「部の備品がなくなるのは問題だし、贔屓生に渡したことがバレたら大事になる」

薔は名残惜しくも竹刀を彼らに返し、右手に走る喪失感を拳《こぶし》で誤魔化《ごまか》した。

爪《つめ》が食い込むほど強く握って、またいつか竹刀を振るえる日を夢見る。

「一年なんてあっと言う間だ。来年の春には堂々と竹刀を握ってる」

「それは……大学部に上がったら、また剣道部に入るってことですよね？」

「ああ。再来年、向こうの道場で会おう」

薔の言葉に二人は「はいっ」と答えて大きく俯《うつむ》き、最後は洟を啜《すす》って涙をこらえた。

それを道着の袖でぐいっと拭《ふ》くと、「先輩の都合も考えず、申し訳ありませんでした」と謝罪する。揃って頭を下げ、「失礼しました」と言って去っていった。

二人が誰に見咎《みとが》められることもなく廊下を足早に進む姿を見送り、薔は握っていた拳をそっと開く。贔屓生になった以上あと数ヵ月は竹刀を振るえないが、向けられた後輩達の気持ちが嬉《うれ》しかった。贔屓生としての自分や、懲罰房常連《ちょうばつぼう》の問題児としての自分以外に、剣道部員という顔が確かにあったことを実感できる。

「すげぇイイ後輩。ほんと、竹刀の一本くらい部屋に持ち込ませてくれてもいいのにな」

扉を閉めて席に戻る途中、茜に言われた。薔は「そうだな」と答えながら席に着く。

「だいたいおかしいよな。贔屓生は怪我しちゃいけないし、一般生徒とあんまり接しちゃ駄目って理由で部活動禁止なわけだろ？　素振りくらい全然問題ないと思うんだよな」

美術部を辞めさせられても自室で絵を描く自由がある茜は、自分のことのように不満を吐露する。同じことを薔も考えたが、しかし無理を通す気はなかった。文化部より制約が多いのは運動部の宿命で、水泳部の剣蘭はもっと自由がない。塩素で肌が荒れる危険性があるからという理由で、授業ですら泳ぐことができないのだ。

「薔は上からも下からもモテモテでいいよな。ムスッとしてるとミステリアスってことになってモテんのかね？　俺にはサッパリわかんないけど」

生徒会室の後方に座っていた桔梗《ききょう》が、針を含んだような言い方をする。

ところが薔が反応するより先に、茜が「さっきまでなんの話してたっけ？　薔の後輩に感動して忘れちゃったぜ」と、とぼけながら話を逸らそうとした。

「お前が杏樹に嫌われてた件についてだ。剣道部の違反部員に話の腰を折られたな」

茜の機転を悪い方に導いたのは、相変わらず不機嫌な剣蘭だった。

せっかく話題を変えても、誰が誰に嫌われているなどという話に戻されたのでは意味がない。茜も自分の発言が迂闊《うかつ》だったと思ったようで、ばつの悪い顔をした。

「ああ、うん、まあ……そうだな。杏樹に嫌われてた自覚はある。元々はくっだらねぇ話なんだぜ。サイズのデカいカーディガン着るのを真似したとかしないとか、あとは制服のパンツを細身に改造するのを流行《はや》らせたのがどっちかとか」

「ほんとくっだらねぇな」

「それ改造してたのか？」

剣蘭に続いて言った薔に、茜は「や、違う違う」と否定したが、「さすがに改造は駄目で没収されたんで、これはちょっとだけ」と弁解しつつ腿《もも》を叩《たた》く。

そう言われてみれば、茜のパンツは本来よりも少し細身に見えた。

「改造、してるんだな……」

「ちょっと、ほんとにちょっとだけ」

茜は唇の前で指を立て、「内緒な」と言ってくる。

口止めなどされなくても、薔には告げ口する気などまったくなかった。むしろパンツの細さにそこまでこだわる情熱に感心してしまう。家庭科の授業で習うので基本的な裁縫ができるのは当たり前だったが、茜にしても杏樹にしても、それ以上の技術があった。人と同じでありたくない気持ちが強く、洒落《しゃれ》を尽くす努力は人一倍だ。

「杏樹が茜を嫌ってたのは、茜が隙《すき》あらば薔に近づこうとしてたからでしょ？　杏樹には上級生の取り巻きがいたけど、薔のことも気に入ってたし」

ねちねちと纏わりつくような口調で割り込んできたのは、贔屓生二組の青梅《おうめ》だった。

青梅は楓雅が好きなせいか、薔に対しても薔と仲のよい茜に対しても風当たりが強い。

「そういやそうだったな。杏樹の奴、茜のことデカいコバエとか言ってたわ」

「うわぁ、それってつまり薔がウンコってこと？　やだぁ、きったなーい」

部屋の後方に座っていた桔梗と青梅の言葉に、茜が「おい!!」と叫んで勢いよく立ち上がる。椅子が後ろにひっくり返り、耳が痛くなるような音が響いた。

「茜っ、待て！」

薔もさすがに腹を立てていたが、彼らを睨《にら》みつける間もなく茜の行動に肝を抜かれる。すぐに立ち上がって追いかけるものの、茜は弾丸の如く二人に向かっていった。

「薔に謝れ！」

怒鳴《どな》りながら飛びかかった茜は、小柄な青梅の胸倉《むなぐら》を摑《つか》んで壁に押しつける。

ドカッ！　と鈍い音がするや否や、頭の天辺《てっぺん》から出したような悲鳴が上がった。

横にいた桔梗も一緒になって喚《わめ》き、「剣蘭！」と助けを求めるものの、座っている剣蘭は指一本動かさない。

「茜、やめろ！　俺はいいから！」

薔は青梅の足が床から浮きかけるのを見て、茜の腕に摑みかかった。

しかし茜は「謝れ！」と怒鳴り続けるばかりで、薔がいくら止めても手を緩めない。

「やだあぁ！　誰かっ、誰か助けて‼」

けたたましい青梅の絶叫は、怒号をかき消さんばかりに響いた。

幾分離れた場所から、「皆もうやめて！」という白菊の声も聞こえてくる。

腕力に訴えて本気で止めなければ大変な騒ぎになると思った薔は、これまで以上に力を籠めて茜の肘《ひじ》を摑んだ。

ところが二人を引き剝がそうとした瞬間、生徒会室の扉が開かれる。

「そこの贔屓生！　何をしている⁉」

左右開きの扉が荒々しく開いて、複数の竜虎隊員が飛び込んできた。

先頭は一般隊員だったが、その後ろには隊長の常盤と副隊長の海棠が並んでいる。

黒隊服の彼らに挟まれるように立っているのは、全身白一色で固めた杏樹だった。

さらに後ろには椿ら班長三名もいて、その後ろには侍従までいる。

一瞬にして空気が凍りつき、暴れていた青梅の靴底が床にぴたりと落ち着いた。

剣蘭は机の上の足を慌てて下ろし、無関心にカードゲームに興じていた桜実《おうみ》と桐也《きりや》は、手にしていたトランプを抽斗に放り込む。

「贔屓生の皆さん、お久しぶりぃ」

杏樹が入り口でひらひらと手を振ると、その横にいた常盤が室内に踏み込んだ。常盤は真っ先に剣蘭に視線を向け、剣蘭は白菊と共に即座に立ち上がる。それに倣うように、立つのを忘れていた桜実と桐也も起立した。

「剣蘭、これはなんの騒ぎだ？　状況を説明しろ」

鎮まり返る部屋の中で、常盤は剣蘭に命じる。

明確にリーダーという役割があるわけではないが、剣蘭はなんとなく贔屓生の纏め役のような存在になっており、常盤もそれを知っているようだった。

「は、はい……俺達……我々贔屓生八名は、閉会式が始まるまで生徒会室を借りて静かに待機することになっていたんですが、青梅と桔梗の二人が揃って薔の悪口を言いだしました。それが極めて酷い内容だったので、怒った茜が青梅に飛びかかって謝罪を求め、薔が止めに入ったところでした。白菊も、手は出しませんが制止していただけです」

剣蘭は初めこそ緊張を匂《にお》わせていたが、途中からはすらすらと説明した。

青梅と桔梗はカッと目を剝《む》いて身を乗りだすものの、唇は一文字に閉じたままだった。

仮に事実と違っていたとしても、声高に反論できる状況ではない。

内心ではどう思っていようと敬わねばならない神子と、竜虎隊の隊長と副隊長、そして班長や侍従までずらりと揃っているのだ。

この状況下ではどう考えても、最初に発言した人間が一番有利だった。

剣蘭の言葉に嘘《うそ》はなかったが、特に庇《かば》われているのは自分と白菊だろう。

薔は常盤と剣蘭の姿を交互に見ながら、先日の暴行事件の裁判のことを思いだす。

入院していたので出廷していないが、常盤の命令で剣蘭が偽証したことは知っていた。

そんなこともあったうえに、容姿からして西王子一族の人間に違いない……とおそらく自覚している剣蘭は、常盤との間に、主従関係に近い意識を持っているのかもしれない。

――剣蘭は俺のことを、常盤のお気に入りとか思ってるのか？

よくよく考えてみれば、剣蘭は楓雅との関係ばかり茶化してくる。

あれはもしかすると、特定の贔屓生に対する常盤の気持ちを隠すための、意図的なものだったのかもしれない。降龍の儀に関して「お前、よく耐えられるな」と本音で口にしていたことから察するに、不正行為のことまでは知らないだろうが――。

「青梅と桔梗を直ちに連行しろ。懲罰房一週間の刑に処す」

常盤と剣蘭の思惑《おもわく》を探っていた薔の耳に、常盤の声が飛び込んでくる。

贔屓生相手とは思えないほど厳しい刑に対し、贔屓生全員が反応した。「そんなっ」と、誰ともなく口にする。青梅と桔梗の顔は見る見るうちに青くなっていった。

命じられた竜虎隊員ですら戸惑っている様子を見せ、すぐには動かずに二の足を踏む。

「その二人だけではない。閉会式での務めを終えた後――茜、剣蘭、桜実、桐也の四名も連行しろ。茜は四日、他三名は懲罰房二日の刑に処す」

さらに続いた常盤の言葉に、今度は剣蘭や桜実、桐也も愕然《がくぜん》とする。

薔も甚だ驚いて絶句した。白菊と共に処罰を免れたとはいえ、喜べる道理がない。

ただし騒ぎを起こした張本人の茜は、厳し過ぎる処分を真っ向から受け入れているようだった。周囲がざわめく中、たった一人神妙な顔で立っている。

「競闘披露会は神聖なる神子を招待して行う宗教儀式であり、今この瞬間も龍神は空から我々を見守っておられる。そのような大事な日に騒ぎを起こす者が、神のご寵愛《ちょうあい》を受ける贔屓生に相応《ふさわ》しいはずがない。机の上に足を載せて不遜《ふそん》な態度を取る者、騒ぎを傍観するばかりで止めに入らず、カードゲームに興じていた者も然《しか》りだ」

常盤は誰よりも高い位置から、贔屓生全員に向かって言い放った。

最早《もはや》誰も何も言わず、廊下まで続いていたざわめきも消えて静まり返る。

先程まで躊躇《ためら》っていた竜虎隊員も速やかに動きだし、青梅と桔梗を拘束した。

これまで一度も懲罰房になど入ったことのない二人は、酷く動揺して泣いている。

「うふふっ、さすがは常盤様。素晴らしく的確な処分で、文句なしって感じ」

張り詰めた空気を拍手で壊したのは、この場で唯一それが許される杏樹だった。

黒服集団から抜けて軽やかな足取りで薔の近くまで来た杏樹は、「薔くん♪」と、以前と同じように弾んだ声を出す。

「杏樹……」

その名を口するや否や、薔は常盤から「敬称をつけろ」と注意を受けた。

彼の信仰心も教団への忠誠心も演技だとわかっているのに、思わず背筋が寒くなる目で睨まれる。意地など張る余裕もなく、薔は「杏樹様」と言い直した。

「薔くん、なんだか前より綺麗になったみたい。何かあったの？」

「いや、いえ……何もありません」

「何もなかったようには見えないくらい色っぽく見えるけど……あ、そうそう。あのね、閉会式まで暇なんで薔くんに話し相手になってほしくて、それでここまで来たの。薔くん暇でしょ？　僕の思い出話に付き合ってよ」

「杏樹様から直々のご指名だ。ありがたくお引き受けしろ」

間髪入れずに常盤に命じられ、「はい」としか言いようがなかった。

贔屓生は疎か、たとえ御三家の嫡男であろうと、教祖に次ぐ地位を与えられた神子には逆らえない。神子は神子で、教祖の命令や教団の規則に縛られている部分も多分にあるのだろうが、この程度の自由は許されているということだ。

副隊長の海棠の指示により、青梅と桔梗がいなくなった生徒会室を隊員が見張ることになった。初めての懲罰房行きが決まった四人は、これから閉会式までの長い時間、最悪な気分で過ごすことになるだろう。

常盤の下した処罰はあまりにも厳しく、薔には何か言いたい気持ちがあった。

しかし教団の人間として、龍神や神子への敬意を払うという大前提で考えると、常盤の言っていることは正しいのだ。教団本部から賓客として来ている神子や侍従達の前ということもあって、処分が厳しくなるのもわかる。

白菊の他には自分だけが罰を免れている状況は抵抗があったが、この場で「俺も罰してください」などと言えば厄介なことになるだけかもしれない。

――常盤が俺にも罰を下したとして……それに対して杏樹が口添えして処分撤回なんて流れになったら、常盤の立場が杏樹よりも低いことを周囲に印象づけるだけだ。

そんな姿を見たくなかった薔は、口を閉ざして杏樹に従う。

手を引かれるまま歩き、背中に茜達の視線を感じながら生徒会室をあとにした。

廊下に出ると、室内からは見えにくかった侍従達の姿が見える。

三十代後半から五十代くらいまでの男が九名並んでいた。

侍従職自体は竜虎隊員ほど容姿を重視されているわけではなかったが、竜虎隊出身者も多くいるため、結果として見映えのよい壮年の男達が揃っている。

そんな彼らが身を包む侍従服は、竜虎隊の黒隊服をシンプルにして、スーツに近づけたデザインの物だった。帽子の類は被らず、足元は革の短靴だ。

竜虎隊員を含めて黒ばかりの集団の中で、純白尽くしの杏樹はとても目立っている。

今日は上下共に白制服の自分も、傍《はた》から見たら目立つ気がした。

ぞろぞろと廊下を歩くのを恥ずかしいと思いながら、薔は前を歩く常盤の背中をじっと見つめる。前は常盤、横には杏樹、後ろには椿——行き先は決まっているようだったが、どこに行くのかと訊《き》くことさえ憚《はばか》られる空気だった。

廊下を歩いて運動場の反対側から校舎を出ると、建物を挟む形でスターターピストルの音が聞こえてくる。もしも贔屓生になどならなければ、今頃ジャージ姿でリレーに出て、大急ぎで道着に着替えて剣道の試合もこなして……と、忙しく過ごしていただろう。

「ここからは薔くんと常盤様と、あとは、うーん、椿姫にしようかな。他の人は持ち場に戻って適当にやっててね。閉会式の一時間前にはちゃんと戻るから」

「杏樹様、くれぐれもお召し物を汚さないようお気をつけください」

杏樹に向かってそう言ったのは、最も年長に見える侍従だ。

襟元に階級を示す金のバッジをつけているが、それを見たところで薔には侍従の階級がわからない。ただ、他の侍従より上の人間なのは確かだった。

彼は常盤の顔を見上げると、「常盤様、神子を頼みます」と低い声で告げる。

それに対し常盤は、「承知しました」と即答した。

常盤が御三家の御曹司《おんぞうし》ということもあって身分の上下がわかりにくかったが、常盤の方が役職上は下なのだろう。常盤は他の隊員と共に敬礼し、侍従もまた一礼して去る。

校舎と中庭を繋《つな》ぐ回廊前に残ったのは、薔、杏樹、常盤、椿の四人だった。

時刻は午前十時半。初等部は授業中、中高の童子は校舎の向こう側で競技中だ。

いったいどこへ行く気かと訝《いぶか》しむ薔を余所《よそ》に、三人は芝を進んで東に向かっていた。

真横には白い回廊があり、左右に均等に並んだ列柱の間に柱の影が斜線を描いている。

東方エリアに行くにしても大聖堂やコロシアムに行くにしても、回廊を使った方が夏の日射しを避けられてよいのだが、何故《なぜ》か誰も回廊を使おうとはしない。

ますます不審に思った薔は、先頭を歩く常盤の前方に視線を送り、思わず「あ……」と声を上げた。見頃の薔薇やコーン型のトピアリーが並ぶ庭園に、二頭引きの馬車が待っていたのだ。つい先程コロシアムで使われた物に違いなく、見慣れないそれは薔が普段から目にしている空間に陣取って、これでもかとばかりに大きな存在感を示している。

「杏樹様、お待ちしておりました」

鬣《たてがみ》を綺麗に編まれた黒鹿毛《くろかげ》を馭《ぎょ》しながら、待機していた竜虎隊員達が敬礼した。

薔は手を繋いだ状態の杏樹の顔を見て、目を瞬かせる。まさか乗れってことか？　と、無言で問うなり、「東方エリアの森を馬車で走るの♪」と笑いながら言われた。

神子を乗せるための馬車は黒塗りに金細工が施された豪華な物で、扉の中には紫紺色の革が張られていた。ステップを上がって杏樹に指定された場所に座ると、なんとなく胸が騒いで落ち着かなくなる。かといって悪い意味での胸騒ぎではない。初めての乗り物に、思わず興奮したせいだった。

大きな車輪のついた四人乗り馬車の中で、薔はこれが杏樹の趣向なのかと思い始める。その一方で、隊長の常盤はともかく何故椿を指名して同乗させたのか、その理由がよくわからなかった。杏樹は学園内で囁《ささや》かれる常盤と椿の噂《うわさ》を信じていたので、これといって他意はなく恋人同士の二人を組み合わせたのだろうか……とそこまで考えた薔は、自分の正面に座る椿と視線を繋げる。そして、はっと目を見開いた。

――この馬車の中に、神子が三人もいるんだ。

乗り物に興奮している場合ではなく、よくよく考えてみると大変な面子《メンツ》だということに気づかされる。教団の神子として表立って働く杏樹と、神子であることを長年隠し続けている椿、そしてこれから隠していく自分。陰神子の隠匿に深く関わる常盤――。

焦る薔の目の前で、椿が俄《にわか》に唇を開く。

窓の外を眺めている杏樹の目を盗みながら、「冷静に」と告げてきた。

声が聞こえたわけではないが、丁寧な唇の動きと表情から読み取ることができる。

その通りだと思い、薔は鳩尾《みぞおち》に軽く手を当てた。自分が先程考えたように、杏樹は椿が常盤の恋人だと思ったうえで遠乗りに誘った可能性が高い。椿や自分が陰神子であることと、この状況は無関係だと思った方がいい。下手をすると墓穴を掘ってしまう。

「薔くん、中央エリアを出たよ。ほら常盤松がたくさん。今は森の木に勢いがあるから、緑のトンネルに突っ込んでいくみたいだね」

「ああ……あ、はい。そうですね」

「もう、敬語とかやめてよ。せっかくの密室なんだし、無礼講でいいから普通に話して。様とかつけなくていいからね」

果たしてそれでいいんだろうかと不安になり、薔は斜め前に座る常盤に目を向ける。

馬車はそれほど広くはないため、常盤は椿と肘を触れ合わせて並んでいた。

常盤の体格がよ過ぎるせいもあって、密着といっていいほど体が近い。

「仰せの通りにしろ」

常盤から許しを得て、薔は「はい」と短く答えた。

こんな状況でも似合いな二人を見ていると、胸の底を針で突かれる痛みを覚える。

開会式の際に常盤が杏樹の手を取って歩いていた時も、仕事だとわかっていても気分がよくなかったのだが、椿が相手だと嫉妬《しっと》の度合いも種類もまるで違った。

この場合、奪われるのは兄ではなく、恋人だからだ。

「薔くん馬車に乗るのは初めてでしょ？」

「ああ、もちろん初めてだ。凄《すご》いな……馬車ってもっと揺れると思ってたけど、こんなに静かで快適なんだな。スプリングがいいのか？」

「さぁ、ゆっくり走ってるからじゃない？」

杏樹は馬車の性能には興味がないようで、生返事を返してくる。

すると杏樹の正面に座っていた常盤が、「僭越《せんえつ》ながら」と前置きした。

「この儀装馬車の籠《かご》は、アーム状の四本のバネに吊《つ》るされる形で車輪の枠に載せられています。地面からの振動が直接伝わらない構造になっているため、静かな走行が可能なのです。路面にもよりますが、緩やかな速度であれば概《おおむ》ね快適に過ごせるかと存じます」

「ふーん、よくわかんないけど詳しいんですね。常盤様すごーい」

「恐れ入ります」

杏樹の棒読みに、常盤は淡々と答える。その隣の椿は、何も言わずに目を伏せていた。馬が好きなだけあって馬車も好きなのか？　そう訊いてみたくなった薔は、余計な雑談などできない空気を残念に思う。二人きりで乗りたいなんて贅沢《ぜいたく》は言わないが、もしそうだったら遠慮なく質問して、常盤の新しい一面を発見できたかもしれない。

馬車は東門を抜けて東方エリアに入り、杏樹の言った通り緑のトンネルを潜る。木漏れ日があるとはいえ、急に陰って薄暗くなった。この馬車は実用性よりも見映えを重視した儀装馬車で、窓が大きいうえに数も多いが、それですら暗く感じる。

東方エリアの夏の森は鬱蒼《うっそう》としていて、方向感覚が狂う巨大な迷路のようだ。窓に取りつけられたレースのカーテンの向こうには、濃い緑色しかない。

「僕が学園を出て三ヵ月近く経ったけど、何か変わったことない？　元気にしてた？」

「ああ……年神子祭《としみこさい》からもうすぐ三ヵ月になるのか。早いような遅いような、よくわからない感じだな。変わったことは特に……白菊が退院して宿舎に戻ってきたことくらいだ。お前は？　本部での生活にはもう慣れたのか？」

　薔は意識を他に向けないよう注意し、隣に座る杏樹と顔を見合わせる。

　正面にいる椿や、その隣の常盤、窓の外の状況、そしていくら振動が少ないといっても伝わってくる地面の凹凸が気になって、会話に集中する自信がなかった。自分の意思とは無関係に動く乗り物が怖くて興味深くて、これまで知らなかった緊張を覚える。

「うん、すぐ慣れたよ。薔くんがいないのは淋《さび》しいけど、でも仕事は楽だし」

「……楽？　とてもそうは思えないけど、神子の仕事、楽なのか？」

「うん、すっごい楽。馬鹿《ばか》な元陰神子のおかげでね」

　いくらか声を低めて言った杏樹の言葉に、薔は目を剝く。咄嗟《とっさ》に常盤や椿に視線を向けそうになったが、それはやってはいけないことだと先に気づくことができた。

「元、陰神子？　なんだ、それ……」

「陰神子っていうのは、神子だってことを教団にバレないよう隠してる神子のこと。教団本部には僕を含めて十三人の現役神子がいるんだけど、そのうち一人は元陰神子なの」

「そういうのが、あるのか。知らなかった」

「薔くんは神子のこととか全然興味なかったもんね。ほんと凄い馬鹿な話なんだけど、陰神子って発覚した時点で捕らえられて連行される感じなんで、僕みたいに神子誕生を大々的に報じられて年神子祭をやって送りだされて……とかないわけ。いつの間にか学園からいなくなってるみたい。だから名前もろくに知られてないんだよ。本部でも『陰』なんて呼ばれることもあるくらいだし。ほんとは紫苑《しおん》っていうんだけどね」

杏樹が陰神子のことを語っているというだけで、薔の体には異様な現象が起きる。

頭の中では血管がドクドクと鳴りだし、どの内臓か特定できないくらいあちこちが強く締めつけられた。

「神子のお役目が嫌な人もいるっていうのはわかるけど。でも選ばれたのに隠れるなんて馬鹿みたい。独房みたいな部屋に入れられて一日中監視されるし、誰にも大事にしてもらえないし、他の神子にもストレス解消に苛《いじ》められるばっかりだしね。ほんとは先輩なのに後輩より低い立場なんだよ。それでね、皆が嫌がる不細工とか体臭きつそうな憑坐《よりまし》の相手ばっかりさせられるの。同じ神子とはとても思えない扱いっていうか、まあ自殺しないでくれるといいなぁとは思ってるけど」

杏樹は最後に、くすっと笑った。

教団に連行された陰神子は、迫害されて自害することが多いと椿から聞いていた薔は、苦界《くがい》を生きる紫苑という名の陰神子を思う。

龍神の寵を受けているにもかかわらず悲境に立たされるのは、他の神子よりも神の寵が薄いからだと、椿は言っていた。しかしそれで納得できる話ではない。

「ねえ薔くん、陰神子って……どうやって見つかっちゃうか知ってる？」

「──っ⁉」

人工的な艶《つや》を纏った唇から、鳥肌が立つようなことを訊かれる。

薔は紫苑のことを考えている場合ではないことに気づき、拳を密かに握った。

冷静に……今はとにかく杏樹から目を逸らさず、落ち着くんだと自分に言い聞かせる。

「さあ、知らない。そもそも陰神子なんてものが存在することも知らなかったのに」

「あのね、ここだけの話なんだけど……神子の中に教祖様の愛人がいるんだよね」

「──愛人？」

「そう、それでね、教祖様は月に一度だけ、御神託を求める形でその人を抱くの。まあ、そうは言っても心の底から本気で知りたいことじゃないと御神託ってなかなか出ないものなんだけど、教祖様が求めるのは陰神子に関することなんだって。『どこかに陰神子が潜んでいませんか？』ってね」

体中の血が、足元に向けて一気に下がっていく。

握っていたはずの拳がいつしか解けて、金属のバーを掴んでいた。

「残念ながら今のところ陰神子は存在しないみたい」

「……っ、そう、なのか？」

「うん、神子に関することは成功率が低くて難しいらしいけど、それでもちゃんとわかる時はあるんだよ。紫苑が捕まった時は顔も名前も浮かび上がってきたそうだし。でも今は何度試しても何も見えないから、陰神子は一人もいないってことなんだって。正式に神子やってるこっちからすると、スケープゴートは多い方が安心なんだけどねぇ。紫苑が隙を見て自殺したら、いきなり仕事増えちゃうわけだし」

現在、陰神子は一人もいない——その間違った判断に胸を撫《な》で下ろす反面、焦燥は加速する。現時点では教祖の愛人よりも椿や自分の方が神に愛されていて、おかげでこちらの都合が優先されているのかもしれないが……そう考えると立場が逆転するのが怖かった。

いつ寵が薄れるか、それに怯《おび》えながらびくびくするしかないのだろうか。

月に一度龍神の愛の深さを試され、天秤《てんびん》にかけられる。負ければ即刻地獄行きだ。

そして今この瞬間も、地獄で苦しみながら生きている人がいる。同じ学園で同じように育った上級生が、誰の助けも受けずに一人で闘っているのだ。

「それなら、もしそう思うなら、その……紫苑……様と、仲よくしてみたらどうなんだ？　たとえ一人でも友達みたいな存在ができれば、少しは慰められるかもしれないし」

自分の身を守ることを最優先に考えなければいけないことは、重々わかっていた。

斜め前に座っている常盤はきっと、「他人の心配をしている場合じゃない」と、内心思っていることだろう。それでも考えずにはいられない。紫苑は独りで闘いながら、「誰か助けて」と叫んでいるかもしれないのだ。

「薔くんは相変わらず傲慢《ごうまん》だよねぇ……正当な神子はこの通り華々しくやってるんだよ。惨めな状況で上の人間から憐《あわ》れまれて嬉しいと思う？　同情って屈辱じゃない？」

「そうかな……たとえ同情でも、希望が何もないよりはいい気がするけどな。お前だって昔は苛められてたんだろ？　俺に助けられて嬉しかったんじゃないのか？」

「僕は嬉しかったけど、竹蜜《たけみつ》はそれを屈辱だと感じて恨みを募らせた。恩のある薔くんを殺そうとしたんだよ。相手がどう感じるかなんてわからないんだし、余計なことして損するのは嫌。誰もがその場の空気に逆らってヒーロー気取れるわけじゃないんだから」

「それはそうだけど、せめて話し相手になるくらいできるだろ？」

「だから、なんで僕がそんなことしなきゃいけないわけ？　薔くんは理想ばっかで痛みを知らないっていうか、ナチュラルに上から目線っていうか。一見気難しい顔してるけど、実は悩みとか全然なさそう」

「そんなことあるわけないだろっ、俺だって悩むことはある！」

「ふーん……悩みとかあったんだ？　なんかすっごい贅沢な悩みだったりしそう。他人が聞いたら嫌みにしかならないようなやつ」

大きな瞳《ひとみ》で射抜かれながら図星を指され、薔は何も言い返せなかった。

何か言わなければという気持ちばかりが先走り、迷った挙げ句に視線を散らす。

目の前を見ると、薄ら寒いほどの無表情が並んでいた。

八十一鱗《くくり》教団を支える構成員の一人として、徹底的に自我を殺した顔だ。

常盤と椿のこういった能力が、強い覚悟から生まれたものだと考えると、自分は本当に甘いのだろう。今も心のどこかで、助け舟を求める気持ちがあった。

「さてと、お喋《しゃべ》りはこのくらいにして本題に入らないとね」

「――本題？」

杏樹が正面を向いて言うと、常盤が反応を見せる。

突然投げかけられた「本題」という言葉にどんな意味があるのかわからず、薔は杏樹と常盤の顔を交互に見た。嫌な予感を覚えるばかりで、速くなった動悸《どうき》は静まらない。

「杏樹？　本題って？」

「森をぐるぐる遠回りしてもらったけど、もうすぐ贔屓生宿舎に着くよ。ほら、赤煉瓦《あかれんが》の建物が見えてきた。あ、薔くんの部屋にお邪魔させてね」

レースのカーテンを開きながら身を乗りだした杏樹は、薔の質問には答えなかった。

それとも部屋に来ることが本題なのか、別に何か意図があるのか。十分注意して慎重に対応しなければならないが、意識し過ぎて不審な態度になってはいけない。

慎重に、冷静にと言い聞かせているうちに馬車は止まり、宿舎の入り口が見えてきた。

黒いアイアンの門と、芝に挟まれた長いスロープ、そして赤煉瓦の洋館。竜虎隊詰所のように規模の大きな物ではないが、その分どことなく可愛らしい雰囲気の建物だ。

四月の段階では、杏樹も含めた贔屓生九名で暮らしていた。

しかし白菊が入院したことを皮切りに、薔を襲わせた竹蜜が追放されたり、代わりに茜がやって来たかと思うと杏樹が去り、そして白菊が戻ってきたりと、三ヵ月に満たない間に様々な入退去が繰り返された。

こうして宿舎を見ながら、これからは穏やかに過ごせるようにと願ったところで、思うようにはいかないのかもしれない。神子の杏樹と椿と自分、そして常盤……どうしたって心穏やかではいられない顔触れだ。


正午にもならない今、贔屓生宿舎にいるのは当直の隊員のみだった。

事前に杏樹が来ることを知っていた彼は、門を開ける作業を終えて敬礼する。

その一方で薔達が来ることは聞いていなかったようで、困惑している節があった。

隊員が杏樹の指示に従って宿舎を去ったあと、薔は緊張を隠しながら部屋に向かう。

この建物には両端に階段があるため、自分の部屋に近い左側の階段を上がっていった。

贔屓生一組の部屋は三階、薔の部屋は正面左の階段を上がって一番手前だ。

まずは一階から二階に上がり、時に真鍮《しんちゅう》の手摺《てすり》に触れながら踊り場を通り過ぎる。

先頭は自分、次に杏樹、その後ろに常盤と椿。今この建物の中にいるのは四人だけで、なんとも不思議な気分だった。すでに一度招いたことのある杏樹はともかく、常盤と椿を自分の部屋に入れるのかと思うと余計に緊張する。

この異様な状況について真剣に考えなければならないのに、部屋の片づけや掃除が十分だったかどうか、昨夜からの行動を一つ一つ振り返らずにはいられなかった。

薔は剣蘭の部屋と白菊の部屋もある三階に上がり、自分の部屋の前に立つ。鍵《かぎ》を鍵穴に差し込んで施錠を解き、背後の三人を意識しながら扉を開けた。

留守中に窓を開けるのは禁止されているので、どうしても空気が籠もる。比較的過ごしやすい陽気とはいえ、真夏の昼前だ。ここは日当たりもいい。むわっと流れだした部屋の空気が、自分以外の人間にとって不快なにおいだったらどうしようかと気になった。

「あれ？　薔薇の匂いがするね」

先に入らずに「どうぞ」と言った直後、杏樹に指摘される。

薔自身も薔薇の香りに気づいた。すっかり忘れていたが、ポプリと呼ぶのは憚られるくらい簡易で少量の薔薇のポプリを作って、机の上に置いていたのだ。

「薔くんの部屋は抜き打ちチェックでも余裕だねー、凄い片づいてる」

杏樹はそう言いながら部屋に入ると、くるくると踊るように回転しつつ奥に進む。

純白の衣装を軽やかに波立たせながら、机の上にあった金色の化粧箱に目を留めた。

昨年の競闘披露会で優勝した時にもらった、金箔《きんぱく》入り石鹸《せっけん》が入っていた紙箱だ。

蓋《ふた》は裏返して底に嵌めてあった。中には乾燥した薔薇の花びらが入っている。

「薔薇の香りはここから？　薔くんお手製のポプリ？」

「いや、ポプリって呼べるほどの物じゃ……ただ干しただけだし、一輪分しかないし」

薔はポプリを作ったと思われるのが照れくさくて弁解したが、そのあとになって背後の二人の顔を見る。校則により、学園内の植物を妄《みだ》りに傷つけたり摘み取ったりしてはいけないのだ。自然に落ちた物でさえ、自分の所有物にするには申告の必要がある。

「あ、これはもらい物で……一応、許可も取ってあります」

薔は童子を取り仕切る立場の二人に説明するものの、それが無意味だとすぐに気づく。陰で大きな不正を働いている常盤や椿が、このくらいのことで目くじらを立てるわけがないのだ。杏樹の手前、赤の他人の一贔屓生として扱うにしても、今の状況で薔薇の入手経路を問い詰める道理がない。

「もらい物って、誰からもらったの？」

「楓雅さんから。体育祭の打ち合わせで中央に来てた時にもらったんだ。前みたいに突然学食に現れて。潰《つぶ》れ気味だったんだけど、せっかくもらったんで捨てられなくて」

杏樹の問いに苦笑しつつ答えた薔は、その瞬間、常盤の表情の変化に気づく。

完璧《かんぺき》なポーカーフェイスを一瞬崩したかと思うと、隊帽の鍔《つば》に触れてより深く被り直す仕草を見せた。そのうえ、「窓を開けるぞ」と言って部屋の奥に向かって歩きだす。

本来そんなことは自分か椿に命じるべきことだろうに、この部屋の中にいる人間全員に背中を向けて施錠を解く。やけにガタガタと音を立てながら窓を開けた。

――楓雅さんと俺のこと、誤解してたんだっけ……。

薔は常盤の背中を見つめながら、誤解が解けている今も何かしら面白くないのかと思い至る。大切に育てた弟を学園に奪われた兄の立場で考えれば、その弟が兄弟ごっこをする相手は気に入らないはずだ。実際には楓雅と自分の間に特別な何かはなかったが、周囲に誤解されるほど懇意にしていたのは事実だった。

「一輪分とは思えないくらい、いい香りですね」

楓雅の名前を出したことを後悔していた薔の耳に、椿の声が入ってくる。

いつの間にか杏樹は椅子を引っ張りだして移動しており、机の横には椿が立っていた。石鹸が入っていた化粧箱を手にして、それを左右に揺らしては乾いた花びらを動かす。そうすることでさらに香りが立ちそうに見えたが、窓からの風のせいで匂いはもう感じられなかった。凪は穏やかでありながらも、室内の空気を急速な勢いで塗り変える。

「楓雅とは、仲がよいと聞いています」

「楓雅さんのこと、ご存じだったんですか?」

椿の口から楓雅の名が出たことが意外だった薔は、思わず訊き返した。

すると箱を揺らしていた椿の手が止まる。同時に、口角の位置が少し下がった。

俯いているせいで隊帽の陰になった目元はよく見えなかったが、赤みの強い唇は確かに笑みを失ったのだ。しかしそれも一瞬のことで、椿はすぐに微笑みを取り戻した。

「学園のキングと言われている人ですから、もちろん知っていますよ」

「そう、ですよね……すみません。楓雅さんをキングとか呼ぶのは、楓雅さんの同級生か下級生だけかと思ってたんで。椿さんとは年が離れてるし」

「三つ離れているだけです。貴方《あなた》と楓雅の年の差と同じですよ」

「ちょっとちょっと薔くーん、椿姫とキングは弓道部の二大エースだったんだよ」

皮肉っぽく笑う杏樹の言葉に、薔は本気で肝を抜かれる。

楓雅が弓道部に所属していたことは知っていたが、椿の過去は何も知らなかった。

文武両道という噂を耳にしたり、時折見かけて綺麗な人だなと思ったりしたことがある程度で、常盤と一緒にいる姿を見るまで強く意識したことはなかったのだ。

「すみませんっ、楓雅さんの口から椿さんの名前が出たことなかったんで、知らなくて」

咄嗟に弁明した薔は、口にしたそばから失礼な言い方だったと気づく。

慌てて上手く言い直そうとするが、椿の唇が開く方が早かった。

「私は貴方の名前を彼からよく聞きましたよ。実の弟みたいに可愛い後輩だって、いつも楽しそうに話していました。今もこうして花を贈るなんて、本当に仲がいいんですね」

「いえ、特に深い意味は……」

「貴方の身長が伸びたとか声変わりしたとか、以前はよく聞かされたものです。誰よりも近くで貴方の成長を見守る姿はとても幸せそうでした。いつだったか、幼い貴方が風邪をこじらせて寝込んでいた時は、心配のあまり弓を引いても集中できずに、らしくないほど大きく外していましたよ」

薔は常盤の前でこんな話をする椿の意図がわからず、相槌《あいづち》すら打てなくなる。

部屋の奥にいる常盤の様子が気になって、盗み見るように視線を向けた。

――常盤……。

窓の外を見下ろす体勢の常盤は、明らかに苛立《いらだ》っている。

一見すると直立不動だが、指先は怒りのリズムを刻みながら腿を打っていた。

「貴方もとても懐いていましたね。楓雅のことを実の兄のように慕っていて……」

「いや、あの、椿さん？」

「椿班長！　くだらない雑談は慎め。神子の御前で無礼だろう！」

突如声を荒らげた常盤は、つかつかと床の上を歩いてくる。

椿を睨みつけた挙げ句に殴りかからんばかりだったが、さすがに手は出さず、椿の前に立つなり足を止めた。その勢いと迫力は徒《ただ》ならぬものがあり、薔は自分が怒鳴られたわけでもないのに怯《ひる》んでしまう。怒声が消えても、残響する怒気が部屋の空気をびりびりと振動させていた。ともすればそれは、殺気に近い念なのかもしれない。

「申し訳ありません、隊長。懐かしさでつい、礼を欠いてしまいました」

常盤の叱責《しっせき》を受けた張本人は、こうなることがわかっていたかのように冷静だった。まるで一切非がなく、横暴な上司の八つ当たりに健気《けなげ》に耐える部下といった風情だ。そう見えてしまうくらい優雅な動作で隊帽を脱いだ椿は、杏樹の方に向き直って「大変失礼致しました」と謝罪する。長い髪を揺らしながら、深々と頭を下げた。

「お気になさらず。空気悪くてなんか楽しい」

くすくすと笑う杏樹は、引っ張りだした薔の椅子をさらに引きずっていく。いったいどうするのかと思えば、天蓋《てんがい》付きベッドの足側に置いて腰かけた。幾分距離はあるものの、まるで眠っている人間を眺めるような位置だ。

「痴話喧嘩《ちわげんか》はその辺にしてもらって、そろそろ本題に入っていいかな?」

杏樹はアンティーク調の椅子に座って足を組み、スッと右手を持ち上げる。そしていきなり、「常盤様は左、椿姫は右、薔くんは僕の正面に立って」と指示した。

ただでさえ憤っていた常盤は、ぴくりと眉《まゆ》を動かし唇を結ぶ。歯を食い縛っているのがわかった。元より信仰心も忠誠心もないうえに、常盤は次期教祖候補の一人だ。一回りも年下の少年に顎《あご》で使われて平気なはずがなかった。一度壊れたポーカーフェイスを取り戻すのは難しいらしく、憤懣《ふんまん》やる方ないのが目に見えてわかる。

「杏樹……本題ってなんなんだ?」

常盤と椿がベッドの枕《まくら》側の左右に移動したあと、薔は言われた通りの位置に立った。できる限り杏樹と距離を取ろうとしたせいで、脹脛《ふくらはぎ》や膕《ひかがみ》がベッドに触れる。

常盤と椿の表情は見えなくなったが、視線だけは感じられた。

「本題はね、薔くんの身体検査。悪いけど今から全裸になってもらえる?」

微笑む杏樹に上目遣いで見つめられた薔は、無反応のまま立ち尽くす。

聞き間違いかと思い、まずは耳を疑ってみた。しかし聞いた言葉に間違いはなく、頭の中で何度も繰り返される。そして杏樹の目は笑っていなかった。ふっくらとした唇の端が上がっていても、冗談を言っている目つきではない。

「杏樹様、それはどのような意図があっての検査か説明していただけますか? 贔屓生の体は龍神にお試しいただく神聖な供物です。そして贔屓生の管理は我々竜虎隊の役目……いくら神子とはいえ、気安く扱われては困ります」

硬直する薔に代わり、薔の右斜め後ろにいる常盤が割って入る。

しかし状況が変わる気配はなかった。

杏樹の目は真剣で、諫《いさ》められても作り笑いはそのままだ。

「僕はね、薔くんが傲慢だろうと八方美人だろうと大好きだし、教団本部に行って神子になったからって何が変わったわけじゃないの。でも……今はもう学園暮らしの呑気《のんき》な童子じゃないから、避けて通れないこともあるんだよ。教祖様には逆らえないでしょ?」

「――っ」

思わず息を詰めたのは、薔だけではなかった。常盤も同じように息を詰め、まるで時が止まったように沈黙が過ぎる。

窓から入る風がカーテンをわずかに揺らすだけで、他には何も動いていない。

凍りついて固まった空間に、自分の心音ばかりが響いた。

「薔の体を調べることは、教祖様のご意思だと仰《おっしゃ》るのですか？」

「そういうこと。教祖様は常盤様に対して色々思うところがあるみたい。『弟を攫《さら》って逃亡までした男が、火傷《やけど》一つで本当に改心したのだろうか……』って仰っていてね。なんでも僕と同じ学年に常盤様の弟くんがいるとかで。もう、凄いびっくりしちゃった」

杏樹の口から弟という言葉が出たことに、薔は身震いする。

咄嗟《とっさ》に常盤がいる斜め後方を振り返ると、そこには業腹《ごうはら》を煮やした表情があった。

「常盤様が隊長になったタイミングが狙《ねら》い澄ましたようだって、怪しんでるみたい」

「それは随分と心外な話ですね。龍神の逆鱗《げきりん》に触れ雷《いかずち》を受けた私は、天罰を知らぬ者とは比較しようもないほど神を畏怖《いふ》しています。弟が十八になる時期に合わせて隊長職に就いたのは事実ですが、それは我が一族から確実に神子を輩出せんがためのこと。私の悲願も野心も、御三家の嫡男として当たり前のものかと存じます。その旨、教祖様にお話ししたはずですが」

「ほとんどの人はそれで納得してるよ。常盤様は何がなんでも西王子《さいおうじ》本家から神子を出したくて、儀式がしっかり行われてるのを見届けるために竜虎隊に入ったって。物凄く信仰心が強い常盤様なら、そのくらい力を入れるのもわかるって考え。だけど、その弟くんに対する常盤様の溺愛《できあい》ぶりを教祖様は知っていて、もしかしたら弟くんを守るために隊長になったんじゃないかって疑いがなかなか晴れないみたい。御神託に頼ろうにも人の心の奥深くまでは見えないし、結局は謎《なぞ》のまま……今のとこ白寄りのグレー判定だって」

「白寄り、ですか？」

「そう、白寄り。教祖様は、御三家は一枚岩であるべきだと思っていて、常盤様のことを心から信じたいわけ。だから疑いが晴れて真っ白になるなら、それに越したことはないいんだって。そうするために僕は今日、ちょっとした検査を頼まれたんだよね」

杏樹と常盤のやり取りを前に、薔の血の気は刻一刻と引いていく。崖《がけ》っぷちに追い詰められながら、血流が鈍って、目の前が暗くなる錯覚を覚えた。

そうになる唇を必死に制する。「常盤は白だ。その疑いが晴らせるならなんでもやる！」と言えるものなら言ってしまいたかった。

「ただし常盤様の言う通り贔屓生の管理は竜虎隊に一任されてるから、そのルールは教祖様でも簡単には崩せない。だからこれはあくまでも任意で、表向きは神子の僕が薔くんと戯《たわむ》れるだけのこと。プライバシーにも配慮して、立ち合いは常盤様と、あとは同じ一族で常盤様の恋人の椿姫だけにしたわけだし、疾《やま》しいことがなければ問題ないはず。嫌なら無理にとは言わないけど、黒寄りのグレーになっちゃうかもね」

「検査とは、具体的にどのようなものですか？」

「簡単な話だよ。教祖様は、薔くんが降龍の儀で本当に試されてるかどうか確認したいんだって。四度も男に抱かれてれば、それなりの体になってるはずでしょ？」

「恐れながら、そのような下劣な行為で私の信仰心を試されるのは甚だ不本意です」

「僕だって凄く不本意だけど、可愛い弟を神子にしたくない常盤様に守られて、実は毎回添い寝だけで済ませてもらってました……なんてこともあり得るじゃない？」

「あり得ません。神の怒りを恐れず、一族の繁栄を顧みない愚鈍な跡取りでない限りは、あり得ないことです」

「常盤様はそんな愚か者じゃないって、教祖様は信じたいんだよね。だから疑いを晴らさない？　あ、薔くんに拒否権はないんで、やるやらないは常盤様が決めてね」

杏樹は常盤に向かって喋りながら、純白の上着の胸元を探る。

内ポケットから半透明の袋を取りだすと、スナップを外して中身を指で摘まんだ。

大きく見開いていた薔の目に、小さめのチューブ容器と一双の薄いゴム手袋が映る。

杏樹は手袋を開いてフーッと息を吹き込み、手の形の風船のように膨らませた。

「それにしてもほんと不思議。常盤様の弟くんが同じ学年にいるって聞いて、身体検査を命じられた時は……剣蘭の硬そうなお尻《しり》に指突っ込むなんて絶対嫌ーって思ったのにね。何がどこでどうなって薔くんなんだか。ほんと、不思議でしょうがないよ」

爪が透けるほど薄い手袋を両手に嵌めた杏樹は、どこか不満げに唇を尖《とが》らせる。

チューブのキャップを緩めながら、今度はハーッと盛大に息をついた。

「薔くん以外のお尻なんて触りたくないからよかったって思うのが半分、嫌われる役目が不本意なのが半分。愉《たの》しんでるなんて思わないでね」

杏樹に声をかけられた薔は、返事をせずに今この場で自分が取るべき態度を考える。

常盤の弟だということを、杏樹に言われて初めて知ったことにした方がいいのか、それとも常盤から聞いて知っていたことにした方がいいのか……それはもちろん前者だろう。

学園内にいる弟に、兄だと名乗るのは不味《まず》いはずだ。つまり常盤の疑いを晴らすために自ら服を脱ぐような真似は、絶対にしてはいけない。

薔は自分の取るべき行動を決め、真っ先に扉の方を見た。

逃げる隙があるか考えている振りをしてから、拳をぎゅっと握り締める。

「馬鹿馬鹿しい……そんな検査、冗談じゃない！　なんで常盤の疑いを晴らすために俺が脱がなきゃいけないんだ⁉　だいたい今の話じゃ俺が常盤の弟ってことか⁉　あり得ないだろ、どこをどう見たらそんな話になるんだよ！　剣蘭ならともかく、俺なんか明らかに人種違うし、仮にもし弟だとしても、こんな馬鹿げたことに付き合う義理はない！」

声の限りに怒鳴った薔は、扉に向かって駆けだす。

思い描くままに、背後からブーツの足音が迫ってきた。

最初に聞こえてきたのは常盤の足音、そして椿の足音が続き、けたたましい音になる。

馬車に乗る前から、すべて試されていたのかもしれない——そんなふうに思えた。

四人で行動することが決まってから先、打ち合わせをする隙はなかったのだ。

「やめろ！　放せっ!!」

扉を開ける寸前に捕まった薔は、常盤の手を振り払おうと必死になる。

拳が当たろうと引っかいてしまおうと、一切構わない勢いで暴れた。

演技力に自信なんてない。それでも演じ切らなければならないから、とにかく無遠慮に抵抗する。本気で逃げて、しかし結局最後は捕まって体を検《あらた》められることで、不正を隠し通すことができるのだ。

——大丈夫だ……勝機はこっちにある。常盤の恋人は椿さんだって思われてるし、俺の体を調べれば、常盤は教団を裏切ってないって……そう判断されるはずだ。

薔は常盤や椿に拘束《こうそく》され、半ば絶叫しながらベッドに向かって引き戻される。

自分が本気になればなるほど、常盤も椿も本気を出してきた。腕を強引に引っ張られ、床の上を引きずられて、靴も途中で脱げた。そしてシャツが破れる音がする。

「やめろ！　俺に触るな！　放せ——っ!!」

人生で一番かもしれないほど大きな声を上げ、暴れて暴れて……薔はベッドの上に放り投げられながらも、さらに抵抗を続けた。どんなに頑張っても常盤の力には敵わず、己の非力さを悔しがっては絶望し、それでも諦《あきら》めない——そんな態度で彼らを睨みつける。

「うっ、あ……やめろ！」

最初に杏樹が指定した通りの位置に戻った椿が、左手に纏繞《てんじょう》帯をかけてきた。

絹の帯に金属網を重ねた軽量の拘束具で、ダブルピンバックルで締められると簡単には外せない。ひやりと冷たい感触の帯の末端は、ベッドの天蓋を支える柱に固定された。

「嫌だっ、こんなのは……おかしいだろ!? やめろ、放せ!!」

「おとなしくしろ！ 暴れると痛い思いをするだけだ！」

「そうですよ、儀式の時に比べればましでしょう?」

椿は纏繞帯をもう一本取りだし、ベッドマットに乗り上がって膝を進める。

薔の右手を拘束すると、先程とは別の柱に括りつけた。

「嫌だ……やめろ！ 俺は、アンタの弟なんかじゃない！ こんな検査、絶対に嫌だ！」

薔は両手を大きく広げた恰好でパンツのベルトを外される。

上半身の固定が不要になった途端、二人は手際よく服を取り去った。

常盤の体を蹴《け》飛ばすつもりで足を振り上げても、隊帽を飛ばしただけで、すぐに押さえつけられる。どれだけ暴れても無駄に終わり、遂に下着まで取り除かれた。

──常盤……椿さん……ちゃんと、わかってくれてるよな？　どうか、すべて上手くいきますように。そう祈りながら抗《あらが》い続ける。

全身が疲弊して本当に動く気力がなくなるまで暴れると、自分の呼吸音しか聞こえなくなった。仰向けで拘束され、全裸に限りなく近い状態でゼイゼイと喉《のど》を鳴らし、時に咳《せ》き込む。泣きたくないのに、息苦しさで涙が零れそうになった。

「──や、めろ……もう、やめ……」

「薔くんにこんなことして、いくらなんでも酷過《ひどす》ぎ。常盤様って鬼《おに》みたい」

怒って目を吊り上げる杏樹に向かって、常盤は透かさず「恐れながら」と切り返す。

「私は鬼ではなく神の僕《しもべ》です。雷を落とされ炎に焼かれた日より、私が生きる道は一つに定まりました。『竜虎隊隊長の常盤は、一人でも多くの神子を龍神に捧げることを切に願い、そのうえで西王子一族の繁栄のために弟を神子にしたがっている』と、教祖様にお伝えください。それが真実です」

常盤は部屋中に響く声できっぱりと名言し、「どうぞ、お検めください」と続ける。

身じろぎ程度しかできなくなった薔の膝と足首を、容赦なく押さえつけた。

「う、ぁ……嫌だ、見るな……っ、見るな──っ！」

まるで鏡のように同じことを、ベッドの反対側にいる椿がしてくる。

膝裏を胸に向かって持ち上げられたことで、性器だけではなく後孔《こうこう》まで晒《さら》された。

「ごめんね薔くん。何度でも言うけど、僕は薔くんのことが大好きだよ」

杏樹はゴム手袋にゲル状の物を塗りつけ、椅子から立ち上がる。

足側の柱の間からベッドマットの上に乗り、両手首を柱に繋がれた薔に近づいた。

「薔くんの体、凄く綺麗。穢《けが》してる男がいるのかと思うと妬《や》けちゃう」

「見るな……もう、やめろ！　杏樹！」

冷たい物が後孔に触れた瞬間、薔は全身をびくっと震わせる。恥ずかしさに耐え、腰を可能な限り引いて嫌がる素振りをしながら、唇を噛《か》みしめて声を殺した。

自分という人間を客観的に捉《とら》え、どういう態度が相応しいのかを懸命に考える。そして自分らしさを追求し、「嬌声《きょうせい》など絶対に出すものか」とばかりに耐え忍んでみせた。

「――っ、う……！」

薄いゴムに包まれた杏樹の指が、体の中に入ってくる。

常盤の指しか知らない体には、とても細く感じられた。体内の指はすぐに二本、三本と増えていったが、異物の挿入に慣れた体は受け入れ方を承知している。

――最初の儀式の時、間違いが起きて……よかったんだ……。

気が遠くなるような安堵《あんど》と、他人に体を見られる壮絶な羞恥《しゅうち》の中で、薔は唇を噛み続ける。「う、ぅっ」と苦しげな呻《うめ》き声を漏らしながら、往生際《おうじょうぎわ》悪く手足をばたつかせた。

実際にはほとんど動けなかったが、手や足の指先だけでも動かして怒りを示す。

ベッドの柱を軋《きし》ませたり、両手首の纏繞帯に抗ってギチギチと鳴らしたりすることで、常盤のことを毛嫌いしていた過去の自分を再現した。

「よかった……常盤様が失脚するのも薔くんが罰を受けるのも、僕は嫌だし」

「——っ、もう……やめろ、指を……ぅ、あっ！」

「薔くん、気持ちいい？　ここ、凄いイイよね？」

「嫌、だ……よく、ない……っ、もう、やめろっ」

杏樹は三本の指を根元まで挿入し、中でそれを蠢《うごめ》かす。

常盤の指とは違った動きに、薔は戸惑いながらも快感を受け入れた。

贔屓生になりたくなかった自分にとって、男に抱かれることは屈辱的なことでなければならない。それなのに回を追うごとに慣れていき、自分の意思とは無関係に感じる体になってしまった。……そう判断されるように演じられれば、常盤の疑いは晴れる。

常盤は実の弟に対して自分が兄だと名乗りもせず、憑坐役の男を宛《あて》がって、毎月毎月、我が弟はまだ神子に選ばれないのか……と、やきもきしているような狂信者だ。

もちろん弟に手を出すことなどあり得ない。誰もが見惚れるほど美しい恋人を持つ彼が、わざわざ禁忌に触れる必要はないのだから——。

「は、あ……っ、ぁ……！」

ぐちゅぐちゅと音を立てながら後孔を突かれた薔は、常盤から顔を背けて目を閉じる。

明るい部屋の中で瞼《まぶた》を透ける光を感じながら、常盤の存在だけを意識した。

蠢く指の持ち主は常盤で、注がれる視線は常盤だけのもの……どんな痴態を晒そうと、二人きりなら大丈夫。そんな暗示を自身にかけて、与えられる快楽に身を任せる。

「あ、ぅ……は、あっ」

三本もの指を迎え入れ、我を失う姿を杏樹に見せつけなければならなかった。体だけは屈してもいいのだ。むしろそうでなければならない。プライドも羞恥心も、強引に心の奥底に沈み込ませた。常盤の立場を守れるなら、こんなことくらいなんでもない。

「ふ、あ……っ、あぁ――っ！」

びくんと一際大きく弾けた蕾は、思うままに精を放つ。

仰向けの状態で背中が浮くほど身を反らし、胸や腹に生温かい物を散らした。

誰も何も言わず、窓の外から聞こえてくるスターターピストルの音が耳に残る。

その音に合わせて競技に励む健全な童子達の姿が、酷く遠くに感じられた。去年までは何も知らずに自分も交ざっていたのに、今はこんな所で一人だけ裸になって、秘めた所を他人の目に晒している。

力を入れ過ぎた足は攣《つ》りかけて痛み、喉は嗄《か》れ、股関節《こかんせつ》は怠く、射精による爽快感《そうかい》など微塵《みじん》もない。目を閉じていても感じられる杏樹と椿の視線、そして鼻を擽《くすぐ》る青臭さが嫌でたまらなかった。

「――教祖様には、薔くんは間違いなく男を知ってる体で、常盤様は弟にも容赦ない鬼のような人でしたって報告しておくよ」

ああ、よかった……そう思うのに、心も体も起き上がる気力がない。

薄く目を開けるのが精いっぱいで、ベッドの天蓋の裏側を見る。

そこに焦点を合わせて、周囲にいる三人の表情や動きを霞《かす》ませた。

今はとても直視できず、視界の端でぼんやりと捉えるくらいにしておきたい。

「薔くんのココを開発した人達のことを考えると、やっぱ妬けちゃうけどね」

薔の後孔から指を抜いた杏樹は、ゴム手袋を裏返しつつ外す。

同時に椿がハンカチを取りだし、薔の体に付着した精液を拭いた。

それが終わると椿は常盤に向かって、「纏繞帯を外してあげてください」と言う。

衣擦れの音が左右から聞こえてきた。そして金属音が続き、両手首の拘束が解かれる。

手も足もベッドマットに落ち着いたが、油断は禁物だと思った。こんな理不尽な行為のあとにどういう行動を取るのが自分らしいか、よく考えて最後まで演じ切らなければならない。息をつけるのは杏樹が去ってからだ。

「手首が擦れてしまいましたね。杏樹様……彼が閉会式に出るのは無理だと思いますし、私はここに残って手当てをしてもよろしいでしょうか？」

「……っ、やめろ！　俺に触るな！」

薔は椿の手を振り払い、歯を剝く勢いで叫ぶ。そうして椿が怯んだ隙に体の下にあったベッドカバーに手をかけ、荒々しくまくって潜り込んだ。

逃げることが適わない状況下で、取るべき行動は拒絶しかない。

視線を遮り突っぱねるのが、最も自分らしい態度だ。

「手当てなんか要《い》らない！　早く出ていけ‼」

薔はベッドカバーや上掛けを被り、嗄れ気味の声でさらに叫んだ。

演技のはずだったが、次第に体が震えてくる。自分で抱き留めても止まらなかった。

「そろそろ中央エリアに戻るけど、僕としては兄弟の語らいとかした方がいいんじゃないかと思うんだよね。椿姫じゃなく常盤様が残れば？」

薔は夏用の上掛けを被りながら、杏樹の提案を耳にする。幾分聞き取りにくかったが、それは確かに希望を生む言葉だった。常盤と二人きりになって抱き留められたら、震えはすぐに止まるだろう。想像しただけで温もりを感じ、体中の痛みが和らいだ気がした。

「せっかくのご厚意ですが、遠慮させていただきます。兄弟の名乗りを上げるのは神子に選ばれた時と決めておりますので」

「――っ」

自ら作った仄暗い空間の中で、薔はシーツに爪を立てた。温かな希望を見てしまっただけに、急速に体が冷える。一瞬で構築した妄想の中では、背中側から包み込むように抱き留められていたのだ。拳は大きな手で包まれ、うなじには吐息と唇。そうして常盤を感じながら、「大丈夫か?」と……甘く低い声で囁かれたかった。

「蕾くんが神子になれなかったらどうするの? 二人選ばれる年は稀《まれ》なのに」

「杏樹様、御三家は他家とは違うのです。嫡男以外の男児は、神子に選ばれなければ存在価値がない者と見なされます。ましてや弟は妾腹《しょうふく》ですから、一構成員で終わるなら本家の敷居を跨《また》ぐ資格はありません。無論、私の弟である資格もないということです」

「——っ、う」

常盤が杏樹に向けた言葉に、蕾は胸を引《ひ》き攣《つ》らせる。

全部嘘だと理解していても、衝撃は避けられなかった。突き落とされたような悲しみが心を領して放さず、急いで浮上しようとしても這《は》い上がれない。

「ふーん、随分《ずいぶん》と厳しいんだね。蕾くん可哀相《かわいそう》……あ、じゃあ、学園中の期待を裏切って神子に選ばれなかった椿姫も存在価値がないの? 従弟《いとこ》なんでしょ?」

「分家は別ですが、椿班長も実家の敷居が高くて近寄り難いようです。しかしながら私にとっては存在価値がありますので、彼のことはよいのです。どうかお察しください」

常盤は意味深な言い方をして、苦笑もしくは自嘲《じちょう》と取れる笑みを零したようだった。

そしてすぐに、「怪我はないか? どこか引っかかれただろう?」と、蕾を間に挟んだ形で椿に声をかける。

「お気遣い痛み入ります。私は無傷ですが、隊長は傷だらけではありませんか」

「お前に怪我がなかったのならそれでいい」

お互いを労り合う二人の間で、薔はシーツを摑みながら蹲《うずくま》った。

杏樹が何か言ってきたのがわかったが、正確に聞き取ることができない。

高めでとても聞き取りやすい声なのに、まるで頭に入ってこなかった。

呪文《じゅもん》のように何度も何度も頭に響くのは、自分の声ばかりだ。「仕方ないんだ」「これでいいんだ」と、執拗《しつよう》なほど繰り返す。そうでもしないと震えが止まらなかった。

つかつかと床の上を歩く音がして、扉が開かれる。

一人、二人、三人と、重量感の違う足音が連なり、三人揃って廊下に出た。

そのうちの誰かが扉を閉めようとしている。

普段は気にならない蝶番《ちょうつがい》の音が聞こえた。キィッと、痛そうに鳴いている。

行かないでくれ——思ってはいけないのに思ってしまった。

戻ってきてくれ——祈るように唇を動かしながら、シーツをかき毟《むし》る。

繊維が裂け、遂に破れた。小さな裂け目の向こうに指先が突きでる。

何も悲観することはないのだ。嘆くこともなければ、傷つくこともない。常盤の言動は偽りであり、なんのために、誰のためにそうしているのかを見失ってはいけない。

扉が完全に閉まって、三人分の足音が遠退いていく。

これで終わったのだ。杏樹は常盤の信仰と、神子を輩出することへの執念、弟に対する非情な態度を信じて、それを教祖に報告するだろう。

椿が常盤の恋人だという思い込みが強固になったため、薔を抱いているのが常盤だとは思いもしない。即ち、薔が陰神子だと疑うこともないのだ。

平穏な日々は約束され、何も変わらない明日を迎えることができる。

——完璧に、やり遂げたんだ。

抜き打ちの検査を、三人で上手くパスした。その事実だけを受け止めるべきだ。

頭から被った上掛けから顔を出すと、明るい室内が見えてくる。少し眩《まぶ》しく感じた。

レースのカーテンが風に揺れ、昼食の時間を知らせる鐘の音が中央エリアから届く。

童子達は競技を一時中断し、腹を空かせて学食に雪崩《なだ》れ込むだろう。

「つ、ぅ……!」

薔はベッドマットに両手をついて、鉛のような体を起こした。

床には靴やネクタイ、ベッドの上にはシャツの切れ端と釦が散乱している。

シーツは所々赤くなっていた。少量だが、あちこちに細い線のような血痕《けっこん》がある。

傷ついた手首から出血したのかと思ったが、皮が剝けて血が滲んでいる程度だった。

寒くもないのに鳥肌がびっしりと立った肌からは、精液のにおいが立ち上っている。

「う、あっ」

ベッドの上に座り込んでいた薔は、自分の指先を見るなり目を疑った。

短く整えた爪の中に、皮膚と血が詰まっていたのだ。それも十本すべてに――。

――常盤の血……！

身も凍る光景を目にした薔は、悲鳴を上げそうになるのをこらえた。

椿と常盤の会話を思いだすと、余計に怖くなって肘から先が強張る。

椿は常盤に、無傷だと言っていたのだ。薔が見境なく暴れたにもかかわらず、傷らしい傷を負わなかったのだろう。神子ではない常盤だけが、皮膚を抉《えぐ》られ血を流した。

「……う、う……っ」

申し訳ない気持ちと取り残された悲しさに耐えかねて、薔はベッドから飛び下りる。

まともに動かない足が縺《もつ》れたが、途中の床や壁に手をつきながら洗面室に向かった。

勢いよく水を出し、加害行為の名残を消す。

洗えば洗うほど血は落ちていくのに、口の中に生々しい鉄の味が広がった。

まるで血を舐《な》めたかのように、唾液《だえき》の味が変わる。

流動する水の柱に指を当てたまま、薔は恐る恐る顔を上げた。

鏡に映る顔は、大学図書館での暴行事件の時と同じように無傷で、体にばかり打ち身がある。常盤に抱かれたあとは全身隈《くま》なく桃色に染まるのが常なのに、今はまったく違っていた。不気味なほど青白く映る肌に、掠《かす》り傷や痣《あざ》が鏤《ちりば》められている。

――顔色も、真っ青だ。

薔は鏡に映る顔に手を伸ばし、水の滴る指先を鏡面に当てた。

血の通わない無機物の冷たさとは裏腹に、爪の奥から出てきた血が滑り落ちる。

水で薄まった血は常盤の物だ。自分の体にも同じ血が流れていて、決して切れない絆《きずな》が
赤い色水の中に息づいている。

「う、っ……ぅ」

突然の雨のように涙が零れ、水の流れに呑まれていった。

どうして今ここにいてくれないのか――問えば答えはすぐに出る。

何もかもわかっているのに憂憤を募らせる自分が嫌だった。

誰も彼もが憎らしくなり、常盤のことが酷薄に思えてならない。

杏樹を通じて、教祖や見知らぬ誰かに本当のことをぶちまけたくなる。

常盤は俺の実の兄で、恋人だ。常盤が好きな相手は椿さんじゃない。

この俺であって他の誰でもないのだと、声を張り上げて叫びたい。

「ふ、ぅ、う……っ」

心の叫びを抑えつければ抑えつけるほど、嗚咽《おえつ》が漏れた。洗面台に突っ伏して、涙ごと
顔を洗っても止まらない。乱れた呼吸のせいで気管が苦しくなり、泣いているんだか咳き
込んでいるんだかわからなくなった。

元同級生に、男を知っている体だと断言されるほど変わった自分を、恥じる気持ちより強い想いが胸にある。

常盤に今すぐ戻ってきてほしい。キスをして、抱きしめてほしい。

廊下を駆ける足音が迫ってきて、常盤が扉の向こうから現れる——そんな白昼夢を思い描きながら顔を洗う。文字通り頭を冷やすことで冷静に現実を見つめようとしたが、抗い難い勢いで夢想が襲ってきた。杏樹や椿を振りきり、激情のまま走って戻ってくる常盤の姿を、何度も何度も夢見てしまう。

——駄目だ……もっと、しっかりしないと……そんな夢は、ただの破綻《はたん》だ。

常盤が冷淡な態度を取ったのは、彼がそれだけ真剣な証拠なのに、独占欲や子供染みた我儘《わがまま》で責めてはいけない。自分達は罪を犯し、それを隠している身なのだ。目先のことや小さなことに囚われず、大局を見据えなければならない。

——常盤の行動原理を理解して……ぶれないようにしないと。つれなくされて泣いてるようじゃ駄目だ。弟以上を望むなら、なおさら強く。

薔は大きく息を吐き、水を止めてタオルを摑む。濡《ぬ》れた顔を埋めて、そのまましばらく静止した。ぐっと奥歯を食い縛ってから顔を上げる。

自分は決して惨めな人間じゃない。むしろとても幸せな人間だ。

もう揺れないと自分の心に誓った時の気持ちを、忘れてはいけない。

11

競闘披露会の夜、薔《しょう》は贔屓《ひいき》生宿舎の食堂で白菊《しらぎく》と夕食を取った。

通称、体育祭と呼ばれている競闘披露会の日は、学食メニューにスタミナ食が並ぶのが恒例になっている。

競技に参加しない贔屓生の夕食までスタミナ食で、目の前には厚焼き玉子があった。二センチ近い厚みがあり、鰻重《うなじゅう》の蓋《ふた》になっている。その下に敷かれた鰻がまったく見えないくらい、重箱にぴったりの大きさだ。

ここが雅やかな洋館であろうと豪奢《ごうしゃ》なシャンデリアの下であろうと関係なく、出される食事の大半は和食だった。重箱の横には京野菜の漬物と肝吸い、胡麻竹《ごまだけ》の容器に入った山椒《さんしょう》、食後に食べる求肥《ぎゅうひ》入りの蜜豆《みつまめ》と、栄養補助のサプリメントが置いてある。

食事の内容によってサプリメントの種類や量は日々変化するが、今夜は見たことがないカプセルが一錠交ざっていた。白菊のトレイにも同じ物がある。少し気になったが、スタミナ食同様にこれも追加されたのだろうと判断した薔は、あまり深く考えなかった。

子供の頃から与えられた物を迷いなく口に入れ、健康的に過ごしてきたのだ。

八十一鱗《くくり》教団の暗部を知った今でも、食の安全性に関する警戒心は持っていない。

「二人だけだと、静か過ぎるね」

白菊の言葉に、薔は「ああ」と短く答える。競闘披露会の途中に二人、閉会式のあとに四人連行されたため、今夜宿舎にいるのは薔と白菊、そして当直の隊員だけだった。

「剣蘭《けんらん》も他の皆も大丈夫かな？　雨が降ってきたし、春先に戻ったみたいに寒いよね」

正面の席の白菊は、窓を見ながら呟《つぶや》く。右手には箸《はし》を持っていた。

頭の形に沿った癖のない黒髪は、どことなく日本人形を彷彿《ほうふつ》とさせる。

「心配しなくても大丈夫だ。懲罰房《ちょうばつぼう》にも空調はあるし、もちろん布団もある。経典を読む以外は何もさせてもらえなくて、退屈で仕方ないってだけの場所だ」

「よかった……他の人のことはわからないけど、剣蘭は初めてだから心配だったんだ」

「懲罰房のことならなんでも訊《き》いてくれ」

不安そうな白菊に、薔は皮肉っぽい笑みを向ける。

一瞬ほっとした様子を見せた白菊だったが、続いた表情は憂い顔だった。

「神子《みこ》の前で不遜《ふそん》な態度を取ったわけじゃないんだし、懲罰房二日は……厳しいよね」

そう口にするや否や、白菊は何か思いだしたように「あっ」と零す。

「どうかしたのか？」

「——あ、うん……えっと、僕は……個人的に常盤《ときわ》様にとても感謝してるのに、これじゃ常盤様が下した処分に文句があるみたいな言い方だなって思って。いけないよね」

そう言いながら俯《うつむ》いた白菊の頰《ほお》は、俄《にわか》に赤く染まって見えた。元々ほんのりと色づいているので微々たる変化だが、はにかむ顔はどことなく艶《つや》っぽい。

——常盤が柏木《かしわぎ》さんを憑坐《よりまし》にしてくれたから感謝……ってことなんだろうけど、以前は常盤に憧《あこが》れてたのに、切り替えられるものなんだな。

白菊が今月十日に行われた儀式のことを思いだしているのを察した薔は、素知らぬ顔で手を動かす。「そうだな」とだけ答えて、ふんわりと膨らんだ玉子を箸で崩した。

その下にあった分厚い鰻が見えてきて、蒲焼《かばや》きの甘く香ばしい匂《にお》いが立ち上る。そこに山椒のスパイシーな香りが混ざると、昼食を抜いた体は否応なく刺激された。

薔は飴《あめ》色に染まった鰻を摘まんで、厚焼き玉子と纏《まと》めて口に運ぶ。垂れが染みた熱々のご飯と一緒に咀嚼《そしゃく》した。

今日はつらいことがあったが、もうあんなふうにぐずぐず泣かないと決めたのだ。

もっとタフにならなければいけない。しっかり食べてよく眠り、勉強して体を鍛えて、慰めを求める子供の自分から脱皮しなくては——。

そう考えた薔は、あれしきのことで寝込んでたまるものかと、競闘披露会の閉会式にも参加した。スペアの制服に着替え、何食わぬ顔で賞品授与の役目を果たしたのだ。

少し離れた所に、常盤や椿《つばき》、そして主役の杏樹《あんじゅ》もいたが、憤慨しながらも強がっている薔らしい薔を演じ切るために、最後まで誰とも顔を合わせなかった。

「ねえ薔くん、剣蘭て僕がいない間もあんなふうに荒れてたの？」

黙々と食べる薔に問いながらも、白菊は北側の窓の方を気にしている。

よく考えてみれば、懲罰房の方向だった。

「いや、落ち着いてた。むしろ浮かれてたかもしれない」

白菊の問いに答えた薔は、剣蘭が白菊の入院中に浮かれていたと誤解されるとまずいと思い、「お前が儀式に参加しなくて済んで、ほっとしてたんだと思う」と補足した。

「僕が復帰したのが本当に気に入らないみたいで……もう、どうしたらいいんだか。何か注意すると余計に悪化するし」

「あれからもう、水ぶっかけられたりしてないよな？」

「してないよ。あの時はありがとう」

白菊は薔の方を向き直って微笑《ほほえ》んだが、手にした箸を動かす気配はまるでない。

常盤が好きだったかと思えば柏木が好きになり、そのくせ常盤によく似た剣蘭のことを心配して食が進まない——そんな姿を見ていると、薔の胸に一抹の不安が過《よぎ》る。白菊が誰を好きでも最早《もはや》悩みはしないが、人の心変わりを目の当《ま》たりにするのが怖かった。

「お前は、剣蘭のことが好きなのか？」

元々は常盤のことが好きで、今は柏木さんが好きなんじゃないのか？　と訊くわけにもいかず、薔は最も不自然ではない名前を口にしてみた。

「剣蘭のことは好きだし大事だけど、兄弟みたいな、親友みたいな感じ。常盤様への想いとは全然違うし、今は他に……えっと、薔くんにだけ話すけど誰にも内緒にしてね。実はその、今は他に好きな人がいて……でも、それはどれもこれも違う気持ちなんだ」

「どう違うんだ？　要するに、三人とも好きってことか？」

「うん、端的に言えばそうなるんだけど……元々常盤様は絶対に届かない憧れだったし、遠くから眺めてるだけで幸せだった。贔屓生になって少しでも近くでお声を聞けたらいいなって思ってて、でもそれだけ。あんまり贅沢《ぜいたく》なこと想像すると倒れちゃいそうだし」

柏木の名は出さないものの、心変わりではない——と言いたげな白菊の顔を、薔は何も言わずに見ていた。正確に言えば、何も言えないくらい複雑な心境だった。

他人の話とはいえ、熱烈な恋心が冷めた様子や心変わりや移り気な様を見ると、自分や常盤に置き換えて、つい悪い想像を……いわゆる浮気や心変わりを想像して不安になりそうなので、白菊の気持ちが最初から憧れに過ぎないというなら、それに越したことはない。故に今の話を聞いて安心した部分もあるのだが、しかし薔にはわからない感覚だった。

「最近、変わったのは剣蘭に対する想いかもしれない。剣蘭が白椿会に入ったのはだいぶ前で、椿姫の熱心なファンだってことはもちろん知ってたんだけど……その頃は別に平気だったんだ。でも贔屓生になって……単なる憧れじゃなく実際に触れ合える人になると、やっぱり色々考えちゃうみたい。椿さんのことは尊敬してるのにね」

「そう、か」

「こんなこと言うと軽蔑《けいべつ》されるかもしれないけど、誰かに奪われたくないとか、思ったりするんだ。恋愛感情じゃないと言いつつそれは狡《ずる》いって、わかってるんだけど、でも……それはそれ、これはこれ……なんて、どうしても……」

白菊は箸置きの上に箸を揃《そろ》えて置くと、湯呑《ゆの》みを両手で包み込む。

重箱の中身は減っていない。温まっているだろう指先は、しかし心許なく見えた。

今、白菊が待ち望んでいる言葉が薔にはわかる。「軽蔑なんてしない」とか、「そういう気持ちは誰でも持ってると思う」とか、肯定的な意見だろう。

安易に言いたくなかったので、薔は白菊と同じように湯呑みに触れた。

茶を飲みながら、役者の顔を挿《す》げ替えてみる。同調できるかどうかわからなかったが、理解しようと努める気持ちはあった。

——白菊にとっての剣蘭は、俺にとっての楓雅《ふうが》さんだとして……楓雅さんに好きな人がいたら、俺はもちろん応援する。上手くいって楓雅さんが喜んでたら俺も嬉《うれ》しい。それが楓雅さんに対する好意の証しじゃないのか？

自分にとって身近な人間で考えてみると、答えは単純明快だった。

結局薔は白菊の気持ちを理解できず、同調するには至らない。

どう説明されても多情に思えてしまうのだ。白菊は純情一途で可憐《かれん》で、そのうえ無欲に見えるのに、憧れの常盤と、恋しい柏木と、親友だが独占し続けたい剣蘭の三人に好意を寄せている。多情以外のなにものでもない。

「僕のこと、軽蔑する?」

「――いや、軽蔑はしない。人それぞれだし。たぶん、剣蘭なら理解できるんだろうな。椿さんのことが好きなのかと思ってたけど、お前の件でいつまでも荒れてるし。結構そういうのが普通だったりするのか? あっちもこっちも好きだとか、自分の物でもないのに誰にも渡したくないとか、俺には全然わからないけど、わりとよくある話なのか?」

「うん、わりとよくある気がするよ……って言ったら、また自己弁護になるけど」

泣きそうな顔で笑う白菊に、薔は言い過ぎたことに気づく。

「悪い……きっと俺が変わり者なだけだ」

すぐに謝ると、白菊は「ううん」と言ってまた笑った。

少し間を空けてから、「ご飯、冷めちゃったかな?」と訊いてくる。

「いや、でも……さっさと食べよう」

うん、と答えて食事を再開する白菊を前に、薔は多情な独占欲を追究する。

自分の物を他人に奪われるのは嫌だという、一般論が理解できないわけではなかった。他にもっと好きな物があっても、他人に欲しがられたり奪われたりすると不要な物でも惜しくなるのだろう。急に輝いて見えたりするのだ。

――人間じゃなく所持品に当て嵌《は》めると、一応理解できるんだけど……。

しかし物欲が少なく物に対する執着が薄いため、それもいまいち実感が湧《わ》かなかった。

薔は常盤に執着しているだけで、常盤が絡まない事物との差があり過ぎるのだ。

――常盤は……どうなんだろう。弟が何より大事って体《てい》を取ってるけど、実際には凄《すご》く可愛がってる馬もいる。白菊の言う、それはそれ、これはこれってやつかもしれない。

漆黒のカメリアノワールの姿を思い描くと、同時に椿の姿まで浮かんできた。

御神託と共に見てしまった常盤の記憶の中で、椿はあまりにも美しい微笑みを浮かべていて……それは常盤にとって、忘れられない大切な記憶の一つに違いないのだ。

やはり恋人だったのかもしれない。そして今も腹心としてそばに置いている。

しかしその一方で常盤は椿を剣蘭の初回の憑坐に指名していて、抱かれる側と抱く側の差があるとはいえ、元恋人が他の人間と床を共にしても平気だったということになる。

つまり椿に対して執着は一切ないということなのだろうか。それとも恋仲だったという仮定そのものが間違いで、ただ美しいから目を惹《ひ》かれ、記憶の奥に留めていただけのことなのだろうか。

――そんなわけない。あの視線には……手に入れたい、とかいう……欲望があった。

自問自答した薔は、あっさりと出てしまった答えに奥歯を軋《きし》ませる。

やや勢いよく食事を続けるものの、小骨が喉《のど》に引っかかったような不快感に襲われた。

過去にどんな想いがあったとしても、今は今。気にしてくよくよと悩んではいけない。それはわかっているが、気になって仕方がなかった。一度手にした物には愛着や執着を持ち続けるのが当たり前で、完全に吹っ切れるのは困難だとしたら？　それが世間一般の人間の感情で、常盤も同じだとしたら？

——白菊や剣蘭みたいに、常盤も椿さんのことで……嫉妬《しっと》したり色々、するのか？

嫌だな、それは嫌だ。心が狭いのは承知のうえだが、常盤が可愛がり、他人に譲れないほど愛情を注ぐ対象として許せるのは、馬だけだ。人間では自分だけであってほしい。対外的にどんなに冷たくされても耐えられる。常盤が椿と共に行動するのも仕方ないと思っている。けれども心と体は、一切の揺るぎなく自分にだけ注いでほしい。

——あの夢の中で、椿さんは白い椿を見てた。あの人のカラーだ……。

覗《のぞ》き見た常盤の記憶の世界には紅椿がたくさん咲いていて、確かにそれが大半を占めていたけれど、白も少しはあったのだ。あれは嫌だ……白い椿を全部、薔薇《ばら》色に染め抜いてしまいたい。

常盤に、「お前の色だ」と言いながら笑ってほしい。

そこに白い椿が存在したことなど忘れるくらい、どうか、俺のことだけを——。

自室に戻ると新しいシーツが届いていて、薔はそれを敷いてベッドに横たわった。

日中は晴れていたのに、今は雨が降っている。雨音がほとんど聞こえない程度の雨だ。

時計の針は午後九時半を回ったところだった。普段はこんなに早く眠らないが、今夜は異様なほど眠くて、とても起きていられなかった。

しかしよい夢が見たかったので、寝支度だけはきちんとした。

現実には叶《かな》わないことを眠りの中に求めて、良質な夢を見るための工夫をしたのだ。

贔屓生宿舎のバスルームに用意されている入浴剤の中から、あえてラベンダーを選んでみたり、枕《まくら》元に自分が作ったポプリを置いてみたり。そうして優しい香りに包まれたら、心地好い夢を見られる気がした。

ベッドに入って一分もしないうちに眠りに落ちた薔は、薄闇《うすやみ》の中で展開される緩やかな夢を自覚する。眠ってすぐに見ている夢なのか、それとも数時間眠ったあとの夢なのか、区別こそつかないが、とにかく夢なのは間違いなかった。

その証拠に体が動かず、反面、心は羽が生えたようにふわふわしている。

施錠していたはずの扉が静かに開かれ、三階の廊下から常盤が姿を見せた。

贔屓生の大半が不在の夜とはいえ、同じ階には白菊がいる。

忍んで来るなんて、常盤の行動としてあり得ない。

これは危険な願望、贅沢な妄想だとわかっていた。

それでも夢の中では少しだけ甘えたくて、薔は常盤に触れられる時を待つ。

彼は隊帽まで被った隊服姿だった。薔薇の花束を抱えながら室内に入ってくる。

――凄いたくさん、赤い薔薇……何本あるんだ？　五……十、十五……十八、か？

数え間違えているかもしれないが、たぶん十八本。夢ならではといった感じだ。

もしやこれは現実ではないかと、疑うことすら憚《はばか》られる光景だった。

恋人が自分の年齢と同じ本数の薔薇を抱えて忍んでくる夢を見るなんて、俺は思いの外《ほか》
ロマンチストだったんだな……と、薔は自分の夢に笑ってしまう。

常盤が手にしている薔薇は楓雅がくれた物とは違って、茎も葉もついていた。竜虎《りゅうこ》隊
の隊長なら、庭園の薔薇でも温室の薔薇でも好きなだけ切れるからだろう。部分的には妙
に現実的で、半袖の隊服から覗く腕には、包帯が巻かれていた。

――常盤……。

夢の中とはいえ笑えなくなった薔は、紅薔薇と白い包帯、そして黒い手袋を見つめる。

常盤もしばらくこちらを見ていたが、ブーツの先を机に向けた。

そこに薔薇を横たえてから、何かを探している様子を見せる。

机の表面に手を這《は》わせ、抽斗を開け、中まで探っていた。

――なんだ？　ポプリの箱を、探してるのか？

薔は夢の中の常盤に向かって、「そこにあったポプリなら、今は枕元だ」と教える。

実際に声が出たわけではなかったが、常盤はベッドに向かってきた。

薔薇の香りが隊服に染みついているのか、近くに来ただけで芳香が漂ってくる。

香りも色も音もある夢の中、常盤が枕元に立った。金色の化粧箱に手を伸ばし、それを見下ろす。軽い摩擦音が聞こえてきた。楓雅にもらった薔薇が、箱の底を撫《な》でる音だ。

常盤は箱の裏側に重ねてあった蓋を取り外すと、それを上から被せて閉じた。

フシューッと空気が押しだされ、からからに乾いた薔薇の香りが溢《あふ》れだす。

それなりに大きく見えていた箱は、常盤の手の中にあるととても小さい。

煙草《たばこ》の箱というのはこれくらいの大きさだろうか……と、薔は眠りの中で考えた。

常盤は銀のシガレットケースに移して持ち歩いているため、煙草の箱は映像でしか見たことがないのだ。

──え？　あ……っ！

次の瞬間、薔は信じられない行動を目の当たりにする。

ベッドの横に立っていた常盤が、ポプリを箱ごと握り潰《つぶ》したのだ。

凄《すさ》まじい握力で潰された紙製の箱は、瞬く間に崩れて棒状に姿を変えた。

あっと言う間の出来事で、何が起きたのか認識した時には隊服の胸元に仕舞われる。

残されたのは香りだけだった。わずか一輪分の微《かす》かな香り。程なくしてそれは、鮮烈な生花の香りにかき消された。

──常盤……なんで、そんな……。

呆然《ぼうぜん》とする薔の枕元で、常盤は手袋を外す。

箱を潰した時とは正反対に、優しい手つきで指を握ってきた。

繊細な割れ物をそうっと摘まむように、一本一本撫でて、爪《つめ》のカーブをなぞる。

もしかすると、紅葉《もみじ》のようだった子供の頃の手と比べているのかもしれない。

「薔……」

拘束されたことで傷ついた甲や手首に、常盤が唇を寄せてくる。傷を舐《な》めては口づけを繰り返して、そのまま手首を一周した。果ては最も傷ついた場所を甘く吸う。

「酷いことをしてすまなかった」

名前を呼ばれても謝られても、夢だという意識は変わらない。目が覚めないのだから、これは夢に違いないのだ。自分は寝起きの悪い方ではない。それに、こんな夢なら覚めてほしくなかった。もうしばらくこうして、常盤の声を聴きながら触れられていたい。

「つらい思いをさせたな……」

そう言う常盤の方がつらそうで、薔は首を横に振って否定しようとする。

しかしほんの少ししか動けなかった。乱れた前髪が目にかかり、視界が悪くなる。

すると常盤の手が額に伸びてきて、指先で髪を梳《す》かれた。そのまま頬にも触れられる。

「常盤……」

ようやく声を出すことができた。夢の中なら空を飛んだっておかしくないのに、たった一言喋《しゃべ》るのも困難だ。目を覚ますどころか、より深い眠りに落ちてしまいそうで怖い。

すべては自分の願望が見せる幻なのだろうか？　楓雅にもらった物を常盤に壊されたいなんて思っていないが、嫉妬だと考えれば嬉しい気持ちになるのも事実だ。

やはり白菊や剣蘭の感覚はわからない。常盤以外の何も要らないのだ。常盤と、常盤にもらったものと、常盤に育てられたこの体があればいい──。

「お前を守るどころか、傷つけてばかりだ」

額にそっと口づけられた薔は、常盤の手を握った。とてもリアルな感触がある。

包帯が、甲から腕にかけて巻かれていた。自分の爪に詰まっていた皮膚と血を思い返すと、横たわった体に悪寒が走る。とても心地好い環境に身を置いているのに、足の先から頭の天辺《てっぺん》まで、隈《くま》なく冷水に浸《つ》け込まれたような感覚だった。

「常盤……ごめんな」

「何故《なぜ》、お前が謝るんだ？」

薔は常盤の手を握っていたが、それだけでは足りなくなる。顔に触れたくて指を解き、まずは深めに被られた隊帽に触れた。少し濡れていて冷たい。

「……怪我を、させた。それに、少し……恨んだ」

頬に触れてみるものの、自分の手と比べるとひんやりした。

薔は自分自身の体を氷の彫像のように冷たく感じていたが、それは主観的なものに過ぎないことを知る。自分は温かく、常盤は冷たい。雨に濡れて寒かったりするのかと思い、頬に手を押し当てて温めてみた。

「許してくれ」

今はもう責めてないよ――そう言いたくても言えないくらい、苦しそうな顔だった。

手の甲に指を重ねてきた常盤は、眉《まゆ》を寄せながら震えている。

肌の温度は確かに上昇していたが、心はまだ凍《い》てついたままなのかもしれない。

「――手、痛むか？」

問いかけると、常盤の唇が開く。「いや」と答えた彼は、指先に唇を寄せてきた。

己を傷つけた爪に口づけることで許しを与えているのか、それとも、加害行為をさせてしまったことを詫《わ》びているのか……いずれにしてもキスは優しく、表情は痛々しい。

「常盤……これは、夢だよな？」

「ああ、お前に合わせる顔がないからな……夢の中で会いにきた」

いいよ、これが夢でよかった。現実にこんな苦しそうな顔は見たくない。

夢なら白菊に気づかれることもないし、緊張や強がりで妙な態度を取ってあとあと後悔するようなこともない。こうして会いにきてくれたことを臆面《おくめん》もなく喜んで、好き放題に甘えていいのだ。自分がそうしたら、常盤も釣られて笑ってくれるだろうか。

「俺……上手く、できた？」

褒めてほしくて問いかけると、常盤は息を詰める。笑うどころか一層苦しげだった。

それでも眉間《みけん》の力を抜き、引き結んだ唇を綻《ほころ》ばせようとしている。

懸命に笑みを作っているのがわかった。

そして完成した微笑は、やはり痛々しくて見ているのがつらい。

「ああ、お前は素晴らしかった。杏樹は教祖にありのままを伝えたようだ。先程本部から連絡が入った。『若い神子が無茶をしたようで申し訳ない』と、白々しい詫びだったが」

「そうか、よかった……」

「それだけじゃない。閉会式にも出て、背筋を正して前を見つめて、とても立派だった。お前は強くて賢い、自慢の弟だ」

常盤は今度こそ本当に微笑んで、頬にキスをしてきた。

そのまま唇を当て続けたかと思うと、耳の方に移動する。

耳殻を唇で挟んでから、髪を指で梳いてきた。

なでなでと、子供の頭を撫でるような動作でもある。

「──ありがとう」

耳に直接、注ぎ込むように告げられた。

くすぐったくなる言葉と吐息……低いのに甘い声に、耳も顔も熱くなる。

目が覚めてもこの感触を忘れたくなくて、そして放したくなくて、常盤の体に抱きつきたかった。この部屋からしばらく出られないよう、捕まえたい。

──常盤……目が覚めたら、薔薇は……ないのか？　本当に、夢なのか？

気持ちばかりで体が思うように動かず、薔は離れていく常盤の背中を見送る。

意識は時折ぷつりと途切れ、気づくと机の前に立つ姿が見えた。滑らかな動画ではなく並べた写真でシーンを追っているかのように、途中経過が飛ばされる。

そしてスイッチの音がして、洗面室の灯りが点《つ》けられたのがわかった。水音が続く。

──なんだか……現実みたいだ……。

もう一度パチンと、スイッチを押す音がした。灯りが消える。水音も消えていた。

自分のよく知っている環境、聞き慣れた生活音。そこに紛れる聞き慣れない足音と、見慣れない姿。夢か現実か、どちらとも確信が持てない。

「──常盤……」

待ってくれ、まだ足りない、もっと話していたい、もっと触りたい──この体は、何故こんなに重いんだろう。どうして目が覚めないんだろう。

眠りの底なし沼に落ちながらも、薔は手足を必死に動かした。ベッドから這い出て床の冷たさを感じると、現実感が増す。しかしすでに常盤の姿も薔薇もなかった。やはりただの夢だったのかと絶望しかけるが、ふらふらと歩いているうちに水音を耳にする。

いつもそうなのだ。洗面台を使ったあとは、蛇口からしばらくの間、ピチョンと水滴が垂れる。どんなにきつく締めても、数分はそれが続いた。

薔は洗面室の扉を開けて、スイッチに手を伸ばす。

眩《まぶ》しい光の中に真紅の薔薇の姿があった。水を溜《た》められたボウルに浸けられた茎がごくごくと水を吸い、その勢いのままに香りを放っているかのようだった。

「常盤……っ」

これは現実だと確信を持った薔は、壁伝いに主扉に向かう。

薄暗い廊下に出て、覚束《おぼつか》ない足取りで階下を目指した。もう一度会いたくて、ちゃんと触れたくて、真鍮《しんちゅう》の手摺《てすり》を摑《つか》むなり「常盤！」と叫ぶ。

二階に向けて階段を数段下りると、膝《ひざ》から力が抜けてしまった。

がくんと上体が落ち、手摺を両手で摑むことで辛《かろ》うじて落下を防ぐ。

眠いなんてものではなく、明らかに異常だった。少しでも気を緩めたら、真っ逆さまに落ちてしまいそうだ。

「……薔！」

常盤の声が聞こえると同時に、夕食時に口にしたサプリメントのことを思いだす。

ああ、計画的に何か呑《の》まされたんだな……といまさら気づいたが、怒りはなかった。

白菊が起きてくる可能性はないに等しいのだと思うと、安堵の方が強い。

手摺を握っていた両手に力が入らず、先に片手が外れ、もう片方の手も今にも外れそうだった。いっそ腰を据えて座り込んでしまえば安全なのに、気持ちが階下に向かっていてそれもできない。

「薔！」

ぐらりと落ちかけた時、もう一度名前を呼ばれた。

階段を駆け上がってきた常盤に抱き留められ、顔も肩もその胸に埋まる。

転げ落ちる寸前だったが、どこも痛くはなかった。現実味のある感触に胸がいっぱいになる。今度こそ逃がすまいと、背中に両手を回して抱きついた。

「もっと、話したくて……なんか、言ってくれ……色々、なんでも、いいから……」

「──薔、俺は……お前と兄弟になれた運命に、心から感謝している」

常盤は思い詰めたように告げてきた。抱擁は苦しいほどきつくなる。

「これから先、お前と俺を引き離し、お前を奪おうとする輩《やから》が現れるだろう。だが決して渡さない。お前は俺の物だ」

俺もだよ、兄さん──貴方は兄で、そして恋人で、決して誰にも譲れない人だ。貴方の幸福なくして俺の幸福はあり得ないし、俺達を引き裂ける人間なんてどこにもいない。

たとえ過去があっても、そこに誰がいても負けない。自信を持って、胸を張って、この腕の中に居続けたい。絶対、誰にも譲らない──。

「……ただの……弟じゃないなら、唇に……」

素面《しらふ》では言えそうにないことを口にした薔は、覆い被さる常盤を見つめた。

強請《ねだ》ると唇が迫ってくる。蜜《みつ》に濡れているわけでもなければ、砂糖菓子のように柔らかそうでもない……むしろ硬そうな大人の男の唇だけれど、触れたらたちまち甘さを感じるだろう。心の底まで蜂蜜《はちみつ》漬けにされて、黄金色の海で溺《おぼ》れてしまうかもしれない。

「ん、っ……」

唇を塞《ふさ》がれると、想像以上のことが起きた。瞼《まぶた》の裏側に見たことのない世界が映る。階段も真鍮の手摺もすべて消え去り、どこまでも広がる黄昏《たそがれ》の空と流れる雲、黄金色の大海原が見えた。

視界を阻《はば》む壁はなく、輝く海の向こうに水平線が延びている。

——常盤……いつか俺と海に……一緒に、果てのない景色を見てみたい。

薔は常盤に抱きしめられながら、無限の世界を見つめる。

与えられた舌を味わっていると、情欲に燃える以上に安心してしまった。

——目が覚めた時、薔薇があるなら……眠るのも起きるのも怖くない……。

頼もしい腕に抱かれながら、薔は睡魔に囚われ落ちていく。

常盤に対する想いのように深く、とても心地好い眠りだった。

エピローグ

競闘披露会の夜、剣蘭《けんらん》は懲罰房《ちょうばつぼう》二十五号房にいた。日付はもう変わっている。

百聞は一見に如《し》かずで、懲罰房は噂《うわさ》に聞いていた以上に恐ろしい所だった。

コンクリートが剝《む》きだしになった細長い部屋には、薄いマットを敷いたパイプベッドと水しか出ない洗面台がある。

机も椅子《いす》も小さな物で、机に置かれているのは経典数冊のみだった。

ここでは勉強すらも許されていない。自らの罪を悔い、龍神《りゅうじん》に許しを請うだけの日々を送らなければならないのだ。

それでも地上二階にあるこの房はまだましで、格子付きの窓から空模様を窺《うかが》えた。横幅わずか二十センチのうえに厚い硝子《ガラス》が嵌《は》め込まれていたが、いくらか気晴らしになる。

鞭打《むちう》ち刑を伴うような重罪を犯した者は、神の恩恵が届かない地下牢《ちかろう》に閉じ込められ、衰弱して命を落とすか正気を失うと噂されていた。地下に潜っていたら神の目が届かないのだから、運気が極度に下がって死に至るのも無理のない話だ。

この房とて長期間いたら精神に異常を来《きた》すだろう。窓以外に外の情報を得られるものは一切なく、隣の房や廊下に人がいるのかいないのか、まったくわからない。

剣蘭はここに閉じ込められて初めて、度の過ぎた静寂が恐ろしいことを知った。

わずか二日の予定とはいえ、こんな所に連行されて贔屓《ひいき》生の制服を脱がされ、飾り気のない収容服を着せられると気が滅入る。

夕食も驚くほどの粗食で、汁物に至るまで冷えていた。

普通の神経の持ち主なら、悪事を働いたことを悔いて行いを改めるだろう。

——アイツ、よくこんなとこに何度も入ってられたな。

硬いベッドに横たわりながら、剣蘭は薔《しょう》の姿を思い浮かべる。

高二の秋、学園で唯一身分を公開している常盤《ときわ》が現れたことで、御三家の跡取り息子と血の濃い親戚《しんせき》だと推測された剣蘭の周辺は、すわとばかりに色めき立ったのだが、同時に薔の周囲も騒々しくなった。

ただし、そちらは悪い意味でだ。

本人は自覚がなさそうだったが、薔は学園全体でも名の知れた美童で、文武両道、容姿端麗、公明正大、かつ品のよい佇《たたず》まいの持ち主として有名だった。それが突然素行不良の問題児になって、元々よくはなかった愛想がさらに悪くなり、御神木《ごしんぼく》に傷をつけたり立ち入り禁止の時計塔に上がったり、大学生と逢《あ》い引《び》きしているという噂まで立った。

贔屓生になった今はすっかり落ち着いているが、当時は全身から近寄り難い気を発していたものだ。

しかし意外にも薔の人気は衰えず、竜虎隊《りゅうこ》に捕まろうと懲罰房の常連になろうとまるで応《こた》えず平然としているところが恰好《かっこう》いいなどと言われ、触ると棘《とげ》が刺さりそうな雰囲気も手伝って、「薔薇《ばら》の君」と持て囃《はや》されていた。

常盤が現れる前の段階では、学年の中で薔と人気を二分している自覚があった剣蘭にはいささか面白《おもしろ》くなかったのだが、こうしてみると、薔はやはり凄《すご》いなと思えてくる。

自分には、この孤独を恐れずに悪事を働く自信がなかった。そもそも今回の立ち居振舞いはともかく、あえて悪さをする理由などないし、あの頃の薔が何故《なぜ》荒れていたのかもわからない。

同時に、元問題児の薔を常盤が気に入っている様子なのも解《げ》せない話だった。

――っ、鍵《かぎ》の音？　こんな時間に……誰だ？

眠れずにベッドの上で考え事をしていた剣蘭は、思わず飛び起きる。

扉の施錠を解く音が聞こえてきたのだ。ガチャガチャと、鈍い金属音が響く。

収監態度が悪いのでさらに延長……なんてことになるのを避けたくて、剣蘭は反射的にベッドから下りた。扉の手前にある鉄格子まで駆け寄ると、腿《もも》にぴたりと手を当てて直立状態で待ち構える。

防音加工を施された分厚い扉が開いて、廊下の灯りが差し込んできた。

非常灯の緑色の光が強く、一瞬眩《まぶ》しく感じる。

しかし訪問者のシルエットは見て取れた。まるで黒い切り絵のように、くっきりとしている。竜虎隊の隊帽と夏用隊服――胸元に垂らされた飾緒は二本、袖章《そでしょう》は四本だった。

「……っ、常盤様！」

まさかこんな所に常盤が現れるとは夢にも思わず、剣蘭は元々直立していた体をさらにまっすぐに整える。指の先まで神経を行き渡らせ、ぐっと顎《あご》を引いて息を詰めた。

「こうして二人で会うのは久しぶりだな」

常盤は扉を閉めるなりそう言って、鉄格子に近づいてくる。

長身の彼の足でも三歩分の距離が空いていたが、鉄格子を隔てて触れ合えるくらい近くまで来ると、剣蘭とは逆に顎をついと上向けた。高い位置から見下ろしてくる。

「剣蘭、近頃のお前はおかしいぞ。お前が西王子《さいおうじ》一族の人間だということは、誰が見ても一目瞭然《りょうぜん》だと言ったはずだ。その顔であんな態度を取るな。一族の名に傷がつく」

「申し訳ございません！」

一瞬で鳥肌が立つような目で睨《にら》み下ろされ、剣蘭は鉄格子に頭を打ちつけそうな勢いで謝罪した。辛《かろ》うじてぶつからなかったが、次の瞬間、向こう側から手が伸びてくる。

「――う、っ」

黒革の手袋を嵌めた常盤に胸倉《むなぐら》を摑《つか》まれ、こめかみが鉄格子にガンッと当たった。

これまでも秘密裏に会うたび威圧的な態度を取られてきたが、乱暴に扱われたのは今が初めてだ。相当腹を立てているのが目を見ただけでわかる。視界には包帯を巻かれた腕が入り込んでいたが、どうしたのかと問うことも気遣うこともできなかった。

「お前が欲しいと言うから姫をくれてやったのに、白菊《しらぎく》が復帰した途端この体《てい》たらくだ。近頃は詰所にも滅多に来ない。そんな気のないことで落とせるほど、姫は安くないぞ」

「それは……いえ、何も変わってないいんです。椿《つばき》さんへの想いは変わらないけど……でも白菊は弟みたいなもので、アイツが男に抱かれるなんて耐えられなくて……っ」

常盤は剣蘭の収容服を摑んだままだったが、ぴくりと眉《まゆ》を寄せる。

指の力を緩めるや否や「――弟？」と口にして、凄《すご》むのをやめた。

「はい……弟、みたいなものです。保育部の頃から俺のあとばっかりついて来て。ずっと面倒見てきたんです。今はアイツのがしっかりしてる部分も、あるんですけど……」

剣蘭が白菊のことを語れば語るほど、常盤の顔に漲《みなぎ》っていた険しさが消えていく。

鉄格子を挟んでいるとはいえ至近距離にある体からは、何故か薔薇の香りがした。

「弟想いの兄か……悪い話じゃないが、今後間違った方向に行かないとは限らないな」

「そんなことはあり得ません。俺は椿さんが好きなんです。本気なんですっ」

「それならそれらしい態度を貫け。自分の役目はわかってるな？」

常盤の問いに剣蘭は黙って頷《うなず》き、そのあとすぐに「はい」と答える。

今年の四月九日、贔屓生に選ばれた翌夜――極秘に常盤に呼びだされた剣蘭は、なんの説明もなく椿への想いの深さを確認された。

その時は意味がわからないまま、ただ正直に答えるばかりだったが、翌四月十日、何も知らずに初回の降龍《こうりゅう》の儀を迎えると、椿が部屋にやって来たのだ。

そして極上の微笑《ほほえ》みを浮かべながら、「常盤様のご命令により、今夜だけ貴方《あなた》に抱かれることになりました」と言ってきた。

今にして思えば、あの時の微笑みは作りものだったのだろう。易々と飛びついてはいけなかったのかもしれないが、憧《あこが》れの人にそう言われて拒めるほど大人ではなかった。

——この人に訊《き》いても答えてもらえなかったけど、たぶん俺は……。

常盤の弟か従弟《いとこ》か、甥《おい》なのだろう——剣蘭はそう考えていた。常盤に関して知っていることは決して多くないが、椿と過去に関係があったことは知っている。

元恋人を下げ渡す相手として、自分は常盤に選ばれたのだ。ずっと憧れていた椿の名を出され、意思を確認されるうちに興奮して、「椿姫を俺にください」などと身の程知らずなことを口にしたのは確かだが、だからといってもらえるような物ではないはずなのに
——常盤は、「姫の心を摑んで、西王子家に縛りつけろ」と命じてきた。

その命令の真意はわからないが、なんて酷い人なんだと思った。長年憧れていた人が、御払い箱のように扱われることに憤りを覚え、なおかつ自分のプライドも傷ついた。

しかしその反面、震えだすほど嬉しかったのも事実だ。この人の弟かもしれないこと、

椿と触れ合える立場。突然降ってきた幸運に、舞い上がらずにはいられなかった。

「常盤様……自分の役目は、わかっています。椿さんは常盤様が好きで、やっぱり俺じゃ駄目みたいです。俺は貴方に似てるけど、世間知らずの……廉価版ですから」

杏樹《あんじゅ》を始め、一部の人間から廉価版と言われ続けてきた剣蘭は、自分で声に出してみて泣きそうになる。腹が立つものの事実なので仕方がないと思っていたが、椿もそう考えているのだろうと思うと悲しかった。

「そんな言葉で自分を卑下するのはやめろ。自信のない男に人はついて来ない。お前には俺より優れた資質があるのだから、いつも堂々としていろ。ただし、不遜《ふそん》な態度や下品な言動は慎め。いいな?」

「……俺に、貴方より優れた……資質?」

驚いて目を剝いた剣蘭は、格子の向こうの顔を見上げる。

常盤の姿は未熟な自分の延長線上にあるかに見える完成形だが、しかしいくら頑張《がんば》ったところで、この人のようになれないことはわかっていた。育ちも身分も違うのだ。

「俺が十八の頃は、お前より背が低く、線も細かった。お前は早いうちから立派な体軀《たいく》を持ち、これからさらに成長していく。しかも、神秘的で美しい紺碧《こんぺき》の瞳《ひとみ》の持ち主だ。平常心を保っていれば人望もあり、あらゆる教科で好成績を上げ、ポテンシャルの高さを証明している。特に水泳に至っては、外の世界に出ても競泳選手として通用するタイムを叩《たた》きだし、類稀《たぐいまれ》な才能を努力で開花させている。今は子供扱いされるのも無理はないが……あと何年か経てば誰もが羨《うらや》むような男になれるだろう。その時、傍らに姫がいて、お前を眩しそうに見つめていたら最高だと思わないか？」

まっすぐに視線を注がれながら誉めちぎられ、剣蘭は顔が熱くなるのを感じる。

こんなことを言ってもらえるとは思わず、高熱を出した時のように頭の芯《しん》からぼうっとしてしまった。瞼《まぶた》も痛痒《いたがゆ》いほど火照《ほて》る。

「漫然と過ごして得るものは、成長ではなく単なる老いだ。どういう男になりたいのか、目標を思い描いて日々精進しろ。今のお前が二兎《にと》追っても、両方逃すだけだ。本気で姫が欲しければ白菊は諦《あきら》めろ。俺は、お前の義弟を悪いようにはしない」

「……っ、は……はい」

「約束を忘れるなよ。隠し立てするとためにならないどころか、お前を守れなくなる」

何かあったら逐一報告するという約束を思いだした剣蘭は、椿に口止めされている夜のことを反芻する。自分の恋に協力してくれる常盤には、即座に報告すべき話だった。

四月二十七日の夜、椿に誘われてログハウスに行ったこと。そこでもう一度椿を抱き、短くも幸福な時間を過ごしたこと。ところがそれから先、最早《もはや》用なしとばかりにつれなくされ、上辺だけの微笑みしか向けてもらえなくなったこと——。

「懲罰房の食事は、粗末で物足りないだろう？」

常盤はそう言いながら隊服のポケットに手を入れる。

おもむろに取りだしたのは、封を切っていないキャラメルの箱だった。

それを鉄格子の向こうから渡してきて、「見つからないよう、慎重にな」と忠告する。

相変わらず手袋を嵌めたまま、素手で触れてくることはないものの、肌を通さなくても肉親の情が感じられた。そんなものとは無縁の環境で育ったからこそ、血の絆《きずな》に強く引き寄せられる。自分の体には、この人と同じ血が確かに流れているのだ。

「ありがとう、ございます——俺、実はまだ……ご報告してなかったことがあって。四月二十七日の夜、椿さんに呼びだされました。ログハウスの鍵を渡されて、それで……」

「四月二十七日？　延期されていた降龍の儀が行われた夜か」

常盤は意外にも驚いた様子を見せず、呟《つぶや》くなり考え事をしているようだった。

それもすぐに終わったのか、一時的に俯《うつむ》いていた顔を隊帽の鍔《つば》ごと上げる。

「——剣蘭、報告の褒美に、お前の知りたいことに答えよう。お前が一番知りたいことはなんだ？　姫の気持ちか？」

突然の申し出に驚いた剣蘭は、これがどういう意図の質問なのかを考える。

しかし結局よくわからず、ストレートに答えることにした。

「いえ、椿さんが常盤様のことを好きなのはわかってるので……それよりも、むしろ……自分と常盤様との関係が知りたいです。一番知りたいことは、絶対、それです」

「そうか、まあ想定内だな」

正直に答えた剣蘭は、目の前の常盤が苦笑を浮かべる様を目にした。

甚《いた》く含みのある顔をしている。

いったい何が想定内なのかわからなかったが、早く答えを聞かせてほしかった。

どうか、「お前は俺の弟だ」と言ってほしい。

「出生に関しては何も教えられないが、一つ誤解しているようなので訂正しておく。姫が俺に執着しているのは事実だが、それは愛情でもなんでもない。あれは極めてプライドが高く、俺が完全に自分の物にならないとわかって気が立っているだけだ」

「――っ、え?」

「俺の許に来て割りきった関係を迫ったのも、極道の人間として盃《さかずき》を交わしたのも背中に彫り物を入れたのも、すべて本人の意思によるものだが――微笑みながらも時折、夜叉《やしゃ》のような恨みがましい目をする。俺の物ではなくても西王子一族や虎咆《こほう》会の物であることに変わりはないが、そんな扱いでは気が済まないらしい」

「常盤様……っ、なんでそんな……どうしてあの人を、物とか言うんですか?」

「剣蘭、俺は外の世界で育ったが、善良な一般市民ではない。血筋のみで西王子家に一生仕えろなどと言う気はないが、自分の意思で盃を交わした以上、骨になっても組の物だ。後悔して泣こうが喚《わめ》こうが、余所《よそ》の人間に譲る気はない」

常盤は、酷く冷たい顔で断言する。これもある種の執着なのか愛なのか、それとも別の名称を持つ感情によるものなのか、剣蘭にはわからなかった。一般社会の常識すらろくに知らない自分が、極道の筋など理解できる道理がなく、大人の恋愛もわからない。

「お前にやるなら、惜しくはないが――」

「常盤様……っ」

「脇目《わきめ》を振らずに姫だけを見て、身も心も確実に繋ぎ止めろ。それ以前に、懲罰房に放り込まれるような真似は二度とするな」

「はい……っ、あ、待ってください！」

ここから去ろうとしている常盤に向かって、剣蘭は身を乗りだした。

無礼と知りつつ、鉄格子の向こうに手を伸ばし、包帯を巻いていない方の腕を掴む。

「常盤様、もう一つだけ……伺ってもいいですか？　もし答えられることだったら答えてください。俺には、子供の頃の記憶が少しだけあって……っ」

これまで誰にも話したことのない記憶を、剣蘭は必死に手繰り寄せる。

常盤は剣蘭の手を払うことなく、腕を掴まれたまま黙って聞いていた。

ログハウスでの出来事を報告した時よりは、遥かに興味深い顔をしている。

「――朧《おぼろ》げで、曖昧《あいまい》なんですけど……俺には年の離れた兄か、もしくは凄《すご》く若い父がいた気がするんです。綺麗で、優しそうな人で……でもその人、金髪だったんです」

学園の教育により歪《ゆが》められた記憶が、正しいものだという確証はない。

それでも本物の記憶だと信じたくて、誰にも言えなかった話だ。

言葉にしたら大切なものが嘘《うそ》になってしまう気がして、怖くて……。けれど今は、嘘になってもいいと思っている。それにより、望み通りの真実が得られるなら――。

「お前の父と兄は黒髪で、どちらも優しさとは無縁の男だ」

常盤は剣蘭の手を強めに握り、振り払うのではなく引き剝がした。

いつまでも握っていることはなかったが、しばらく視線を合わせてから踵《きびす》を返す。

その背中が扉の向こうに行ってしまっても、剣蘭の中には迫《せ》り上がる喜びが残る。

血管を流れる同じ血が共鳴していた。細胞が歓喜に沸いて大騒ぎをしているようだ。

――兄さん……。

独りになった剣蘭は、ベッドに座ってキャラメルの箱を開ける。

一粒摘まんで味わうと、ぽろぽろと涙が零れるほどの甘さが口いっぱいに広がった。

房の静寂すら心地好くなる。孤独だと感じることはないのだ。自分はただ、兄を信じて生きていけばいい。そうすれば、いつかすべてが手に入る――。

あとがき

こんにちは、犬飼《いぬかい》ののです。ブライト・プリズン二作目をお手に取っていただきありがとうございました。一作目の発売後に数々のご支援を賜りましたことを、この場を借りてお礼申し上げます。読者様、彩《あや》先生、書店様、関係者の皆様、ありがとうございました！

あとがきが数行しかないのですが、本書について。少しは学園物らしくなってきたかと思いますが、いかがでしたでしょうか？　馬に続いて色々走らせたり、隊服を半袖にしてみたり、楽しみながら書かせていただきました。三作目も是非よろしくお願い致します！

『**ブライト・プリズン　学園の禁じられた蜜事《みつごと》**』、いかがでしたか？
犬飼《いぬかい》のの先生、イラストの**彩《あや》先生**への、みなさまのお便りをお待ちしております。

犬飼のの先生のファンレターのあて先
〒112-8001　東京都文京区音羽2-12-21　講談社　文芸シリーズ出版部「**犬飼のの先生**」係
彩先生のファンレターのあて先
〒112-8001　東京都文京区音羽2-12-21　講談社　文芸シリーズ出版部「**彩先生**」係

N.D.C.913　303p　15cm

犬飼のの（いぬかい・のの）
4月6日生まれ。
東京都出身、神奈川県在住。

Twitter、blog、携帯サイト更新中。

講談社X文庫

white heart

ブライト・プリズン　学園《がくえん》の禁《きん》じられた蜜事《みつごと》

犬飼《いぬかい》のの

●

2014年4月4日　第1刷発行

定価はカバーに表示してあります。

発行者——鈴木　哲
発行所——株式会社　講談社
東京都文京区音羽2-12-21 〒112-8001
電話　編集部　03-5395-3507
販売部　03-5395-5817
業務部　03-5395-3615
本文印刷—豊国印刷株式会社
製本——株式会社千曲堂
カバー印刷—半七写真印刷工業株式会社
本文データ制作—講談社デジタル製作部
デザイン—山口　馨

ISBN978-4-06-286815-0